JN034060

火星人にさよなら

鈴木雅雄

火星人にさよなら

――異星人表象のアルケオロジー

水声社

目次

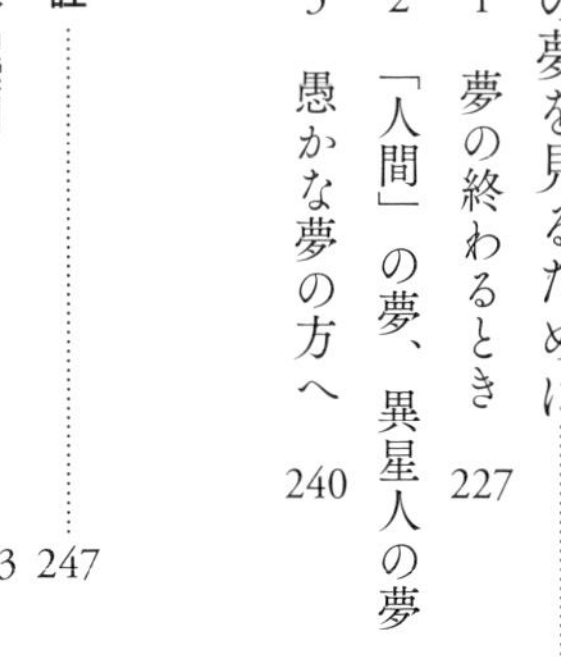

序章　ＳＦの前史とそのノイズ

宇宙人と聞いたとき、私たちがつい思い浮かべてしまう恐ろしい侵略者としてのイメージは、実はそれほど昔からあるものではない。とりあえず欧米の文脈で考える限り、一九世紀までの想像力が知っていたのは、とりたてて友好的でも好戦的でもない、だがしばしば地球の人類よりも優れた知性や徳性を備えた、異国の人々としての異星人である。第一章で確認するとおり、異星人を語ることは科学的な問題であるより以前に思想的な、あるいは神学的な問題だった。他方、一九世紀（少なくともその後半）には形を整えつつあったように見える、ジュール・ヴェルヌに代表されるような科学小説は、異星人については意外なほど寡黙である。なぜだろうか。もちろん実際に知られていないものを想像するのが困難なのは当然ともいえるが、ならばそれはある時期以降、なぜ可能になったのかという反対の問いを問うこともできる。侵略者としての宇宙人というイメージが本格的に登場するのは一八九七年刊行のH・G・ウェルズ『宇宙戦争』からだというのが通念になっているが、なぜそれが世紀の変わり目の時期に可能になったか、逆にいえばなぜそれまでは不可能だったかという問いは、正当なものに違いない。

こういった疑問は私たちを、SF的な宇宙人像の前史をひもとくように誘う。たしかにそれは考古学的ないし系譜学的な関心を引く問題であり、第一章ではやや駆け足ながら一九世紀的な異星人表象の歴史を一瞥してみようと思う。だがこの試論の主題はそれとは別のところにある。神学的な問題系やユートピアの投影を離れた異星人表象を作り出そうとすると、一九世紀の文学的想像力はなぜか不能状態に陥ってしまうのだが、他方この時期、二〇世紀以降の視線からしても不思議に現代的なものに見える異星人表象も作り出されていた。現代的というのも曖昧な表現ではあるが、その時代には不可能だったはずのイメージが、歴史的な文脈を無視して生み出されてしまったかのような印象を、いくつかのテクストは与える。いわばそれらはSF前史のノイズなのである。火星や金星に「人間」が居住しているとするならそれはどんな人々であるのかと、誰もが頭を悩ませ、間接的でしかありえないさまざまな根拠から少しでも蓋然性の高い結論を引き出そうとしている傍らで、そんな議論など端から問題でもないというかのように、ほかの天体の住人について思うがままに語ってしまう想像力。それはいかなる意味でも一つの系譜を作ったりはしていないのだが、奇妙な身軽さを共有しつつ、百年以上あとの読者の歴史感覚を混乱させるノイズとなる。ここで論じてみたいのは、その時代の重要な課題を知らないままでいるかのような、この不思議な身軽さ以外何も共有してはいない、いくつかの例外的なケースである。

主役ではなく脇役、より正確にいえば同時代の舞台で役をもらうことのできなかったような役者たちに、私たちはこだわってみたい。それには二重の意図がある。ＳＦの前史が主題でないとはいったものの、例外的な脇役たちを扱うことが、中心的な登場人物たちに別の角度から光を当てることも期待できなくはないだろう。科学の影響力が急速に高まり、かつそのことが純粋に希望でありえた一九世紀のヨーロッパにおいて、科学と文学的想像力の関係がいかなるものであったのか、ジュール・ヴェルヌやアルベール・ロビダの未来予測小説や、同時代の科学を意識した自然主義小説は教えてくれるが、異星人表象の特殊な事例は、こうした想像力の背負っていた歴史的な使命や宿命を、逆説的な形で浮き彫りにしてくれるのではないか。ましてやそれは「人間」という、近代の主題であった形象が、いかにあやうい土台のうえに乗せられていたかを示唆するテーマでもあるだろう。

だが他方、時代の要請から外れてしまった思考とはいったいどのようなものなのかという問い、例外的なものの考古学とでもいうべき問いもありうる。ここにはどことなく、アウトサイダー・アートやアール・ブリュットと総称される現象に対する関心と、似たものがあるかもしれない。レーモン・クノーが試みた、いわゆる「文学狂人」探しもまた、これと隣接した作業だった。

その時代の文学者・芸術家・思想家たちが共有しているはずの前提を共有しないことによって可能になってしまう不思議にも自由な何か、それはどのようにして生まれるのかと、人はしばしば考える。たしかにここにはそれと接した問いがあるのだが、これから扱おうとする書き手たちは、決して時代の周縁にいたわけではない。アドルフ・ヴェルフリのように精神病者として拘束されていたのではなく、ヘンリー・ダーガーのように孤立した環境に置かれていたのでもない、だがなぜか同時代の課題とはかけ離れた場所で思考してしまったような精神。かといって、ほかの同時代人が思考できなかったことを思考することによって新しい時代を切り開いた、いわゆる「前衛」的なそれとも異なる精神。そうした精神が存在するように思えるのである。

たしかにこれはいかにも曖昧なカテゴライズだろう。時代に先んじていたことと時代から外れていたことを、明確な境界で区切ることなど不可能だ。たとえば最初に取り上げるシャルルマーニュ＝イシール・ドゥフォントネーは、同時代が受け入れる素地をもたないような不可思議な異星人の物語を書き、ほとんど注目されることもなく、はるかのちに「発見」される。ではそれは、ロートレアモンが二〇世紀のはじめに「再発見」され、シュルレアリストたちによって偶像化されていったことと、どこまで異なっているだろうか。ドゥフォントネーの『カシオペアのΨ（プサイ）』が、時代から孤立していたのか、時代に先駆けていたのかを決めることはできない。優れた感性をもつことと鈍感であることは、例外的であるという点で似通っているだけでなく、おそらく最終的には区別できないのである。ロートレアモンは同時代の視点からするなら、小ロマン派の残響にすぎず、状況の変化があとから彼を先駆者に仕立てたのだという見方にも、一定以上の説得力があるはずだ。だがそうした事例に対し、どのような状況の変化が価値を与えなおすことになったかを説明しようとするのが文学史的・思想史的なアプローチだとすると（しかもこのアプローチはたいていの場合、作品の価値を切り下げようとするのではなく、作品それ自体が揺るぎない価値を内在させているという確信によって支えられている）、そもそもその当事者たちはなぜ時代の磁場を免れることができ、いかにその逸脱した思考を展開していったかを考えるという選択もありうる（だから私たちは、作品がいいか悪いかを問題にすることはないだろう）。たしかに多くのアウトサイダー・アーティストのように特異な状況に置かれていたわけではないにもかかわらず、別の思考を生み出し、周囲とのあいだで奇妙なすれ違いを演じてしまったような人々が存在したとして、そうなったことの理由を説明するのは難しい。それはある一人の作家だけが、同じような条件下にある人々のなかで、なぜ優れた作品を書くことができたかを、結局は説明できないのと同じである。だがその奇妙な思考が同時代といかにすれ違ったかを追跡することは、私たち自身が時代の磁場からふと自由になる瞬間の可能性を垣間見せてくれるのではなかろうか。

たしかに例外的な思考を追跡することが目的であるなら、なにもテーマは宇宙人でなくてもいいかもしれない。だがとりわけ一九世紀を対象として、科学と文学の交点にあるテーマを選ぶことには、その時代の支配的な問題系を見定めやすいという利点がある。世界を主導するものとしての地位を科学によって急速に奪われていく文学・思想・宗教が、それにどのように抵抗しようとしたかという物語が、ここでの議論の背景となるだろう。科学と文学の交差する地点で思考し、かつ創造しようとするならば、当然たどるべき道筋を、なぜか無造作に無視してしまったかのような書き手たちが、ここでの主題なのである。

さらに科学と文学の交点に位置するさまざまなテーマのなかでも、宇宙人という問題には、いまだに「正解」が与えられていないというアドヴァンテージがある。未来の科学を扱った文学であれば、つい私たちは文学が想像した百年後と、実際の百年後の科学という「正解」を比較しがちだ。だが幸いにして、人類はいまだ宇宙人に出会ってはいない。だからある時代に支配的だった宇宙人表象が別のそれへと変化していったとしても、それは科学の与えた「正解」に引きずられた結果であるとは考えにくい。ある時代の思考の規範とは、客観的な現実によってだけ説明されるものではないというのがここでの前提であり（そのこと自体は現在では常識的な発想だろう）、「事実」によって説明されにくい――といって、もちろん「事実」と無関係というのでもない――宇宙人表象は、やはり特権的なテーマなのである。

またもう一つ、対象とするのが現代ではなく、数百年以上の過去でもなくて、現在と明確に連続していながら、かつ確実に終わった時代であるとも感じられる、そのような時代であることにもメリットがあるだろう。ある時代に共有されていた課題あるいは夢のようなものがあるとして、それが何だったかをいえるのは、当然ながらその時代が終わってからのことだ。逆にその課題や夢が私たち自身と関係のあるものと感じられるためには、終わったばかりの時代を取り上げるのは都合がよい。もちろん一九世紀後半をそのような時代と感じるのは、この文章の書き手が近現代フランス語圏の文学を研究しており、第二帝政期を近代の起点と捉える見方を一つの常識として受け入れてきたからである。その意味でなら、結局これは偶然の選択にすぎないともいえる。だが私たちにとっての同時代がはじまったように見える場所の一つにおいて、その時代から逸脱してしまったものたちについて思考することは、私たちが多少とも自らと異なった何ものかになる可能性を、開示してくれるかもしれない。

あるいはさらに踏みこんで、次のことをつけ加えてもいい。この文章は一人のシュルレアリスム研究者によって書かれたものである。それはしかもこの両大戦間の文学・芸術運動が、時代を乗り越えようとした「前衛」ではなく、時代の問いをいったんは括弧に入れることによって、あるいは忘れることによって何が可能になるかを実験した運動であると、そのように考える書き手によって書かれている。自らの時代の必然的な問いから逃走することはいかにして可能か、あるいはそもそも逃走する方法はあるのかという問いに対し、なんらかのヒントを与えてくれる人々に、私たちは問いかけてみたい。前衛でもアンダーグラウンドでもアウトサイダーでもなしに（つまりなんらかの基準に対し、その向こう側に踏み出したり、その外に押し出されてしまったりしたのではなく）、今この場で自らを拘束する磁場から逃れ去るという選択。そんなことは本当に可能だろうか。可能だとすればそれは当事者に対していかに到来し、何をもたらしたのか。それがこの書物のテーマである。

だがまた単純に、終わってしまったある時代に視線を注ぎ、メイン・ストリームを作り出した思考と同じだけの強度をもちながら、それに抵抗するのでもそれを乗り越えようとするのでもなくて、誰も気づかないうちにそこから逸脱してしまったような思考、そうした奇妙な思考に問いかけるのは、大きな喜びに満ちた行為だと明言しておきたい。そこにはおそらく、のしかかる重力から私たちをほんの一瞬解放してくれる、反重力装置のような何かがある。これは一種の思想史研究ではあるが、あくまで一般化に抵抗するものに定位する試みでもある。そこから直接私たちが使える技法のようなものを引き出せる事例ではないとしても（なぜならそれが有効であった時代は終わっているのだから）、彼ら／彼女らが存在しえたという事実そのものが、すでにして一つの救いであるような、そんな人々がいる。それらの書き手、語り手が残した痕跡をたどりながら、そこに見出される奇妙な異星人表象に、まずは深く眩惑されてみたい。

すでに予告したとおり、最初の章では一九世紀ヨーロッパの異星人表象とそれが孕んでいた構造的な矛盾を素描しておこう。続く四つの章では四組五人の登場人物を取り上げるが、社会的なステイタスからしても、文学史的・思想史的な位置づけからしても、ほとんどなんの共通点もない顔ぶれである。先例も直接の後続例もまったく存在しない予言的な「ＳＦ小説」を書いたが、その後まったく忘れ去られていた作家＝医師、高踏派と象徴主義をつなぐ詩人という文学史的な評価は確立しているし、エジソンより早く蓄音機の原理を考え出した発明家という称号を与えられてもいるが、その仕事の意味を十分には理解されないままにとどまっている詩人＝発明家、生涯の半分を牢獄のなかで生き、七〇歳近くにしてふたたびつながれた独房のなかで科学書を読みふけりつつ、異様な宇宙論を作り上げる一九世紀フランス最大の革命家、フラマリオンの示唆した火星の人間たちとの交信を実現したという自らの真実を、一人の心理学者に信じさせようとただひたすらに願い続けた霊媒。彼ら／彼女らはみな、科学と文学あるいは思想の出会う地点に立ちながら、それら二つを結びあわせることを課題とした同時代の人々をしり目に、そんな課題などはじめから存在しないかのように振る舞う。SF前史のノイズとしての不可思議な声に、できる限り近い場所から耳を傾けてみることにしよう。

第一章　絶対と相対のあいだ――一九世紀フランス語圏の異星人表象

1　火星人のミイラ

一八六五年、当時ジュール・ヴェルヌの「驚異の旅」シリーズの刊行を開始したばかりだったパリのエッツェル書店から、『火星の住人』[1]と題された小冊子が出版された。ピエール＝ジュール・エッツェルは前年に『教育娯楽雑誌』の刊行をスタートさせており、しばしば運命的と形容されるヴェルヌとの邂逅に支えられながら、挿絵をふんだんに使った雑誌によって、時代の先端の知識を若年層にわかりやすく魅力的に伝えようとする企図の具体化に向け、大きく踏み出したところだった。一方この小冊子の著者もまた、フランスにおける科学的知識の啓蒙家として名前を残した書き手である。アンリ・ド・パルヴィルはこののち『科学雑談』など多くの書物によってベル・エポック期の読者の知識欲に寄り添っていく科学ライターであり、さらに一八七三年から一世紀にわたって刊行されたフランスの代表的な啓蒙科学雑誌『自然（ラ・ナテュール）』の編集長をも務めることになる。パルヴィルがエッツェル書店から小説を出版することになった経緯はわからないが、火星に知的生命体が存在する可能性を扱いながら、いつのまにか天文学的な知識が身につくことを狙っているらしいこの教育的な小品は、エッツェルの方針にも適うものだったのであろう。だが今の多くの読者にとってそれは、おそらく小説とも啓蒙書ともいいきれない、なんとも奇妙で不自然なテクストである。

ある朝、著者（つまりパルヴィル）が目覚めると、仕事机のうえに開封された状態で、アメリカから届いた差出人不明の手紙が置かれている。そこで語られていたのは地球外から飛来したと思われる人間に似た生物のミイラが発見されたとの知らせであった。以後ほぼ二週間おきに同じような手紙が届くことになるのだが、まずはこの設定のわざとらしさに注意しておこう。小説本文をどこかで見つかった草稿や偶然手に入れた謎の原稿として扱う手法は、テクストに画中画のような枠を与えることで本当らしさを倍加させる常套手段ではあろうが、定期的に机のうえに置かれる手紙などという、超常現象かミステリーのような状況をひねり出す説話論的な必然性は存在しない。あるいはむしろ物語から迫真性を奪うこと自体が目的なのだろうか。まるで物語の過度の本当らしさによって、語られる知の非現実性を示唆してしまうことが恐れられているかのようだ。この印象は、巻末の蛇足ともいうべきエピローグでさらに強められることになるが、まずはストーリーをたどっておこう。

コロラドのジェイムズ・ピーク（実在の地名）から数マイルの地点で油田を探していた作業員たちが、太古の地層から直径数十メートルの卵形の物体を発見する。地質学者の調査によってそれが巨大な隕石であるとわかり、大がかりな作業の末に調査隊が中心部の空洞まで掘り進んでみると、そこには屍衣に包まれた小柄な人間のような一体のミイラがあった（**図1**）。身長は一メートル三五センチほどで、頭部は三角形をしており、鼻が象のそれのように突き出している。だが隕石はいったいどこから飛来したのか。ミイラの寝かされていた台座には太陽系の惑星らしきものが表されており、火星がひときわ大きく描かれている。するとこれは大昔の火星人のミイラなのだろうか。しかしストーリーがそこまで進んだところで、舞台は天文学者や地質学者、生物学者からなる研究チームの討論会へと移行し、そこから読者は学者たちの演説に延々とつきあ

図1　火星人のミイラ（アンリ・ド・パルヴィル『火星の住人』, 1865年）

わされる。むしろ天文学の啓蒙書としては、ここからが本題というべきかもしれない。やがて議論は目の前のミイラから離れ、銀河系の構造や天体の一生、太陽系の惑星おのおのの特徴などが事細かに解説されていく。たしかに最終的には、各惑星の居住可能性という、同時代にカミーユ・フラマリオンをはじめとする多くの著者が展開していた問題が取り上げなおされ、ミイラの故郷は火星であり、なんらかの火山活動によって隕石が火星から放出されたのかもしれないといった推測がなされるが、結局これといったストーリー展開もないままに、書物はやや意外なエピローグによって打ち切られてしまう。

　最後の手紙では調査委員会が、ミイラの由来について一応の結論に達したあと、この大発見を合衆国が独占するよりもヨーロッパに移送すべきであると決定したことが報告されるが、いくら待ってもミイラは一向に到着しない。だが数カ月後のある日、著者が目覚めると机のうえにはまたあの手紙が置かれており、ミイラが着いているはずなのになんの返事もないとはどうしたことかという不平の書き連ねられた文面の末尾には、「H. de P.」すなわち著者自身の署名がしるされていた。ではこの手紙は自分自身が意識せずにしたためたものだったのか、自分は自分に手紙を書き続けてきたのかと、話者（＝作者？）は自問する。多重人格のなせるわざか、一種の夢遊病のようなものなのか。なんの説明もない唐突な幕引きによって、読者は報告されたミイラの発見があくまで架空の出来事であると、いわば不必要なまでに念を押されるのである。

　ほかの惑星に住人が存在するという議論、当時の表現でいうところの「多世界論＝世界の複数（プリュラリテ・デ・モン）

性」を取り上げるのが、天文学関連書籍の購買層を広げるための手っ取り早い方法だったことは間違いない。一八六二年に『居住世界の複数性』[2]によって、二〇歳そこそこで一躍有名人となり、その後数十年この問題の第一人者として君臨していくフラマリオンだけでなく、ほかの天体に生命が存在するかどうかに触れるのは、宇宙について文章を書くものにとって関心を引くための常套的な手段だった。だが多世界論は、宇宙論の便利な装飾だっただけでなく、実はそれこそあらゆる宇宙論を牽引する最大の動因だったと表現することも、あながち不可能ではない。キリスト教世界において、人間が神による被造物の最高形態であるとすれば、天体を語るあらゆる議論が、最終的にはほかの星々にも神の最高傑作としての人間が存在するかどうかを思考することになるのは避けがたかった。若きカントがその宇宙論の最後で、宇宙の構造や天体の起源に関する議論の外に踏み出し、そのようにして生成した惑星上に人類は存在するのか、存在するとすればそれは地球の人類とどの程度類似しておりまた類似していないのか、推測せずにいられなかったのはあまりにも自然ななりゆきだろう[3]。この問いこそが天体論を展開することの価値であり、宇宙が存在すること自体の意味を正当化することにさえつながるのだから。異星人はいわば、科学的思考が最終審級において思想的ないし宗教的な、あるいはなかば文学的な想像力に支えられることでのみ正当化されえた時代において、科学が終着点で出会うべき神秘的な形象であった。だがこの文学的想像力が科学的思考に正当性を与えるという図式はおそらく一九世紀において決定的な変質を蒙ったのであり、小説のエピローグに見られるような、火星人について想像力を自由に働かせることへのアンリ・ド・パルヴィルの逡巡は、その変化の表現なのではなかろうか。

これより二〇〇年近く前、一六八六年に発表されたフォントネルの『世界の複数性についての対話』[4]を思い出してみよう。今となってはほとんど顧みられることもないパルヴィルの小説を、史上もっとも有名な科学啓蒙書といえそうな『対話』と比較するのはいかにも不釣りあいかもしれないし、まして科学と文学の関係が変化したことを論じるために、近代的な「文学」が成立するはるか以前のテクストを取り上げるのは無意味と思われるかもしれないが、客観的なデータにもとづいた知と書き手の想像力との関係が、両者で異なった分節化をされていることはやはり無視できない。同時代の天文学の知見をわかりやすく解説し、それを積み上げて作った土台のうえで、ほかの惑星にも人間に似た生命体が存在しうるか否か、存在するとすればそれはどのようなものでありうるか、そうした想像を繰り広げるという意味で、二冊の書物は同じ構造をもっている。だがフォントネルの場合、話者がG侯爵夫人の前で展開するほかの惑星の知的生命体に関する議論は、このような推論を引き出すのを可能にする天文学という学問の価値を夫人に対しても正当化しているのに対し、パルヴィルの場合、火星人についての想像力は科学的な知と自らを直列につなげることを慎重に避け、科学によってしつらえられた枠組みのなかで恐る恐る動きまわっているにすぎない。科学には人間にとってこれほど重要な問題について想像力を展開するためのスペースを作り出す力があるのだという説得、つまり文学による科学の価値づけに、二〇〇年ののち、科学へと慎重に接続されるなら文学的想像力にも現実とのつながりを失うことなしに展開される余地があるのだという宣言、つまり科学による文学の正当化が取ってかわるのである。

2　聖別と失墜

たしかに科学と文学の価値が逆転したというだけの問題であれば、多くの言葉を費やすまでもない。だがここで賭けられているのはおそらく、科学小説や未来予測小説と呼ばれた文学形態のステイタスだけではなくて、この時代の文学全体の存在理由であろう。一九世紀のフランス文学、とりわけロマン主義が科学と取り結んだ矛盾に満ちた関係をいち早く整理したのは、ポール・ベニシューであった。ロマン主義に捧げられたベニシューの「四部作」のうち、特に最初の二冊で示された図式はその後、文学研究のなかではアントワーヌ・コンパニョンやウィリアム・マルクスに引き継がれ、またジャック・ランシエールが文学論の基調として用いる図式——一八世紀の「文芸」から一九世紀の「文学」へ——とも、おそらく無縁ではない。ベニシューの論点の概略は次のようなものだ。

ユゴーやシャトーブリアンら、ロマン派の詩人たちの多くは王党派として出発するが、七月革命（一八三〇年）のころに共和派と合流し、歴史的な意味でのロマン主義運動が成立する。天から啓示を受けるようにして人々に進むべき道を指し示す預言者のような、一八世紀以前には宗教指導者が果たしていた役割を引き継ぐものとしての「詩人」と、自由主義的＝合理主義的な理想を主導するものとしての「哲学者（フィロゾフ）」とが重なりあうことで、「詩人＝思想家」という一九世紀的形象が生まれたとベニシューはいう(5)。だがキリスト教的／王党派的価値と自由主義的価値とを強引に共存させようとしたロマン主義者が矛盾をはらんだ存在であることはいうまでもない。失われた価値の守護者と来たるべき世界を引き寄せる革新者とを強引に重ねあわせたような「詩人＝思想家」は、やがて現在の世界には居場所をもたないもの、つまりは呪われた存在としての詩人像を生み出していく。世紀の変わり目ごろすでにノディエのなかに予感され、一八三〇年の「若きフランス」の世代に具体的な表現を見出したこのペシミスティックな詩人の肖像は、ベニシューが直接には取り上げていない世紀後半のいわゆる「呪われた詩人」たちへと継承されていくことになるだろう。この過程ではいうまでもなく、一八三〇年（七月革命）の、次いで一八四八年（二月革命）以後の苦い経験が、ロマン派（特にその第二世代）に深い挫折感をもたらしたことが決定的でもあった。だが私たちにとってとりわけ重要なのは、過去と未来を司る祭祀として「聖別」されながら、現在から追い出されたものとならざるをえない詩人たちの幻滅が、ベニシューが「四部作」の第二巻に当たる『預言者たちの時代』で明示した科学との覇権争いにおける敗北と、表裏一体をなしているという点である。

　世界の外へと追い出されていくことが論理的な帰結だったとして、では仮に詩人たちが、現実から切り離された存在として世界を呪詛することを放棄したとすれば活路は開けるのだろうか。だがこの時代、世界に真実をもたらす役割は、文学でも哲学でもなく科学のものになっていった。

一九世紀を通じ、自然科学の社会的な決定権が加速度的に大きくなっていったとき、文学は困難な二者択一を迫られたとベニシューはいう(6)。あくまで科学の外部にとどまり、そこに科学からは独立した人間のための価値秩序を作ろうとするか、あるいは科学につき従いながら、人間に属する戒律をも取りこんだ普遍的秩序を構想するか、というのがそれである。前者の選択をして科学に立法者としての権利を認めないならば、文学も自らの立法の根拠を失うよりほかになく、だがまた後者の選択をしても——たしかにその場合科学の語る真実と文学の語る価値とを、かつて宗教が真と善を一致させたようにして一致させることは可能かもしれないが——、科学という実験的な知は決して全体性に到達できない以上、もはや形而上的な充実に達する方法はない。客観的なものでもありながら全体性にいたることができない科学という知のあり方が、根拠を求めるあらゆる試みを挫折へと運命づけてしまうからだ。「真実」は「意味」をもちえず、「意味」は「真実」性を保証されることがない。こうして科学の領域と文学・思想・宗教のそれが明確に分離され、ときに対立させられるとともに、裏側では一種の共犯関係が要求されるような構造が生まれたのである。

さらに抽象度を上げていうならば、こうしたプロセスすべてで問題になっているのは要するに、「絶対」と「相対」の矛盾という構造である。キリスト教的／王党派的価値観を打破したあとそれにいかなる価値観を対置すればよいか、既存の価値観を基礎づけてきたあらゆる超越的根拠を否定しながらなおかつ進むべき方向性に必然性を与えるにはどうしたらよいか、さらにいえば、とりあえず最大公約数的な代案として承認された啓蒙主義的＝自由主義的合理主義が科学的客観性の形で純粋化されるとき、そこに現れるのは価値づけられない真実の堆積でしかありえないという事実をいかに引き受ければよいのか。百年以上のときを隔てて見るならば、絶対と相対との矛盾など原理上解決できるはずがないという身も蓋もない断言によって一蹴されてしまいそうなこうした問いが、しかし一九世紀のヨーロッパを包みこんでいた。おそらくあらゆる時代が、あとの時代から見れば解決できるはずのない問いのまわりをまわっているのであり、やがてその問いの輪郭がぼやけて次の問いに置き換えられていくときに時代は変わっていくのだと、そんなふうに考えることを私たちは漠然とパラダイム論と呼びならわしている。これを、つまりあらゆる時代は固有の夢を見ているのだといい換えることができるならば、絶対と相対の矛盾の乗り越えとは、一九世紀が見ていた実現不可能な夢だったと表現できるだろう。ロマン主義とはこの夢の名前でもあったはずであり、したがって一九世紀の文学史を語りなおそうとするものはみな同じ夢を跡づけてきたのだといえる。新たな絶対がありうると信じたものたちの夢を「モダン」、その夢が夢でしかないことを見誤るまいとしたものたちを「アンチモダン」とアントワーヌ・コンパニョンは名づけ[7]、新たな絶対を語ることは不可能である以上この対立を解消しようとすれば必然的に追いこまれざるをえない沈黙を、「文学にさよなら」をいう身振りの系譜としてウィリアム・マルクスは追跡していった[8]。扱われる主題とそれに見合った書き方の定まった、絶対的な階層秩序を前提する「文芸」に、あらゆる主題が平等なものとなった相対性の世界を生きるべく定められた「文学」を対置するジャック・ランシエールの解釈(9)もまた、視界に入れておくべきだろう。私たちもこの夢を取り上げながら、しかし多くの論者たちとは逆に、その時代にあってこの夢を共有しなかったものたちに、思いをめぐらせてみようとしているのだが、まず確認しておくべきなのは、「多世界論」こそ絶対と相対の対立をおよそもっともむき出しの形で差し出すような主題だったという事実である。

3　キリストは火星人の罪を贖えるか

ブランキに関する章でもいくらか触れるとおり、一九世紀におけるローマ教会の多世界論に対する態度は単純に否定的なものだったわけではない。だがキリスト教の教義にとってイエスの生まれた地であるこの地球が特権的な場所でなければならない以上、人間がほかの惑星にも居住するという考えは、教会にはやはり受け入れにくいものだった。フォントネルの書物にもこの問題に関する言及があるが、それが教皇庁によって禁書の扱いを受けたのは当然だったというしかない（にもかかわらず『対話』は著者の生前だけでも三〇回以上版を重ねるわけだが）。フランス語圏を離れるなら、一九世紀最大の地球外生命論争というべきウィリアム・ヒューエルとデヴィッド・ブルースターの論争にしても、科学的な蓋然性の問題ではなく宗教的な動機にもとづくものであった。ほかの天体に人類が存在するなら、その罪はいかにして贖われるのか。どの星にも一人ずつキリストがいて、この星の救世主がそのなかの一人にすぎないと考えるのも、あるいは逆に神がほかの星の人類に対してはなんら救済の計画をもたなかったと考えることも、等しく冒瀆ではないのかという異議は、ながらく多世界論の中心的な争点となってきた。イエスはこの地にしか生まれなかったが、一人で宇宙全体の罪を贖いえたのであるとか、地球が多くの人類居住地の一つにすぎないなら、なぜ救世主はそのような宇宙の片隅のどこでもよい土地に生まれたのか不思議に思われるかもしれないが、それはイエスがナザレという任意の土地に生まれたことと同じなのだといった、さまざまに変奏されながら延々と繰り返された議論は、キリスト教世界の外部にいるものにとっては呑みこみにくい側面もなくはない。だがその議論の骨格が、宇宙のなかにおける「私たち」の位置が絶対的なものであるのか相対的なものにすぎないのかという点にあることは明らかだろう。人間が最高の――つまり絶対的な――被造物であるなら、全能の神は居住可能なすべての天体を人間で満たすのでなくてはならないが、ほかの惑星にも人類が存在するなら「私たち」の絶対性はやはり失われるというこのジレンマは、一九世紀までの西欧におけるあらゆる地球外生命論争の動因であった。

ではこれらの問いに対し、いかなる答えがありえたろうか。キリスト教的世界観を支持し続け、多世界論を認めまいとする立場にも一定のニュアンスやグラデーションはあるが、それはここでの主題ではない。絶対と相対との対立を解決すべき課題として引き受けた思索者たちは、科学がまだ（幸か不幸か）直接に答えを出すすべのないこの課題に対し、科学の知を準拠枠としながらも、文学的、宗教的、思想的な思考をさまざまに展開していくわけだが、一八世紀後半から一九世紀にかけて、つまり大まかに近代と呼んでいいであろう時代の地球外生命論争をもっとも広範かつ精緻に跡づけたマイケル・J・クロウの研究をたどっていくなら、「答え」の多くが「自然神学的」と形容できるものだったことがわかる。[10] もちろん自然神学というのも曖昧な表現ではあろう。だが至高存在はあらゆる可能性を実現するのであり、この世界は多くのものを含んでいればいるほど豊かであるのだから、どの世界にも可能である限り人間が存在するはずだという考え方——アーサー・ラブジョイが「充満の原理」と呼んだ発想[11]——が多くの多世界論的主張の根底にはあった。一方、現世の位置や価値を相対化し、無限に上昇していくための一階梯にすぎないものとみなす見方も長い歴史をもつ。さかのぼればそれはカバラ的伝統にすら接続されるのであろうが、そうした素地があってこそ、死後の魂はほかの惑星で生まれ変わりながら徐々に霊的位階を高めていくといった発想が、スウェーデンボルグ的神秘主義を経由して心霊主義のクリシェにまで成長していくことになる。もう少し自然科学に寄り添った議論を考えるなら、自然はいかなるものも無駄にしないのであるから不毛の天体は存在すべきではないというまさに自然神学的感性は、フランスでならばベルナルダン・ド・サン゠ピエールなどにもっとも明示的な表現を見出していた。[12] だが網羅的な追跡が私たちの目的ではないので、人間は宇宙という秩序の相対的な一部分にすぎないが、その秩序のなかを上昇していく可能性はあるし、この秩序自体は形而上的充実をもったものかもしれないという形で与えられた「猶予」が、絶対と相対とを一時的にせよ調停するという構造を確認しておけばよいだろう。こうした事情をもっともあからさまに提示してくれるのは、ここでもやはりフラマリオンである。

すでに言及したフラマリオンの記念すべき出世作『居住世界の複数性』(一八六二年)は、初版では百数十ページの小著だったが、次々と版を重ねるうちに膨張し、五〇〇ページ近い大著にまで成長した。だが論理の骨格は、むしろ単純な三部構成の初版で露出していたといえる。第一部では多世界論の思想史が古代からたどられ、第二部「天文学的研究」では地球が宇宙全体のなかでなんら特別な天体ではないこと——だからほかの天体にも同じように居住可能な環境があるだろうこと——が、第三部「生理学的研究」では地球上の生物の多様性が示すとおり、いかなる環境でも生命の存在する可能性のあることが語られる。興味深いのは第二部と第三部のあいだに存在する矛盾、あるいは一種の重複である。フラマリオンは一方で、どこにでも地球と同じような環境があるはずだといい、他方ではどんな環境でも生命は存在しうるという。もちろんこの二つの事実が助けあって地球外生命体の存在可能性はさらに高まると彼はいいたいのかもしれないが、重要なのはこれがまさに典型的な自然神学的「調停」の身振りだという点である。私たちはこの宇宙のなかでなんら特別の権利をもたない相対的な存在にすぎないが、だからこそ宇宙を満たしている絶対的な豊かさの力——「充満の原理」——の磁場に間違いなく組みこまれているという論理。一九世紀の夢が生み出す渇望を一時的にせよ満たすためには、この調停の身振りこそが必要なのである。

だがこのようなはかない慰めでなく、より本質的に問題を解決すること、絶対と相対との対立を昇華ないし止揚することはできないのだろうか。誰もが思いいたるであろうそのような問いが立ち上がってくるとき、それに対処するため一九世紀においてしばしば用いられた論理はおそらく、私たちの「原罪」を「特権」と読み替えるそれであった。クロウの大著が挙げている例のなかから、神学者ティモシー・ドワイトの『神学、解説と擁護』（一八一八年）と題された死後出版の説教集を取り上げてみよう。[13] ドワイトの論理は、多世界論を大筋で認めたうえで、宇宙における地球の特権性ないし優位性を逆説的なやり方で取り戻そうとするものである。それはすなわち、地球人だけが神に背いたために、地球においてだけ神と被造物の和解、すなわち救済者が必要だったと考える論理であり、つまりは「私たち」の特権性を負の方向で担保する、いわば「負けるが勝ち」の方法である。この論理が徴候的に思えるのは、それが自由主義的ロマン主義から「呪われた詩人」の世代にまで引き継がれていく論理と同じ形式を取っているからだ。そこでは現在の世界において有効な行動の可能性を奪われていること（原罪）が、本来自分こそ王冠を被るべき存在であり、また未来を透視する預言者でもあるという特権化を可能にしていた。また結局のところそれは、歴史的な時間の外にある「善き野蛮人」の世界に、罪を犯してしまったがゆえに歴史を生きることのできる西欧世界を対置させる論理とも同じ形をしているに違いない。ドワイトのような発想が一九世紀の多世界論において主流を占めたといえるわけではないが、それはこの時代のヘーゲル的＝疎外論的進歩史観を規定し続けた物語であった。そして一九世紀とは、まさにこうした「調停」や「止揚」の試みがゆっくりと破綻していくプロセスそのものである。ではこの夢の破綻をしるしづけるもっとも雄弁な証人であるらしい、多世界論というこの人騒がせな悲喜劇は、文学のなかではどのような異星人表象を生み出すことになったのだろうか。

4　ドラマがない

人間（に近い住人）がいれば天体の存在には理由が与えられ、決して全体性にたどりつくことのない無限の宇宙空間にも明確な意味が与えられるはずだった。しかし一九世紀の文学的想像力がこのテーマを十全に利用したかどうかと考えると、奇妙な戸惑いを感じてしまう。異星人の登場する「文学」作品は決して少ないわけではない。クロウの著作には文学作品と分類できるテクストへの言及もあるし、一九世紀の異星人表象のなかにおけるフーリエ的想像力の重要性を扱ったミシェル・ナタンの研究[14]や、読み物の性格が強いものの非常に広範な資料収集作業にもとづくルチアン・ボイアの書物[15]をたどっていくと、多くは忘れ去られてしまったこれほど多くの宇宙小説がこの時代に書かれていたという事実に驚かずにはいられない。だが同時に、そこで言及されているテクストのいくつかに目を通してみると、なぜもっと自由なスペクタクルが展開しないのだろうと訝しく感じるのが、現在の読者の素直な反応ではなかろうか。

一八世紀なかば、カントは科学的な知見にもとづいて、異星の住人を想像することができた。

そこでおのおのの惑星の住人は、太陽からの距離によってその本性を決定される。金星人は太陽から強い影響を受けなくては活動できないような鈍重な要素で作られているが、太陽からの力をわずかしか受け取らなくても活動できるように、木星人の体は軽くて敏捷な物質でできているはずだ。このように地球人からの類推で環境条件にあわせた異星人を想像することは、天文学の知識が蓄積されれば徐々に容易になっていくだろう。事実一九世紀のフランスを見渡すと、カントの想像力の延長に位置づけられる作品を複数見つけることができる。

世紀前半のもので典型的なのは、おそらく一八三八年から四〇年にかけて発表されたピエール・ボワタールの「天文学研究」だろう。これは『家庭の博物館』と題された、歴史や科学についての知識をわかりやすく伝えるタイトルどおりのファミリー向け雑誌に足かけ三年にわたって断続的に掲載された、小説と啓蒙的な記事の中間のような文章である。ボワタールの「小説」が例外というのではなく、「歴史研究」「博物学研究」などと題されたセクションの多くがそのような形式の文章で埋められていて、博物学全般を専門領域としていたらしいボワタールもさまざまな「研究」をものしたようだ。この文章では「私」が「びっこの悪魔」をガイドとし、太陽を手はじめに、水星、金星と太陽系の惑星を順に経めぐっていく（図2）。不思議な力で宇宙空間を超えていくこの「悪魔」は、先史時代の動物を扱ったこれに先立つボワタールの連載、「人間以前のパリ」でも案内役をしていたが、まさに時空を超えた舞台まわしであり、驚くべき博学の持ち主で、「私」のあらゆる天文学上の疑問に答えてくれる。登場するおのおのの惑星の住人は、太陽に近い惑星ほど原始的で、離れた星ほど文明が進んでいるという、この時代のクリシェを踏襲したものだが、ただしどの星の文明も、やや価値づけの微妙な木星を別にすれば地球より高いとはいえず、のちの心霊主義的宇宙観ほど秩序だっていないのは事実だろう。そのなかで、はじめに登場する太陽人の国は警察や法規、官僚機構などを必要としない高度な精神性の支配する世界として描かれており、太陽人の描写は多分にコミカルであるものの、明らかにシラノ・ド・ベルジュラックの『日月両世界旅行記』（執筆は一六五〇年から五五年ごろ）やヴォルテールの『ミクロメガス』（一七五二年）の系譜に属するユートピア的惑星譚といえる（図3）。

教養のための読み物という性格からしても当然ではあるが、だからここにはドラマティックな展開が完全に欠落していて、異星人たちとの出会いもなんらの恐怖や驚きを伴わず、ちょっとした異国人との出会いのようだ。ボワタールは極端なケースであるかもしれないが、一九世紀の多くの宇宙小説は、このような別の世界――しばしばユートピア的世界――の紹介記事のような体裁をもっていることは確認しておくべきだろう。これは世紀後半の惑星めぐりものとしてよく引きあいに出される、ジョルジュ・ル・フォールとアンリ・ド・グラフィニーの『あるロシア人学者の冒険』（一八八九年）などにまで引き継がれていく特徴である。それらは基本的には科学の知見にもとづいているが、同時に自然神学的直観に満ち、しばしば輪廻転生を前提とした世界観を提示する文章であって、タイトルに反して「冒険物語」とは形容しがたい。だがおそらく世紀のなかばを過ぎたころから、このドラマを欠いた異星人表象のなかに、徐々に別のタイプの表象

図2　隕石に乗って太陽系の天体を案内する「びっこの悪魔」（ピエール・ボワタール「天文学研究」,『家族の博物館』, 1838年）

図3　太陽の住人たち（ピエール・ボワタール「天文学研究」,『家族の博物館』, 1838年）

が予感されるようになっていく。それはとりわけ、未知のものである異星人を描くことの困難さ、あるいは不可能性を示すかのように、まさに欠如や不在という逆説的な形で現れはじめる表象である。一八六五年という年に注目してみよう。

5　イメージがない

この年フランスで、ほかの天体をめぐる三冊の書物が相次いで世に出た。一冊はジュール・ヴェルヌの『地球から月へ』であり、次にアシル・エローの『金星への旅』、そして冒頭で取り上げたアンリ・ド・パルヴィルの『火星の住人』である（ボイアもこの年を宇宙文学史上記念すべき年として扱っている）[16]。一五〇年を経て読み継がれるヴェルヌの宇宙旅行譚に比べ、あとの二冊は今ではほとんど読者をもたないが、エローの小説などはパルヴィルのそれに比べれば「啓蒙書」ではなく、それなりに意外性のあるストーリーを展開しており、ヴェルヌと比べても新しいと表現できそうな発想さえ含んでいる。まずは飛行手段がまがりなりにもロケットである[17]。たしかにそれは水を噴射して離陸し、不可思議な方法でいったん放出した水を回収して噴射し続けるというおよそ荒唐無稽なものではあるが、ヴェルヌの砲弾（**図4**）と違い、それ自体のうちに飛行動力を備えた装置として構想されていた。だがヴェルヌが二年後に発表した続編『月のまわりで』（邦題『月世界へ行く』）におけるバービケーンたちの冒険に比べれば、結局はかなり容易に実現される宇宙旅行ののちにたどりついた金星で待っているのは、地球人によく似た友好的な金星人である。星の形成期から現在までたどられる金星の歴史記述は、ドラマではなく解説であって、戦争を過去のものとして葬り去った金星人は、やはり一種のユートピアに生きていると表現できる。金星人の学者メリノが案内役となる設定も伝統的な異世界めぐりの「黄金パターン」を踏襲したものであり、世紀前半の異世界表象が大筋としては忠実に反復されているといえるだろう。

ヴェルヌによる月世界の処理はこれと対照的だ。そもそも『地球から月へ』で語られるのはバービケーンたちが出発するまでのさまざまな困難であり、空間旅行と月の描写は『月のまわりで』を待たねばならない。周知のとおり彼らは月に着陸することはなく、はるか上空から見下ろして人工的な建造物らしきものを発見、議論を重ねた末に、月にもかつて人間が住んでいたが、今は姿を消してしまったのではないかと結論するのだった[18]。どの天体も同じ運命をたどるはずであり、月の方が早く冷却したのだから早く人間が生まれ早く絶滅したのではないかという考え方にはまったく意外性はない。重要なのはヴェルヌが決して

図4　月に向けて発射される「砲弾」（ジュール・ヴェルヌ『地球から月へ』，1868年版のイラスト）

月人（セレナイト）を造形することはなかったという点である。要するにこの時代、人々はまだ説得力をもった異星人のイメージを作り出していない。まさにこの三冊と同じ年、一八六五年に発表された『想像上の世界と現実世界』のなかでフラマリオンは、古代からその時点までの異星人表象をたどり、そのすべてが地球上に存在する既知の存在の変形にすぎないという、当然といえばあまりに当然の結論に達していた。「想像力はいまだ現実の手前にとどまっている」[19]というその断言はしかし、この時代における文学と科学の関係を端的に表現するものだともいえる。未知のものに現実性を与える権利を、文学的想像力は決定的に失ったのである。

だからこそパルヴィルの例は特権的なものに見える。彼の「火星人」が徴候的に思えたのは、科学に意味を贈与するのではなく、科学に保証されることで限定的ながら説得力（本当らしさ）をもつことのできる文学のあり方を証言しているからだった。文学的想像力がもはや、あるいはいまだ作り出すことのできない火星人は、黒焦げのミイラの姿でだけ、どうにか地球まで漂着することを許されるのである。一九世紀を通じ、文学は科学に先行する能力を失っていった。フランス語圏SF文学の歴史（あるいは前史）を語りながら、本人も現代SFの中心的作家であるセルジュ・レマンは、一八六〇年から一九一四年にいたる時期が、フランスの精神史のなかでは例外的に、科学が拓く未来に対しての不信感を弱めた時期であるとしている。[20]だがこの科学が信頼されていた時期は、科学によってやがて可能になるかもしれない異様な状況を前提することで日常生活を異化してみせる方法――ダルコ・スーヴィンがいうところの「外挿法[21] extrapolation」

——の多用された時代ではない。たしかにヴェルヌは「外挿法」を用いず、原理的に説明できる要素で物語を組み立てる「内挿法」の作家であるというスーヴィンの意見は、どこまで支持できるか微妙であろう。だがそれでもヴェルヌの想像力が、あくまで科学を追い越すことを拒否したのは事実ではなかろうか（未来予測という点でも、アルベール・ロビダのような書き手の方がより大胆であった）。逆説的にではなく、だからこそヴェルヌは科学と文学を、相対的なものでしかない現実と絶対性の夢を捨てきれない精神にとっての真実を、なんとか架橋し調停することができたのだった。一九世紀の異星人表象は、イメージを手にしている限りドラマを生み出すことができず、ドラマに組みこまれようとした途端にイメージを失うことになるのである。

こののち一九世紀の残り数十年にわたり、ユートピア的な（擬＝人間的な）異星人表象と、現実的な異星人表象の不可能性（およびその不在の逆説的な存在感）とは、ときには交差しながらもそれぞれの後継を見出していく。ユートピア的異星人像として興味深いのは、ピエール・ド・セレーヌの『ある未知の世界——月での二年間』[22]（一八九六年）のケースである。この小説はジュール・ヴェルヌに捧げられており、『月のまわりで』の後日談として構想されたものだ。バービケーンたちの冒険の二〇年ほどのち、主人公たちはかつてヴェルヌの登場人物が使った砲弾の本体と装備一式が売りに出されたのを知って買い取り、改造して組み立てなおしたのち、それを用いて月に出発する。そして今度こそ地下生活を送っていた月の住人たちに出会うのである。実はヴェルヌの小説のなかで、クルーの一人ニコルは「もし仮に月に動物界の存在がありえたとしても、ふかい洞穴のなかに潜りこんでいて、われわれの目では見えないだろう[23]」と発言していた。セレーヌはこの予想を実現するかのように月の人間を地下世界に住まわせ、そこにだけ地表にはなくなった水や空気が残っているという設定でそれを正当化する。しかし出会われた月人（セレナイト）はやはり進んだ文明と高い精神性をもったユートピア世界の住人である（図5）。月世界からの連絡が途絶える結末は、高い段階に達した文明の崩壊という悲観的なテーマを予感させる部分もあるが、ヴェルヌへの敬意にもかかわらず、この小説が一八世紀までの異星人観を延長していることは事実だろう。

他方ヴェルヌとの共作経験をもち、同じくエッツェル書店から小説を発表していたアンドレ・ローリーはさすがにヴェルヌに近い発想をしているように見える。前後編をなす『ラダメーの侏儒』と『宇宙の遭難者たち[24]』（一八八八年）は、山頂に設置した巨大な磁石で月を地球に引き寄せようという途方もないアイディアの小説であるが、多くの意味でヴェルヌの月旅行二編の精神を受け継いでいる（図6）。前編はヒロインをわがものにしようとする悪役（＝ラダメーの侏儒）の陰謀を中心に展開する部分が多く、ヴェルヌの場合のように装置の建造過程が主題とはいいきれないが、それでもユートピア的な宇宙旅行のようにたやすく目的が実現されることはなく、そこまでのプロセスが地球外世界とコミュニケートすることの困難と意義を知らしめる役目を担っていると見えなくはない。ここでも文学が科学に意味を贈与しようとするのである。まして後編で月に渡った主人公たちが目にするのは月世界人そのものではなく、おそらく一〇メートルにも達

図5 月世界人（ピエール・ド・セレーヌ『ある未知の世界』, 1896年）

図6 巨大な磁石を用いて地球に引き寄せられた月（アンドレ・ローリー『ラダメーの侏儒』, 1888年）

しようかという巨体だったことが想像されるかつての住人たちが残した巨大な廃墟であった。この時点でもまだ、文学的想像力は現実的な他者としての異星人表象を作り出してはいないのである。さらにこれは科学小説という枠でくれる作品だけの話ではなく、たとえばモーパッサンが「火星の男」[25]（初出は一八八七年）という短編を書いたときに登場させたのもやはり、ほかの天体からやってきた宇宙船と思しき飛行物体を目撃した（と彼自身は主張する）男にすぎなかった。ここでも物語は、想像力を抑制することでだけ、一定の説得力――いわば「不気味なもの」の現実感――を保持することに成功するのである。

一九世紀、特にその後半における異星人表象は、絶対への夢をつなごうとするなら伝統的なユートピア的＝自然神学的イメージのナルシシックな回路から抜け出すことはできず、相対的なものとしての現実に向けて踏み出そうとすると、沈黙に追いやられる以外にない。そしてこの絶対的なものとしての人間的価値と相対的なものとしての科学的真理とを調停するための試みがゆっくりと挫折してゆくプロセスを誰よりも明確に体現したのは、やはりジュール・ヴェルヌであろう。ヴェルヌの小説にはもともと、同時代の早すぎる進歩に対し、そこから生じるめまいを中和し、変化を漸進的に受け入れさせる役割が担わされていた。それは「静力学的世界観と熱力学的世界観、キリスト教と実証主義的科学、産業資本主義と金融資本主義、超越的政治権力（王権）と平板な民主主義」[26]のあいだで生じた移行の衝撃を和らげることで、変化を受け入れさせる緩衝装置として機能する。だがよくいわれるように、ヴェルヌは徐々に科学の指し示す直線的時間と永続的な進歩の夢への違和感を募らせてゆくのであり、最晩年の『永遠のアダム』（一九〇五年）においては永劫回帰する円環的時間を受け入れるにいたった。直進する相対的な時間に絶対的な意味を与えるという一九世紀の夢は、ついに放棄されるのである。

だが世紀の転換期、異星人表象は新しい段階を迎えることになる。

6　他者の想像力

一定の合理性と現実性をもった、説得力のある他者としての宇宙人表象が、H・G・ウェルズの『宇宙戦争』（一八九七年）によって発明されたという常識は、やはり否定しがたい。では一九世紀の多くの書き手にはできず、ウェルズにおいて可能になったこととは何だったろう。それは自己表象と他者表象の関係の新しい分節化だと表現できる。カントからフラマリオンまで、異星人は地球人と似たものとして、少なくともそれからの偏差としてしか思考されえなかった。そもそも多世界論の目的が、ほかの世界にも「人間」が存在すること、したがって宇宙には意味や価値があることの証明にあったのだから、それは当然だったろう。自己表象からの類推が無効な場所で想像力を飛翔させ、他者を表象するなどという行為――あくまで科学的な真実性を放棄せずに、思考実験的で「外挿法」的な想像力を用いる行為――は、少なくとも一九世紀後半までの認識論的前提のなかで現実感をもったイメージを生み出すことはできなかった。だがウェルズの火星人は、進化論的図式を取りこみながら、かつて地球人のような姿をしていた存在が、環境の変化によって姿を変えた果てのありようとして、いわゆるタコ型の火星人を提示する（図7）。「私たち」と無縁ではなく、科学的な必然性でつながれているが、「私たち」からの偏差としては捉えられない存在――なぜなら「人間」が最上位の被造物でない以上、基準となる人体表象があるわけではないから――、私たち自身と似ているにもかかわらず異なっているのではなく、私たちとかくも異なっているが、だからこそ私たちの未来であるかもしれない存在というこの発明が、人間的絶対と科学的相対との対立を無効にしてしまう。もし存在するなら宇宙のなかにおける「人間」の存在を正当化してくれるはずの異星「人」の時代が終わり、「人間」の他者としての地球外生命体の時代がはじまるのである。

もちろん西洋の歴史はそれぞれの時代に固有の「他者」表象を作り出してきたし、逆に現在にいたるまで西洋中心主義的ならざる「他者」表象が完成したことなどないと主張することも可能であるには違いないが、少なくとも異星人表象についていう限り、二〇世紀のはじめごろに無視しようのない変化が生じていることは事実である。一定の科学的な知識を準拠枠として肯定しながら、しかし科学に対して従属的な立場にとどまるのではなく、とりあえずは未知の不気味な何かとして現れるにしても、あるところまで理解可能となるかもしれない別の論理をもった他者を想像し、かつ主体的に創造していくという課題を引き受けたとき、二〇世紀的なＳＦの異星人表象が成立する。あまりに図式的すぎるかもしれないが、別の論理をもった他者を内側に見出す技

左：図7　タコ型の火星人（H・G・ウェルズ『宇宙戦争』, 1906年ベルギー版のイラスト）

右下：図8　一つ目で一本足の水星人（ジャン・ド・ラ・イール『閃光を放つ輪』が『マタン』紙［1908年4月10日号］に掲載された際のイラスト）

左下：図9　地球人を襲う火星の怪物（ギュスターヴ・ル・ルージュ『吸血鬼戦争』, 1909年［『火星の虜囚』の続編］）

術としての精神分析と、外側に見出すそれとしての文化人類学がやはり同じ時期に成立するという時代の趨勢とも、このことはやはり無関係ではないだろう。こののちSF的想像力は、いかにしてより私たちからかけ離れた、しかし理解可能な他者を作り出すかという課題を、その不可能性が証明されるような地点にまで押し進めていくが、だからこそ私たちの思考をトレースしてしまう不定形の生命体である『ソラリス』（一九六一年）の海は、二〇世紀における他者表象の一つの極限形態であり続けることになる。

フランスに目を向けるなら、一九〇八年に発表された二冊の小説、ジャン・ド・ラ・イールの『閃光を放つ輪』[27]とギュスターヴ・ル・ルージュの『火星の虜囚』[28]が新しい異星人表象の成立を画しているといえるかもしれない。たしかに両者とも、いまだ惑星間移動の手段として心霊主義的な幽体離脱を用いている点において過渡的な作品と見えもする。だがある程度は環境への適応として説明できる、しかも人間を基準としてはいないように見える身体構造と、それなりの論理を備えた行動様式をもつという意味で、前者の固い殻に覆われた一つ目の水星人（図8）や、「吸血鬼」と形容される後者の火星人（図9）は、ともにウェルズによって開かれたパラダイム上で生み出されたと評価できるだろう。だがここで強調したいのはむしろ、異星人についての想像力が解放されることで忘れられてしまう、一九世紀において異星人を表象しようとするとき常につきまとっていた、じりじりするような抵抗感である。

ヴェルヌもモーパッサンも、はじめに取り上げたパルヴィルも、直接的な異星人表象にほとんど手を触れるところまでいって、その手を引っこめてしまう。社会的な現実に対して力を及ぼすことのできなくなった文学が、固有の絶対性のなかに閉じこもるのではなく、みずからの語りにそれでもなんらかの説得力と現実性を担保しようとしたとき、相対的なものにすぎないにせよ真実を語る方法を手にしている科学と向きあい、科学の許すスペースのなかで現実の異星人を想像しようとする。これがいかに困難な身振りであったか、今となっては実感することは難しい。だが忘れてはならないのだが、この時代、火星人は本当に存在するかもしれなかった。近く科学が存在を証明するかもしれない火星人を、一方ではいまだに絶対的と見えてしまう価値（要するに火星人が「人間」である可能性）を捨てることなしに、科学という相対的な知が啓示するであろう真実と抵触することのないように語るということの課題には、だからこそ決して挑戦するものは多くなかった。その後科学の普遍的な価値は、とりわけ第一次世界大戦とともに根底的な疑念の対象となり、科学的客観性という概念自体が相対化されていく（その相対化がどこまで実効性をもったかはここでは問わない）。そのとき文学は科学に対し、作家が「聖別」されえた時代とはまったく異なった、しかしそれなりに自立した存在様態をふたたび獲得するし、他方では、すでに述べたようなさらなる「他者」を想像／創造するという課題がSF的想像力に割り振られていった。

一方で、一八七七年にスキャパレッリが火星の赤道付近に見出した網目状の構造が、知的生命体の作った運河であるかどうかをめぐって第一次大戦の時期にいたるまで延々と継続されていったいわゆる「運河論争」も、スキャパレッリ、ローウェル、フラマリオンといった立役者が徐々に退場していくとともに立ち消え、火星に高度の文明があるといった考えは顧みられることがなくなっていくだろう。火星人はいるかもしれない存在ではなくなるのである。繰り返そう。想像力が現実的なものとしての火星人に別れを告げるとき、絶対的な他者を現実的なものとして思考すべき時代としての二〇世紀がはじまるのである。

　だが序章から予告してきたとおり、私たちが取り上げるのはこの終わっていった時代、異星人をイメージすることが困難だったはずの時代において、それをあえて引き受けた人々ではないし、ましてやそれに成功した英雄や天才ではなく（おそらくそんな英雄も天才も存在しなかった）、そのような問題などまるで存在しないかのように異星人を語ってしまった、幾人かのはなはだ奇妙な人々である。彼ら／彼女らはまるで、同時代の人々とは異なる夢を見てしまったかのようだ。一つの時代が見ずにいられなかった夢に対し、その夢にだまされなかったものこそが時代を超える作品を作りうるという――たとえばアントワーヌ・コンパニョンのような――考え方に対しての、強い違和感から出発してみよう。以降の章で扱う人々が結果として時代を超えてしまうものを作りえたのは、夢から醒めていたからでなく、誰よりも深く夢を、しかし隣人たちとは別の夢を見ていたからである。その時代の課題を否定して過去に戻ろうとしたのではないが、その課題の前提を打ち壊して先に進もうとしたのでもなく、また無垢であったがためにそれを直感的に乗り越えられたというのとも異なって、ただ単に別の夢を見てしまう、そんなこともまたありうるのではなかろうか。

選ばれた五人の人物——四つの事例——は、いかなる意味でも一つの系譜を形成してはいないし、それは結局のところほぼ偶然に見つけ出されたものにすぎない。だがそれでも、ここで一つのまとまりとして切り出した一九世紀後半のフランス語圏という枠のなかで、彼らはそのはじまりの時期（ドゥフォントネー）、中間地点（クロ、ブランキ）、終わりの時期（フルールノワとエレーヌ・スミス）に位置している。その意味で彼らを追跡していくことは、科学と文学の調停という近代の夢が定着し解体していくプロセスを、例外的な事例に寄り添いながらたどりなおす作業でもある。規範としての夢とノイズとしての夢の交錯の物語を、まずは二〇世紀的ＳＦ小説の先駆者でもあり、同時に美容整形の先駆けともいえそうな、奇妙な医師に語ってもらうことにしよう。

第二章　C＝I・ドゥフォントネー
――〈本当らしく〉ないが科学的な夢をめぐって

1　時宜をえないテクスト

レーモン・クノーが『スター、あるいはカシオペアのΨ』[1]（図10）を「発見」したのは、一九三〇年代の、いわゆる「文学狂人」探しの最中のことだった。文壇や学会に注目されることなく奇妙なテクストを生産し続け、あるいは突飛な自説を主張し続けたが、やがて忘れ去られてしまった特異な書き手を狩猟する際限のない作業は、クノーにとって決して大きな達成感やカタルシスをもたらすものではなかったようだが、百年近く前にひっそりと出版されていた、シャルルマーニュ＝イシール・ドゥフォントネーという、まったく聞いたこともない、しかしなにか大げさなものを感じさせる名前をもった作家の作品は、まぎれもない「傑作」と思われた。

ヒマラヤ山中で発見された隕石に特殊な金属のケースが埋めこまれており、そこから未知の言語で書かれた相当量の文章が見つかる。数年かけて解読してみると、それが宇宙のはるか彼方、カシオペア座のある天体からやってきたものだとわかるのだが、そこにはこの星の自然環境や動植物相、居住する「人間」の外見や能力、歴史や文化が記述されていた。隕石はその惑星の火山から宇宙空間に放出されたものらしいのだが、この設定は、第一章で言及した、多くはやはり忘れられたままの同時期の小説と比べる限り、さほど奇異なものではない。匿名の著者がイギリスで一八六四年に出版した『月世界旅行の物語』を、アレクサンドル・カトゥリノーがフランス語に翻案したときも、それは『月の火山から放出された本物の草稿にしたがって語られた月世界旅行』[2]と題されることになったし、やはり第一章で取り上げたパルヴィルの小説でも、隕石は火星の火山活動によって宇宙空間へ飛び出した可能性が高いという結論になっていた。また「スター」と名づけられた惑星の住民たちも、この世紀に想像／創造された多くの異星人同様に地球人とよく似た姿かたちをしている。「これまで自然は、こうした姿の人類以上に完全な人類を創り出してはいなかったのである[3]」という断言は、ここで自然神学的＝ユートピア的な異星人像と呼んできた一九世紀の標準的イメージと、スター星の住人が遠く隔たってはいないことを証明しているに違いない。まずなんといっても特異なのは、太陽系からはるか彼方の一つの惑星が舞台だという点である。

舞台が太陽系外の惑星であるという設定は、単に文学史上ほとんど類例がなかっただけでなく、現実の天体についての天文学上の知識から自由な物語であること――あえていえば、書き手が困惑してもおかしくないほどに自由でありすぎること――を意味する。多世界論とはまず太陽系のほかの惑星に人間が存在するかどうかという議論だったのであり、これではあまりに恣意的な想像力の行使ではなかろうか。スター星には「人類」以外に、人類とサルの中間のような「ルプルゥ」と呼ばれる存在や、数は少ないが賢人として描写されている「長寿族」がおり、彼らの外見はそれぞれ「人類」とはかなり異なったものだ。ましてスター星のまわりをまわる衛星の住人たちは、まずは奇想天外と形容して間違いないような外見と能力を備えている。たしかに姿が異様であるというだけなら、たとえばボワタールの考え出したほかの惑星の住人もずいぶんと奇妙

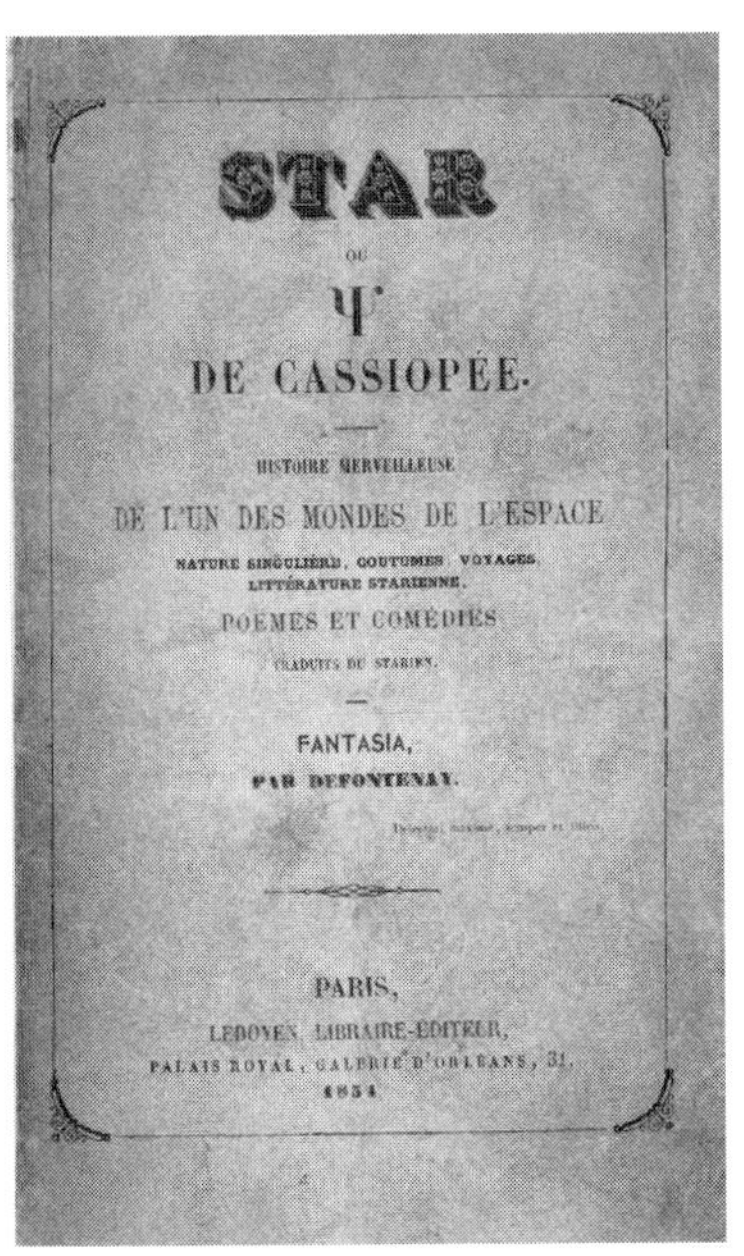
STAR
OU
Ψ
DE CASSIOPÉE.
HISTOIRE MERVEILLEUSE
DE L'UN DES MONDES DE L'ESPACE
NATURE SINGULIÈRE, COUTUMES, VOYAGES,
LITTÉRATURE STARIENNE,
POËMES ET COMÉDIES
TRADUITS DU STARIEN.
FANTASIA,
PAR DEFONTENAY.
PARIS,
LEDOYEN, LIBRAIRE-ÉDITEUR,
PALAIS ROYAL, GALERIE D'ORLÉANS, 31.
1854.

図 10　シャルルマーニュ＝イシール・ドゥフォントネー『スター，あるいはカシオペアのΨ』，1854 年

なデザインだったわけだが、ともかくそれらは実在の惑星の物理的な条件に適応した姿と考えられていた。だがこの小説の登場人物たちには、科学が必然性を保証する枠組みが何もないのである。さらに二〇世紀以降の読者を驚かすのは、惑星全体を覆う伝染病の危機、それを逃れるための宇宙船の建造と衛星への脱出、数世代を経たのちの帰還と理想国家の建設という、まさに「人類」の運命を語る、波乱に満ちた年代記の発想であろう。ユートピア文学の系譜に属する要素が多く含まれることは間違いないにしても、これを「発見」したクノーが早すぎるSFと考えたのは自然だったとしかいいようがない。クノーは『スター』を「文学狂人」のアンソロジーに加えようとすることはなく、第二次世界大戦後になって、『南方手帖』の小ロマン派特集号でこの「発見」を慎ましく報告するのである。[4] これに刺激された批評家のジャン゠ジョゼ・マルシャンが多大な労力を払ってドゥフォントネーについての貴重な伝記的情報を突きとめてくれたおかげで、[5] 謎の書き手の輪郭は多少とも明らかになっていった。その後『スター』は徐々にSF小説の先駆としての評価を確立し、ダルコ・スーヴィンによって「一九六〇年代以前とはいわなくとも、すくなくともステープルドンやC・S・ルイス以前には、これを凌ぐものはなかったとさえいえる孤高の傑作[6]」とまで評されることになるだろう。

ところでクノーはなぜ『スター』を「文学狂人」のアンソロジーに加えなかったのだろうか。「狂人」の形容にそぐわないことは直感的に理解できるかもしれないが、何がそう形容することをためらわせるのか、多少とも言語化してみよう。クノーが探し出した多くの書き手は、みななんらかの問いに対する答えを啓示され、それを世に知らしめようとして書いている。その問いとは、あるいは解決不可能なはずの数学上の問題であり、あるいは言語や人間、世界そのものの秘密である。こうした書き手は人々と同じ問いを問いながら、異常な答えを与えてしまう。一方ドゥフォントネーの小説には、なにか異様な道筋をたどって論理が進んでいくという感触はない。語り口はきわめて平易であり、たしかに指導者マリュルカールの手でついに打ち立てられた理想国家の記述には、前衛的といえるほどの極端な平板さを認めることができるとしても、全体のストーリー展開に一九世紀小説の論理を裏切るようなものは何もない。不思議なのはしかし、なぜこのようなテーマが設定されえたのかという点である。クノーのいうとおりもはやユートピア小説とはいえず、間違いなくすでにSF小説に属するテクストと見えるのだが、ではなぜこれがその時期に書かれねばならなかったのか。ここにあるのは、展開そのものは同時代の多くのテクストと同じ道筋を通っているにもかかわらず、出発点となる問いを共有していないかのようなテクストである。後世によって「発見」されるのが多くの場合「天才」か「狂人」のテクストだとするなら、ドゥフォントネーはどちらでもなく、単に時宜をえない書き手だという以外にない。異様な答えを出して笑われるのではなく、見知らぬ問いから出発しているために見向きもされなかったテクスト。同じことはおそらく、ドゥフォントネーのほかの著作にもあてはまるだろう。

2 傑作／奇書／駄作

肺結核を扱った博士論文は別として、ドゥフォントネーは生涯に三冊の書物を上梓している。文学作品としては『スター』以外にもう一冊、それと前後して出版された戯曲集『演劇習作』[7]があり、ほかの一冊はそれらより一〇年ほど早く、「シッド博士」の筆名で発表されていた広義の医学的著作『美顔造型術試論』[8]である。「シッド」とはもちろん英雄エル・シドのことだが、ドゥフォントネーの名をイニシャルでしるすと偶然CIDとなることから発想されたペン・ネームなのだろう。この書物は初版の二年後に再版されるが、そのときはタイトルが『美の秘宝』と変えられており、シッド博士の『美の秘宝』とはなんとも怪しげな書物というしかない（図11）。下世話な受けを狙っているのではないのだろうが、ちょっとした気紛れのようにこの偽名とタイトルが選ばれてしまうこと自体、時宜をえないテクストのあり方を象徴するかのようだ。ドゥフォントネーの名が記憶されていくとすれば、SF小説を予見する驚異的な書物という『スター』への評価のためであることは当然だが、実はそれ以外の二冊も完全に無視されてきたわけではなく、それぞれほかの二冊を知らない著者によって言及された例がわずかながら存在する。しかもそれらの評価のコントラストは実に印象的なものだ。なぜならそれらを総合すると、これら三冊のうち一冊は傑作、一冊は奇書、一冊は駄作であるという結論になるからであり、しかもそれぞれが傑作であり奇書であり駄作であるのは、一つの同じ理由によると思えるからである。

ジャン＝ジョゼ・マルシャンがまさに執念で調べ上げた情報によるならば、ドゥフォントネーの父親はノルマンディーの小村で郵便局長を務めながら農業を営んでいたが、啓蒙思想に深く感化されていたその男は、一八一九年に生まれた息子にも、おそらくは新しい時代を切り拓くことを期待して偉大な王の名をファースト・ネームとして与え、当時の農村部では珍しく息子を大学にまで進学させようと考えたらしい。やがてドゥフォントネーは博士号を取得し、パリからほど遠からぬサン＝ジェルマン＝アン＝レーで開業するが、同時に文壇とも一定の関係をもちつつ三冊の書物を著したのち、一八五六年に三七歳の若さで亡くなっている。彼の医師としての活動が具体的にどのようなものであったか、詳しいことはわからない。ともかく確実なのは、一方では発達しつつあった歯の矯正技術のおかげで、他方では民族学的な書物や旅行記が世界中からもたらした、人体を変形するさまざまな技術についての情報に促されて、ドゥフォントネーが人間の顔は一般の想像以上に可塑的なもの

LE TRÉSOR
DE
LA BEAUTÉ
OU L'ART DE CORRIGER
LES DIFFORMITÉS DU VISAGE
ET
D'ASSURER L'EMBELLISSEMENT DE SES FORMES,
PAR LES PROCÉDÉS DE
LA CALLIPLASTIE;
Education physique de la beauté, hygiène du visage, cosmétique, etc.

PAR LE Dr CID.

DEUXIÈME ÉDITION.

Quel serait irrésistible un beau visage, une belle figure humaine n'ont-ils point pour le cœur de l'homme !
LAVATER, Ess. de Physiogn., t. III.

PARIS
MOQUET, LIBRAIRE-ÉDITEUR,
COUR DE ROHAN, 3,
PASSAGE DU COMMERCE, QUARTIER DE L'ÉCOLE DE MÉDECINE.
1848

図 11　シッド博士（シャルルマーニュ＝イシール・ドゥフォントネー）『美の秘宝』，1848 年（『美顔造型術試論』［1846 年］の再版）

であると気づき、物理的な手段でそれを作り変える「医学」の一分野を考案すると、それを「美顔造型術 calliplastie」と名づけたという事実である。開業医としての彼がはたしてこの理論をどの程度実践できたかは定かでないが、『美の秘宝』のなかにはこれを適用した複数の「症例」に関する報告が含まれるし、臨床医としての専門分野が何であったにせよ、自身の名づけた「治療法」でも実際の活動を行っていたことは間違いがないようだ。

とはいえもちろん彼の名は、少なくとも私たちが調べた限り、整形医学史に登場することはない。だがマルシャンが気づいたとおり、「シッド博士」の名は化粧や身だしなみの歴史を扱った「ク・セ・ジュ文庫」の一冊に見出される。[9] 顔を美しくするという行為について結局は古代とさして変わらない保守的な観念が抱かれていた時代にあって、「シッド博士」は「美の社会的重要性」を理解していたのであり、のちに美容整形がもつであろう効果を予見していたのだと、この書物は語っている。その後もたとえばジョルジュ・ヴィガレロの『美人の歴史』[10]などでは、各人が美しくなる権利を獲得するとともに、だからこそみずからの外見に対する個人の不満もまた前面化していった一九世紀という時代の欲望に対応するものとして『美の秘宝』は言及されている。だが誤解してはならないだろう。この先見の明はあくまで観念的、精神的レベルの問題であり、決してドゥフォントネーが美容整形の基礎となる医学的な発見をしたわけではない。これらの研究の著者たちにとって『美の秘宝』は、時代の要請を感じ取っている部分はありつつも実践的効果においてはいかなる系譜も生み出さなかった「奇妙な書物」なのである。

他方独立した四編の戯曲からなる『演劇習作』については、一九世紀中葉までに広く浸透していたテーマをかなり不器用に変奏したものにすぎないとする評価を複数確認できる。収録作のうち、史実にもとづいた二編、すなわちユダヤ人のメシアに祀り上げられたのちに破滅していく若者の物語である『バル・コクバ』と、キリスト教対イスラム教の構図を基調とし、レバノン山岳地帯一帯を支配する「山の老人」ハサンの没落を描いた『山の老人』についてはそれに言及した文章を見つけることはできなかったが、第三作『オルフェウス』と第四作『プロメテウス』については、それぞれ西洋文化に深く根づいたこれらの神話形象を扱う網羅的な研究のなかで名を挙げられるのは当然であろう。たとえば一九世紀前半からなかごろのフランス文学におけるオルフェウスのテーマを取り上げたブライアン・ジューデンの研究は、ドゥフォントネーの作品について、「習慣によって錆びついてしまった」いくつかの「テーマを見限ったという以外に利点がない」[11]としている。一九世紀なかごろ、多くの書き手によって打ち出された典型的なオルフェウス像は、堕落した聖職者に敵対しながら神に仕える真の方法を開示する存在としての詩人というそれであるが、これこそまさにポール・ベニシューが描き出した、既存の教会権力よりも根源的な場所で聖別された「詩人＝思想家」の象徴に違いない。だが一八五四年に発表されているドゥフォントネーの『オルフェウス』は、一世代前の詩人たちが称揚したイメージを、多少の無駄を省いて素朴になぞったものにすぎないと、ジューデンはいうのである。

一方、西欧文学におけるプロメテウスのテーマを跡づけたレーモン・トルーソンの古典的な研究はドゥフォントネーの戯曲について、多くの「アレゴリーによって——実のところきわめて不器用に——飾られた大げさな詩」であると評する。[12] そこに現れるのは一九世紀前半に数多く生み出された、宗教の独裁に反抗する進歩と科学の使者としてのプロメテウスという、紋切り型の英雄像にすぎない。それは神々から火を奪った罪で鎖につながれたプロメテウスを、ヘラクレスに先導された人間たちが助け出すストーリーだが、その呆気にとられるようなハッピー・エンドは、たしかにトルーソンの評価も無理からぬと思わせるものだ。戯曲の終わりでは、絶望に打ちひしがれたプロメテウスに、人間たちは神々との闘いに勝利を収めたという知らせが突然届くのだが、この勝利にはいかなるプロセスも必然性もない。唖然とする読者をしり目に、人間たちはただ唐突に勝ってしまい、嘆きに沈んでいたプロメテウスがいきなり誇らしく人間をたたえる言葉で幕が下りるのである。

人間たちよ、神々に打ち勝った人間たちよ、頭を上げて、打ち負かした神々からあらゆる高慢を奪い取れ。お前たちは自由なのだから。偉大なのだから。幸福なのだから。おお人間よ、今こそお前は力を手にした。創造者であり、ほとんど神となった。どうかお前の精神が、地上のものであれ天上のものであれ、あらゆる恐怖から解き放たれてあらんことを。お前にふさわしからざるこの観念こそが、隷属を引きとめ永続させるのだから。この恐怖だけがお前の力を麻痺に陥れ、お前を神の位置にまで高めた知性を引きずりおろしてしまうのだから。[13]

だがここで私たちは気づく。これはすなわち『スター』末尾で、マリュルカールによってついに実現された理想国家がたたえられるときの言葉とまったく同じものである。啓蒙主義＝共和主義の理想を体現する英雄として、そして新時代を支える知である科学を象徴する神話形象として、幾度も利用されてきたプロメテウスはしかし、一八三〇年（七月革命）を経験し、まして四八年（二月革命）を経た時代にあって、これほど素朴に掲揚されてよいイメージではなかった。『フランケンシュタイン』（一八一八年）の副題が「あるいは現代のプロメテウス」であるとするなら、そこにはすでに啓蒙主義や革命という希望がその裏で生み出してしまった危険と恐怖が暗示されていたはずだ。世紀のなかばを過ぎてから、人間を神から解放したプロメテウスを高らかに謳い上げる身振りは、明らかに時宜を逸したものなのである。だとすると奇妙なことに、ドゥフォントネーが父親から無批判に引き継いでしまったらしい共和主義の思想は、彼の『オルフェウス』や『プロメテウス』を時代遅れの作品にするとともに、『スター』の先駆性をも規定しているといわなくてはならないだろう。

要するにドゥフォントネーの三冊の書物は、一つの同じ身振りを反復している。それは神――少なくともキリスト教的な神――の支配を抑圧とみなし、それに抗議しようとする身振りであり、決定論的世界（「絶対」）に挑戦する身振りである。『秘宝』は与えられた自然を運命として受け入れることを拒否して身体を作り変えようと試み、『習作』は人間と神の闘い、および人間の唐突な勝利を描き出し、『スター』は人間がはじめから勝利してしまっている社会、人間が神である世界を提示する。しかもこれらの身振りはすべて、等しく「根拠」と「必然性」を欠いたそれである。そして不思議なことに、自らの時代の問いを問わない書物は、おそらく見る角度によって、駄作にも奇書にも傑作にも見える可能性をもつらしい。これはどういうことか。

あとでやや詳しく見るように『秘宝』は観相学の流行と深く関係しているが、この学問がたとえ「疑似」科学であるにせよ同時代の読者にとって「科学」であったとすれば、それは人間の内面と外面の「必然的」な関係を記述するふりをしていたからだが、他方ドゥフォントネー＝シッド博士の書物が自然を作り変えそれに近づけようとする美の基準には、おそらく当時の読者にとってすら納得できる「必然性」がなかった。ゆえにそれは「奇書」である。『習作』は、本質的には大革命時代のものである、自然と神に対する人間の勝利という主題を扱いながら、そのストーリーには勝利を正当化するいかなる「必然性」も見つけることはできない。ゆえにそれは「駄作」である。失われてしまった「絶対」に対し、新たな「絶対」を——絶対ならざる絶対を——見つけるべく、あるいは「相対」のなかでなおかつ方向性を見定める可能性を探し求めつつ、人々が苦闘していたとき、『秘宝』も『習作』もこの闘いを共有しないのである。では『スター』はどうか。『スター』もまた、人間自身が神となりうる理想社会を描いているにもかかわらず、現実がいずれそれに近づいていくべき世界を描いたユートピア小説ではなく、いずれ可能になるであろう世界を描く科学小説でもなくて、一つの別世界を現実といかなる「必然的」な関係をもつこともない姿で、ただそれ自体として提示するのみである。では科学とのあいだに「必然的」な関係をもたないこの小説が、なぜSFの先駆的な「傑作」とみなされることができたのだろうか。おそらく理由の一つは逆説的なことに、科学技術や科学的な知識を利用するとき、一九世紀のテクストであれば当然前提すべき条件が欠落している印象があるからである。宇宙船の飛行原理、および進化論的図式の二点について考えてみよう。

3　宇宙船はなぜ飛べるのか

ドゥフォントネーが『スター』で援用する科学的な知識は、どの程度の広がりと正確さをもつだろうか。たしかに書き手は博士号をもつ科学者だが、そこには当時のレベルからしても決して堅固とはいえない側面が多いようだ。たとえばドゥフォントネーの天文学に関する知識は、かなり限定されたものに見える。スター星の属する恒星リュリエルを中心とした太陽系は、四つの太陽を含むという非常に不思議な特徴をもっているが、中心に位置するリュリエル、リュリエルにもっとも近い軌道上を公転する緑の太陽アル・テテール、惑星スターの衛星でありながら真紅に燃える太陽でもあるユリアス、そしてこの太陽系のなかでもっともリュリエルから遠い軌道をもつ青い太陽エル・ラグロールの四つがそれである（図12）。この構造になにか明確な天文学上の典拠があるわけではないだろう。フラマリオンは『想像上の世界と現実の世界』で宇宙と異星人をテーマにした作品の歴史を跡づけつつ『スター』にも触れているが（ただし作者の名前は書き落としている）、四つの太陽という設定について、「才気のある仮説だが、間違っても天文学者の手になるものではない[14]」と評している。一方、隕石によってほかの天体から草稿が運ばれてくるというアイディアについては、すでに述べたとおり同時代の文学的想像力のなかで必ずしも孤立したものではなかった。また火山噴火によって噴き上げられた容器がそのまま隕石となってほかの天体に降り注ぐというのは、隕石に関する当時の見方からすればむしろ常識に合致するものだったともいえる。隕石という現象が地球上の火山噴火の産物ではなく、宇宙起源のものであることが広く認められたのはほぼ一九世紀はじめのことだが、すでに存在していたアステロイド（小惑星）起源説を押しのけてこのころから有力視されるようになったのが、月の火山が起源だとする考え方だったからである[15]。だがこのように、同時代の科学知識のなかでどの程度本当らしいかを測定するようなものとは異なったアプローチが必要なテーマも存在する。ラムズュエルが

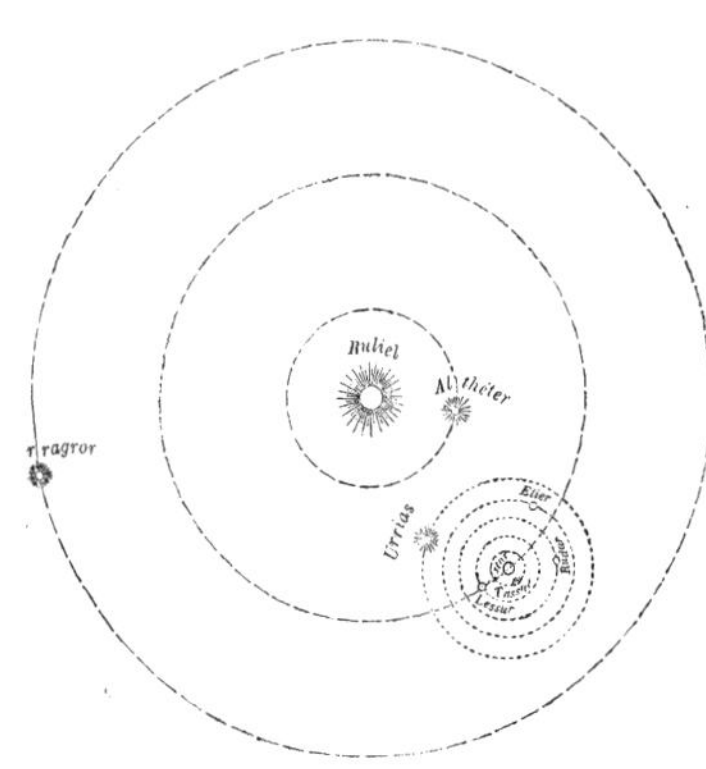

図 12　スター星を含む太陽系（リュリエル星系）。シャルルマーニュ＝イシール・ドゥフォントネー『スター，あるいはカシオペアのΨ』，1854 年

衛星への脱出のために発明した宇宙船「アバール」の飛行原理に関する説明を見てみると、科学にすり寄ろうとするものでありながら、科学的知見によって本当らしさを正当化することとは異なった、奇妙な態度が観察できるように思われる。

第一章で述べたとおり、一八六五年にアシル・エローはきわめて不完全なロケット（のようなもの）を考え出したわけだが、これを別にして、ドゥフォントネーが『スター』を執筆した一九世紀なかば、文学的想像力が利用した宇宙の航行手段は三つあったと考えられる。もちろんボワタールのケースのように、ガイド役の悪魔とともに隕石に乗って移動するという、まるでいまだにヴォルテールの時代であるかのように、端から本当らしさを装う素振りも見せていないテクストは除外しよう。三つのうち最初の方法は気球であり、すぐに思いつくのはエドガー・アラン・ポーの「ハンス・プファアール」（一八三五年）である。もちろん一九世紀なかばの人々が気球で月まで行けると考えていたわけではないが、アルフレッド・ドリウーの『あるパリの飛行士による未知の世界への冒険』[16]（一八五六年）に見られるように、気球に乗って月世界人と接触する物語を、とりあえず本当らしさを放棄せずに語った小説も存在した。だがやはり重要なのは残りの二つ、ヴェルヌの月世界旅行二部作で決定的なものとなる砲弾による飛行と、反重力装置である。アバールは反重力装置を内蔵した宇宙船と考えられるが、惑星スターとその衛星を自由に行き来するための方法としては、あらかじめ計算された軌道を外れることのできない砲弾では不十分であるから、なんらかの反重力装置が要求されるのは当然だったかもしれない。だがこうした装置の登場する一九世紀小説としてしばしば引きあいに出される、すでに言及した『月の火山から放出された本物の草稿にしたがって語られた月世界旅行』の宇宙船と比較しても、アバールの描かれ方はいくつかの特殊性を備えている。カトゥリノーが翻案した小説に登場する宇宙船は、主人公が古い伝説を頼りにしながら困難な冒険の末にようやく発見した、引力と反対の力（斥力）を帯びた特殊な物質を用いて浮遊する。「飛行石」と呼びたくなるようなこの反重力物質の発見のプロセスはストーリー前半の中心トピックであり、人類にとって新しい体験領域を開いてくれるはずの発見は、それにふさわしいだけの扱いを受けている。ヴェルヌの『地球から月へ』を思い出すなら、月へと飛び立つまでのプロセスとその飛行体験が人類にとってもつ意味を描くことに、ページの大半が費やされていた。これはきわめて当然のことというしかない。写真家ナダールに代表される一九世紀人たちが気球にかけた思いを考えるまでもなく、人類がまだ飛行する手段をもたなかった時代にこうした手段を扱った小説が書かれるならば、その発明や発見のプロセスと価値がそれほど簡単にやり過ごされていいはずがなかった。成功するまでの困難、その困難な仕事を代償としてえられるものの測り知れない意義が語られるのは当然だ。ところがドゥフォントネーは、そうしたすべてを呆れるほどあっさりと無視してしまう。

ドゥフォントネーは宇宙船の発明プロセスそのものには重きを置いておらず、ストーリーを進めるため偶然必要になった設定としか考えていないかのようだ。ラムズュエルもマリュルカールも、人類を滅亡から救い理想国家を打ち立てるという目的を一心に追求するのみであり、飛行装置の発明は人類の体験にとって大きな意味をもつのではないかといった問いが問われることはない。それでいて発明されるのはやはり「科学的」な装置なのであり、後述のとおり描写の細部にも科学的真実性を気にかけているふしがある。ストーリー展開のうえで母星を離れる必要があるならば、わざわざ奇妙な装置を発明させずとも、ほとんど超能力者といっていい「長寿族」が、念動力でも使って空中浮遊くらい実現してもよさそうなものではないか。しかも不思議なことに、おそらくは科学がもつ「意味」についてのこうした無感覚こそが、『スター』が先駆的なSF作品であるという印象の逆説的な理由でもある。宇宙船であれタイムマシンであれワープ航法であれ、最初にSFに導入されるときは慎重な手続きを要しても、徐々に当たり前の設定となり、無造作に操作できる安手のクリシェに変わる可能性をもっている。ところがアバールは、まるで反重力装置が考え出されて久しい時代のSF作品であるかのように呆気なく発明される。人間が神を超えるという前世代の夢を見続けているドゥフォントネーは、自らの時代の夢を素通りしてしまうのであり、しかし不思議なことに、そのせいで生み出されるこうした細部こそが、『スター』に先駆的作品を感じ取るように促すのである。

だがそれでいて、発明の意義には無頓着に見えるドゥフォントネーの文章は、あくまで科学的に正しくあることに執着してもいる。飛行原理の発見を語る数行は、この点で実に徴候的なものだ。人類の滅亡が迫っているかに見えたそのころ、ラムズュエルは、物体に働く重力に関しての物理的実験を静寂な瞑想的雰囲気のなかで行おうと、アンフレシア島の中央部に引きこもっていた。なぜなら分子どうしを凝集させている力を破壊することなしに重力を制御する可能性を予見していたからである。(17)

後半はいくらかわかりにくいが、おそらく次のような意味だろう。ここでドゥフォントネーは、もし引力を消し去る方法が見つかり、それを単純になんらかの対象に行使したとすれば、物体を構成する分子間の引力をも破壊してしまい、対象そのものが分解するのではないかと心配しているはずだ。分子間の引力が物体の固体性を可能にしているという発想は、無重力空間を遊泳する宇宙飛行士の映像を見慣れてしまった今の私たちには奇妙なものに思われるし、この点に関する当時の常識的な見解(というものがあるとして)がどのようなものだったかを決定するのは難しいが、少なくともこの点を気にかけた文学的記述が相当に例外的なものであることは間違いない。だがこれはたとえば、当時でも依然として権威ある科学書だったラプラスの『天体力学』などを参照する限り、決して突拍子もない発想ではなかった。(18) 他方カトゥリノー翻案による『月世界旅行』は、重力を消し去る方法を語るのではなく、引力を磁力などとの類推において捉え、それを透過しない不思議な物質が発見されたという設定にすることで、この困難を切り抜ける(あるいはそのふりをする)。この違いは本質的なものだ。不思議な物質の「発見」は冒険者の物語だが、引力を制御する方法の「開発」は科学者の物語だからである。ドゥフォントネーはあくまで神秘的な「物質」の発見でなく、浮遊を可能にする「原理」の発見にこだわっており、だからこそ少なくとも彼自身が位置していた科学的知見の水準で忠実に思考するには、「分子どうしを凝集させている力を破壊することなしに」といういくぶん曖昧な但し書きが必要になるのだろう。もちろん作家自身がこの（疑似）科学的問題を解決するための見通しをもっていたわけではないが――もしそれが本当に解決できると信じて書いたならドゥフォントネーは「文学狂人」でありえたろう――、すべてを一挙に解決してしまう都合のよい発見を想定するのではなく、彼はあくまで飛行を可能にする原理の発見を、それが惹起するであろう科学的な困難を意識しつつ想像しようとするのである。

　つまりドゥフォントネーは、たとえばある時期までのヴェルヌのように、科学が人間に対して与えうる新しい体験とその意義といったことには拘泥しないが、他方あくまで科学的に間違ったことを書くまいとする。本質的なのは書かれていることが、たとえまったく自由な想像力の産物であるとしても、科学的にありえなくはないという保証である。だからここで文学は、語られる科学的な発見に本当らしい文脈を与えることでそれを現実とつなげ、科学とのあいだに弁証法的な回路を開こうと望みはしないが、にもかかわらずあくまで科学と矛盾もせず、可能性の枠組みとしてそれを受け入れている。科学者としてのドゥフォントネーの専門領域にいくらか近い生物学的な議論においてもまた、これと同じような事態を見出すことができるだろう。

4　スター星の生物は進化するか

この小説にはたしかに進化論を語っているように読める一節が存在する。スター星のヒト型住民は、「この星での人類と呼ぶにふさわし」[19]いものたちと、彼らに使役される未発達の種族であるルプルゥに分かれ、主たる登場人物はすべて前者に属しているが、問題となるのはこの「人類」とルプルゥの関係に関わる記述である。ドゥフォントネーはスター星の歴史をその古代史から説き起こしていくが、そのなかで主要な三つの民族の一つであるポナルバト族が人類の起源をこんなふうに理解していたと述べている。

物資は潤沢であり、自己を恃(たの)むことに慣れ、また自分たちの精神と固有の力とを信頼していたため、ポナルバト人は神を想像だにしなかった。彼らのあいだに生まれた最初の道徳、あるいは哲学は、原始人類の創造、発生を、動物からの世紀ごとの変化進展の結果とみなしていた。何らかの個体が偶然により優れた個体を産み、それがやがて人類の祖となっていったというのである。彼らによれば、人間はそのような過程をたどってルプルゥから派生したものであり、またルプルゥ自身も、それより何世紀も前に、より劣った動物から派生した。以下も同様である、とされている。[20]

たしかに「優れた」個体の生み出されるのが偶然の結果であり、獲得形質の遺伝ではないという点が、ダーウィンを予感させるといった議論は不可能ではない。いうまでもなく『種の起源』出版は一八五九年であり、しばしばフランスにおけるダーウィニズム受容を論じるなかで取り上げられるロワイエ訳の出版が一八六二年であることを考えれば、この記述が直接「進化論」論争を典拠にしていないことは間違いない。まして人類がほかの動物を起源とするという発想は、ここではのちにスター星で理想社会を築くトレリオール族でなく、高度の産業社会を形成しつつ、精神性に劣るものとしてやや突き放して描写されているポナルバト族に帰されており、ドゥフォントネーを進化論すら先取りした書き手であるかのように考えるのはさすがに無理がある。[21] あるいはこの一節は、一八四四年に発表されて物議をかもし、その騒ぎによってダーウィンを慎重にさせもした、ロバート・チャンバースの『創造の自然史の痕跡』をほのめかしてでもいるのだろうか。さらにつけ加えると、『スター』には比較的言及されやすいこの箇所以外にも生命の誕生に関わる記述が存在し、優れた知性をもつ「長寿族」の創世神話のなかでは、いわば地中で次々と自然発生した生物たちのなかから「不完全な姿が少しずつ影をひそめて」いくことで現在の動植物相が形成されたといった物語が語られているが[22]、そこから生命の変移に関するなんらかの見方を抽出するのもまた難しい。いずれにしても確実なのは、一八世紀以来続いてきた生物の進化――あるいは「変移」――と人間の起源をめぐる議論にドゥフォントネーが意識的だったという事実である。

『スター』のなかに進化論に関する明確な立場を見つけることはできないとしても、著者の想像力が生物種をめぐる論争史のなかでどのような位置を占めるかを考えることはできる。一九世紀後半におけるフランスへのダーウィニズム導入プロセスを追跡した古典的な研究のなかでイヴェット・コンリーは、その時期においても依然として種の不変を否定することはすなわち種の否定であるというのが支配的な認識論的前提であり、そこからしばしばダーウィンとラマルクの混同が生じたとしている。[23]だから私たちはドゥフォントネーの想像力がダーウィン的なのか否かではなく、キュヴィエ的なのか、それともラマルク的なのか、すなわち種は変化しないのか〈不変説〉、それとも一つの種は別の種へと、間断なく移り変わっていくのか〈変移説〉という問いを立ててみるべきだろう。

異界の生命を想像する伝統的な想像力は、当然ながら不変説的なものと考えられる。キマイラとは、安定した種の存在を前提としてそれらを混ぜあわせたものにほかならない。それは〈既知のものから合成された未知のもの〉である。一方、一九世紀における変移説的想像力というものがあるとすれば、カントやホイヘンスを先行例としつつ、シャルル・フーリエのユートピアに登場する生物やそれをさらに世俗化したJ・J・グランヴィルのイメージが該当するだろう。この世紀の自然神学的／ユートピア的な想像力の生み出した異星人も、おおむね変移説的なものだといえる。それらは私たちの知っている生物、あるいは私たち自身を基準として、それを各天体の自然条件に適応した形で変化させた生物であり、〈既知のものが変化して作り出された未知のもの〉である。ミシェル・フーコーが『言葉と物』で、一八世紀の博物学と一九世紀の生物学のあいだに見出す差異を踏まえるならば、これら二つがともに、いまだ博物学的なものであるのは見やすいところだ（ただしフーコーがキュヴィエに与えた重要な意義には、ここでは触れずにおく）。雑な表現かもしれないが、あらゆる生物種の明確な階層秩序があるとして、それが固定されていると考えるか、スライド式に移動するものと考えるかの違いだといっていい。これに対し、一九世紀から二〇世紀への変わり目ごろにH・G・ウェルズの火星人を出発点ないし少なくとも重要な中継点として普及していく進化論的（＝ダーウィン的）な想像力は、第一章でも触れたとおり、私たちの知っている生物の姿を基準とした別のヴァージョンではなく、私たちの知っているものと論理的にはつながっているが、外見上はそのつながりをうかがい知ることのできない、そんな生物を生み出していった。ここでは変化の道筋は予見することができない。それは〈既知のものに似ていないにもかかわらず既知のものと連続したもの〉（ウェルズの火星人についていえば〈私たちに似ていないにもかかわらず私たちである何か〉）である。しかしだとすると不思議なことに、ドゥフォントネーの描くスター星の生命たちは、不変説と変移説どちらの側にも位置せず、もちろんダーウィン的進化論の予感でもないように思われる。

スター星のある河の岸辺には、鳥のように飛び立つ灌木が群生している。

ブラミルと称されるこれらの飛ぶ植物は、まさしく奇妙な存在だろう。それらは植物としての身体組織を持ちながらも、動物としての感覚を備え、幹に連接された枝を動かすことにより移動することができる。ブラミルたちは、根毛や鉤状の吸盤を装備した球根状の脚を湿地のなかに突き刺すことによって、流水のほとりに自らを定着させている。彼らが互いの体を絡みなおしあったり、枝を動かしあったりするたびに、彼らの棲みついている河のほとりは、いかにも憂鬱そうに波立つのである。[24]

ではこの「鳥＝植物」は鳥と植物の「合成」であろうか。そうは思われない。どこまでいってもそれは動物の性質を備えた植物であり、たとえば食虫植物などから類推されるものであろう。しかしまた、既知のなんらかの植物を作り変えたものとも考えにくい。それは移動機能をもった奇妙な植物であり、それ以上でも以下でもないだろう。あるいは外皮と内皮のあいだに「空気より一五倍から二〇倍ほど軽い物質を意のままに分泌[25]」して空中に浮き上がり外敵から身を守るプサルジーノは、四足獣と鳥の合成だろうか。やはりそれは、鳥かあるいは気球の性格を備えた四足獣であろう。ブラミルにしろ、プサルジーノにしろ、あるいはクルミ状の実が風に揺れると鈴のように音を立てて美しい音楽を奏でるラルティモールの木にしろ、それらはみな自分以外の何かに接近し、似ようとする生物であるように見える。だが鳥に似ていてもそれは植物であり、気球に似ていても四足獣であり、鈴に似ていても木の実である。その不思議さには（あえていえば生物学的な）機能が担わされており、奇異であっても端的に不可能なものではなく、科学的なものの範囲にぎりぎり踏みとどまっている。ただしそれ以上に重要なのは、それらがまたなんらかの特殊な自然条件に適応するためのものとして説明されてもいないという点だろう。ドゥフォントネーの記述は、科学的な体裁を取りながらも（プサルジーノに関する註はスター星の博物学者の記述を引用したものとして提示されている）真実らしさや蓋然性に達することがなく、想像力は科学的記述という手段を、いわばより自由に機能するための枠組みとして利用しているだけであるかのようだ。つまりここで描かれる生物たちは、〈合成されたもの＝不可能なもの〉ではなく、〈作り変えられたもの＝説明できるもの〉でもない。ありえないのでも本当らしいのでもなく、いわば〈ありそうではないがありえなくはないもの〉、〈本当らしくないが科学的なもの〉である。

ドゥフォントネーはかろうじて思考可能なものの範囲にとどまりながら、そのなかのさまざまな要素を接近させたり組み替えたりすることで、思考の対象を操作する。無限に枝分かれして森を支配する地上最大の植物シフュスは鉱物のような樹皮をもった「森のサンゴ」であり、一方海洋性の植物でありながらシフュス以上に巨大で海面に幹を突き出しているタリオスは海の「森」を形成する。つまり海と山の植物は互いの性質を入れ替えあうのであり、そしてこの入れ替えは合理的な目的への適応によって説明されないと同時にあくまで論理的に思考可能な何かであろう。そしておそらくそれが、ドゥフォントネーの生物たちが二〇世紀的な想像力に属すると感じさせる理由の一つではなかろうか。宇宙船アバールの浮遊原理が科学的説明のディスクール内にとどまりながら、その原理がもちうる人間的真実にとっての意味を問われることがなかったように、これらの生物たちもまた科学的に思考可能なもののなかにとどまってはいるが、不変説や変移説といったモデルで整理できる当時の議論に対し、何かをつけ加えるようなことはない。生物種の絶対性と相対性をめぐる同時代の問いを問わないドゥフォントネーは、この問いが追い越されてしまった時代に属するようなイメージをあらかじめ作り出してしまうのである。では「人類」の表象についてはどうだろうか。

ルプルゥを別とするなら、もちろんスター星の「人類」は地球の人類と同じ姿をしており、その姿こそ自然の作り出したもっとも完全な姿であるという考えは当時の常識的な発想にすぎない。だがすでに述べたとおり、『スター』にはまた、この「人類」と同等あるいはそれ以上の知性や精神性をもった種族が数多く登場する。人類の命運を担ったラムズュエルと行動をともにしていく三人のネムセード族または「長寿族」も、数千年を生きる賢者であるとともに性をもたない不思議な存在だが、それ以上に印象的なのは、スター星が有する四つの衛星の住人たちであろう。疫病の災厄を逃れた数人のスター星人たちはアバールで飛び立ち、数百年のうちに四つの衛星を経めぐって次第に勢力を伸ばすと、数をふやして最終的には母星に帰還するのである。最初の衛星タシュルの住人はやや大柄であるもののスター星の男性とさほど外見上の違いはないが、両性具有者であり、生殖行為を経ずに子孫をふやす。次の衛星レシュールの住人は優雅で天使のような存在として描かれ、男女間の精神感応によって子供を作る。過酷な環境に住む第三衛星のリュダール人は屈強な体をもつが陰鬱で、頭部は光沢を帯びているうえに不思議な音を立てる細長い鱗で覆われているという。最後の衛星エリエールは「透明の星」であり、あらゆるものが光を透過させてしまうが、エリエール人もまたほぼ透明で、背が高く敏捷、かつ均整が取れている。

こうしてみると明らかに、異星人に関するドゥフォントネーの想像力はほかの天体にユートピアを投影する一九世紀の感性から大きく外れたものではない。そればかりか最終章には「輪廻の希望」と題された詩編が挿入され、まさに魂が星から星へと転生してゆくプロセスが謳われている。ここには生殖行為を忌まわしいものと捉える感じ方が色濃いが、もちろんドゥフォントネー個人の資質も関与しているにはしても、輪廻の度に魂が肉体のくびきから解放されていくという、のちに心霊主義によっていわば大衆化されていく発想の表現というべきだろう（そして肉体に対するこのような軽視を拒否していることこそが、フーリエの思想が同時代のユートピア思想と一線を画している大きな理由でもあった）。たしかに異星人の外見や行動様式が環境によって規定されている側面もなくはないが、人間の身体がもっとも美しいものであるという発想は、決して自然科学的なものではありえない。とはいうものの、それらの表象がなんらかの方向に向けて序列化されていないこともまた明らかであり、霊性の高い存在として描かれるレシュール人やエリエール人にしても、人類の未来として描かれているわけではなかった。一つのイメージが絶対的なものとして特権化されているわけではないが、さまざまな他者を位置づける階層秩序が前提されてもいない。神が創造したものとしての種の絶対性を支持するわけではないが、定められた階梯のなかを種が移動していくというユートピア的宇宙観の前提となる変移説のヴィジョンもまた、勝利を収めることはないのである。[26]

これらを総合して考えると、要するにドゥフォントネーはここでもまた、絶対と相対との対立を問題化しないのだといえる。一九世紀とは自然のなかに歴史が組み入れられる時代であり、星々も生物種も、永遠に姿を変えないのではなく人間の一生のようなものをもつことが徐々に否定しがたくなっていった時代であるが、そのときキリスト教的な絶対にあくまで固執する態度と、それを諦めつつも自然神学的な階層秩序のなかに生物全体や人間を位置づけることで絶対と相対を調停しようとする選択がありえたとして、ドゥフォントネーはそのどちらにも指を屈することがなく、あたかもそんな問題など存在しないかのようにいわば無責任な想像力を行使してしまう。まさにそのせいで彼の生物や異星人たちは、まるで奇妙な宇宙生物をＳＦのクリシェとして用いることが可能になった時代に属するもののように、現在の読者には感じられるのである。文学が科学に意味を与えるのではなく、文学が科学的知見によって現実性を手にするのでもない。科学と文学をいかに調停するかという、時代の必然であるはずの問いを問わずにいられるなにか不思議な鈍感さによって、ドゥフォントネーは一世紀のちの読者の同時代人となるのである。

科学が突きつける相対的な事実の累積と、それに意味づけを与えようとしてもがく文学的／思想的想像力のあいだの空隙を不思議な無頓着さで埋めてしまうこうした感性は、おそらく『美の秘宝』で扱われている「顔」の問題の周辺で、ある意味では文学作品におけるよりさらに明快に表現されている。

5　なぜ顔は美しくありうるか

『美の秘宝』に流れこんでいるさまざまな知見のなかで、人類学的な書物や旅行記の情報とともにもっとも重要な位置を占めるのは観相学である。いったんは消えかかったこの「学問」が一七六〇年代、一種の「科学」としてラーヴァターの手でよみがえり、きわめて広い大衆的な人気を獲得するとともに、メルシエからバルザックにいたる作家たちに人間観察および描写の道具を提供したことは周知の事実だろう。「人体組織に関する客観的研究」と「人間における表現の主観的聞き取り」とが次第に切り離されようとしていた一八世紀末、ラーヴァターの体現していたのがこの両者をなんとか一つにつなぎとめておく試みだったとするなら[27]、科学と手を切るのではなく、科学に従属するのでもない関係を求める一九世紀の文学的思考にとって、それが手を伸ばさずにいられない道具に見えたとしても、なんの不思議もありはしない。ましてやこの時期に観相学が、共和主義と結びつく可能性さえもっていたとすれば、大革命期に生み出された人間再生の理想をおそらく父親から愚直に継承していたらしいドゥフォントネーにとって、それを利用しようとすることはほとんど避けられないなりゆきだったと考えられる。

ところで観相学と共和主義の結びつきとはどのようなものだろうか。この問題を主題的に展開する余裕はないが、『美の秘宝』で挙げられている多くの観相学者——ラーヴァターを別格として、その翻訳者、紹介者でもあるモロー・ド・ラ・サルトの名が頻繁に現れるし、ペトルス・カンパー、ジャン＝ジョゼフ・シュー、ドン・ペルヌティなどの名も見える——のなかで、自らの「科学」を国家的利益と直結させているロベール・ル・ジュンヌの議論を思い出してみよう。ドゥフォントネーの引用しているこの著者の「偉人形成術 mégalanthropogénésie」に関する論考は、優れた資質を備えた男女を結婚させてその子弟を専用の教育機関で育て上げ、さらにその子孫どうしの結婚を奨励することによって、世代を超えて偉人の能力を醸成していこうというものである。だが私たちにとっては「全体主義的」としか形容しようのないこの計画は、『偉人形成術試論』[28]（一八〇一年）の序文でまさに「プロメテウスの炎」と表現されていた。これまで人間は被造物の位置にとどまってきたが、以後自らを創造する可能性を手にするのだという発想は、まさしくドゥフォントネーのそれでもある。神に対する人間の勝利のもっとも広くいきわたった象徴であるとともに、その勝利が暗転すれば大きな災厄ともなることが『フランケンシュタイン』によって世紀のはじめからすでに予感されていたプロメテウス。ではドゥフォントネーもまた、世界を我有化しようとする全体主義の夢を見たのだろうか。もちろんイデオロギー的な観点から彼を擁護する意図も理由もないのだが、しかし『美の秘宝』にはなにかそこに回収できないものがある。

ロベール・ル・ジュンヌにとっての観相学は、現在の社会によって捻じ曲げられ抑圧されている人間の真の姿を再発見するための方法、「偉人」を見分けるための方法である。容貌や身体的特徴からして確実に偉大な資質をもっていると思われるにもかかわらず、社会的な状況のせいで能力を発揮できないままの個人の可能性を開花させること。私たちには外見が醜ければ知的潜在能力も劣るという暴論に見えるこの論理は、しかし身分や財力と関係なく優れた資質を開発しようとする意図に対応していた。いずれにしてもここでは現状における内面と外見のずれが前提とされ、そのずれが解消されたはるか遠い「未来」が夢見られているのである。それに対しドゥフォントネーが問題にするのは、よりよい社会に思いをはせるような表現が文章中に頻出するにもかかわらず、あくまで「現在」である。幾世代にもわたる交配ののちに内面と外見の理想的に一致した人間が生まれるのではなく、今目の前にある顔をそれ自体美しいものに変えてしまおうというのだからそれも当然だろう。まして『美の秘宝』の文面からは、顔を美しく作り変えることと内面を美しいものにすることとは一致しないはずがないという、驚くほど楽観的な見通しさえ感じ取れる。人間の額を美しくするのは優れた知性を育てる教育であるとドゥフォントネーはいうが[29]、「美顔形成術」が必然的に精神をも発達させるとまで明言されてはいないものの、この対応関係には絶対的な信頼が置かれているように見える。匿名的な存在としての「大衆」が現れた一九世紀の都市部において、観相学は外見から性格を判断するためのノウハウとして受容されていったという見方が常識になっているが、そもそもシッド博士の技術はこうした観相学の機能とは矛盾するはずだ。外見を自由に変えることがもし可能なら、それは内面を偽る術を与えることとみなされてもおかしくはない。しかしドゥフォントネーの頭にそうした疑念が浮かんだ形跡はなく、容姿が美しくなればかならず精神も美しくなるはずだという前提がこの不可思議な書物を可能にしているのである。

だがさらに興味深いのは、与えられた顔について、それを作り変えていくときに目標とすべきもっとも美しい状態を決めるための、ドゥフォントネーの論理にほかならない。彼は美しい顔の基準として五つの項目を挙げているが、それは順に、（1）均整（顔を構成する各部分、つまり目や鼻それ自体の形のよさ）、（2）比率（構成要素どうしの大きさの釣りあい）、（3）調和（構成要素どうしの位置関係や相性のよさ）、（4）表情（表面に現れて来ずにはいない、知性や善良さといった内面）、（5）顔色である。最後の二つがそれぞれほかの基準といささかレベルを異にするのは明らかだが、主要なものとして扱われる最初の三つのうちでも特に重要なのは「調和」であろう。顔の変形技術を語る書物が同時に美しい顔を規定しようとするものであるなら、人類全体の顔——ドゥフォントネーは顔の美しさがとりわけ女性にとって重要とみなされているという前提で語っているので、実際上は全女性の顔というべきか——を一つの、あるいはせいぜい有限個の「美しい顔」に近づけようとする議論になるかに思われて実際にはそうなっていないのは、この「調和」の論理による。もし美にただ一つのタイプしか存在せず、女性があらゆる意味でヴィーナスに近づかなくてはならないとすれば、各器官の均整のとれた形とその大きさの釣りあいを語れば十分だろうが、実際にはそうではなく、美には無数のモデルが存在する。私たちの視線がたとえば公の集まりで、本質からして対立するようなタイプの、しかも和解させることのできない相当数の美しい顔に出会うとき、私たちはたいてい誰にリンゴを投げればよいかわからないままに、これらさまざまな愛すべき顔かたちのあいだで夢見るような視線をさまよわせることになる。

私たちの考えでは、顔立ちの調和は均整や比率とあわさって、一つの美しい頭部を生み出すことができる。調和だけが美しい顔を、その鋳型から取り出すのである。完全な均整や望ましい比率を示していないある種の顔かたちが優美さに満ちた表情で惹きつけずにいないという事実を、このことが説明する。非の打ちどころがないとはとてもいえないような口や鼻や目が、一つの顔のなかで素晴らしく適合しあい結びつくと、これらのモチーフのみによって、均整と比率においてははるかに整ったほかの顔と等しいほどに私たちを魅了するのである。(30)

たしかにラーヴァターの引用によって、どのような額にはどのような鼻であれば相性がいいかが示されているように読める記述もなくはないが、結局のところ「調和」に法則を見つけ出そうという努力はなされない。だとするとこの論理は、要するに美しい顔とは（「私」に）美しく見える顔だといっているにすぎないのではないか。『美の秘宝』には実際に美顔造型術を使用した「症例報告」というべき記述も含まれ、鼻や口の形を特殊な包帯ないしギプスのような装置を用いて数週間から数か月間断続的に圧迫し続け、治療することに成功したと書かれているが、「均整」や「比率」の観点から具体的な数値を計測したとも思われない。理論的な記述のなかでは観相学が作り上げてきた基準、とりわけカンパーの定式化した「顔面角」が言及されているにもかかわらず、ドゥフォントネーが「患者」の顔を「診断」し「治療」するときの基準は直感的ないし経験的なものにすぎなかった。しかし逆説的ながら、だからこそ彼の見つめる理想の顔は、形式化された美の全体主義的な専制を逃れるのである。

「調和」という語彙の弁証法的な響きにもかかわらず、ドゥフォントネーにとっての美はあらゆる説明や根拠づけに先立って与えられる。差し出されているこの目やこの鼻が、それだけを切り出すならば美しくないといわれうる可能性のあることを「私」は知っているのだが、そんなことにはおかまいなしにその顔は「私」を魅了する。観相学者たちの議論を援用し、美しい顔の客観的な基準を語りながら、他方で美とは一挙にやって来るものでしかないかのように振る舞うというこの矛盾。ここでもまたドゥフォントネーにとって、客観的にしか与えられない科学的真理と、直接与えられるものとしての人間の真実とのあいだにはいかなる葛藤もないかのように見える。たしかにフランソワ・ダゴニェの表現を使うなら、観相学とはプラトン的観念論に対する現象の側からの抵抗だといえるのも事実だが[31]、他方ではやはり現象を観念論化する危険性ももっていたはずだ。だがドゥフォントネーはなにか特殊な鈍感さのようなもののおかげで、「美しい顔」を超越的な本質として措定する必要を免れるのである。

そもそも神によって与えられた基準を脱して自分自身を作り出す存在としての人間を考える以上、ありうべき人間の姿とはいかなる基準によって語りうるか、あるいはもともと基準などありえず無際限な相対化に陥るしかないのではないか——そしてなんとしても基準を見つけようとするなら、新たな「超越」を、しかも伝統的な宗教以上に暴力的な「超越」を密輸入するしかないのではないか——といった問いが出来するのは避けられないはずであり、事実一九世紀とは終始こうした問いを問い続けた世紀であったわけだが、ドゥフォントネーはこの問いからやすやすと逃れ去ってしまう。おそらく顔の「美しさ」が同時に矛盾なく直接的であり間接的であるというこの事態は、宗教を乗り越えたはずのスター星の世界が、同時に各個人が人間のままで神となりえる社会であることと同じ事態なのだろう。ドゥフォントネーとはだから、彼が属するはずの時代と同じ夢を見ることのない、あるいは夢を見るまでもなくそれがすでに現実であるかのように振る舞うことのできる、不思議な書き手なのである。だが「顔」をめぐる一九世紀の夢は決して不変のものではなく、とりわけ『スター』の書かれた世紀なかごろ、決定的な転換点を迎えつつあった。

6　必然性を要求しない科学

繰り返しになるが、一九世紀はじめとは科学のなかに歴史が侵入した時代だった。いまや星々も、生物種も、生まれ、生き、そして死ぬのである。だがそれは同時に、歴史的事象が自然現象のように説明可能であるという考え方の定着した時代でもある。当然人間の身体も例外ではなく、それは徐々に文化的配慮の対象から科学的視線の対象へと移行していく。だが逆説的にも科学の侵入に対しもっとも抵抗したのは身体の奥まった場所ではなく、むしろ表面そのものであった。骨格、内臓、筋肉といった順に医学的知識は身体を内側から征服していくが、神経系はこの過程で最後まで取り残され、身体表面、とりわけ顔こそは科学化にもっとも強く抵抗したといえる。そしてこの最後の障害が、理論的にはダーウィンの表情論によって、技術的にはギョーム・デュシェンヌの電流を用いた顔面神経に関する実験によって乗り越えられたというのは、常識に属するかもしれない。だが私たちが注目したいのは、まさにこの転換によってドゥフォントネーの議論が決定的に時代遅れのものになっていったという事実である。

ダーウィンの表情論は、マルクスやフロイトの議論がそうであるように、あるいはダーウィン自身の進化論がそうであったように、人間が自らの意志に従属していると考えてきたものを人間の手から奪ってしまう。顔による感情の表現という、本来文化的なはずのものが、自然的ないし動物的なものと考えられることになる。感情がまずありそれが表情に現れるのではなく、感情も表情も、もはや一定の状況に対する生理学的反応の二つの側面にすぎない。顔にあてた電極の操作によって表情を作り出すデュシェンヌの有名な（そして怪しげな）実験は、こうしたテーゼを実証しようとするものであった（**図13**）。デュシェンヌを論じた研究のなかでフランソワ・ドウラポルトが語っているように[32]、この時点をもって顔をめぐる議論のパラダイムは、「中心」と「仮面」との対応関係から「脳」と「顔の神経」を等しく包みこんだ一つのプロセスへと移行したのであり、それによって観相学のような、独立して存在する二つの領域（内面と外見）を前提したうえで両者の対応を検討する作業の価値は決定的に失われるのである。

こうして顔が次第に我有化不可能なものになっていくとするなら、人間は自らの顔を自由に作り出すことができ、おそらくは精神をもそれによって望むとおりに変えられるというドゥフォントネーの確信も、その前提を根本的に失うしかない。ところが不思議なことに、一九世紀の後半を通じて進行した表情論のパラダイム転換によって、『美の秘宝』の論理は逆説的な先進性を手にしてしまったようにも見えるのである。そもそもそこには、ある意味で本来の観相学以上に反動的な前提があった。ドゥフォントネーにとっては、「脳と顔の神経」でなくいまだに「中心と仮面」が問題であるというだけでなく、「中

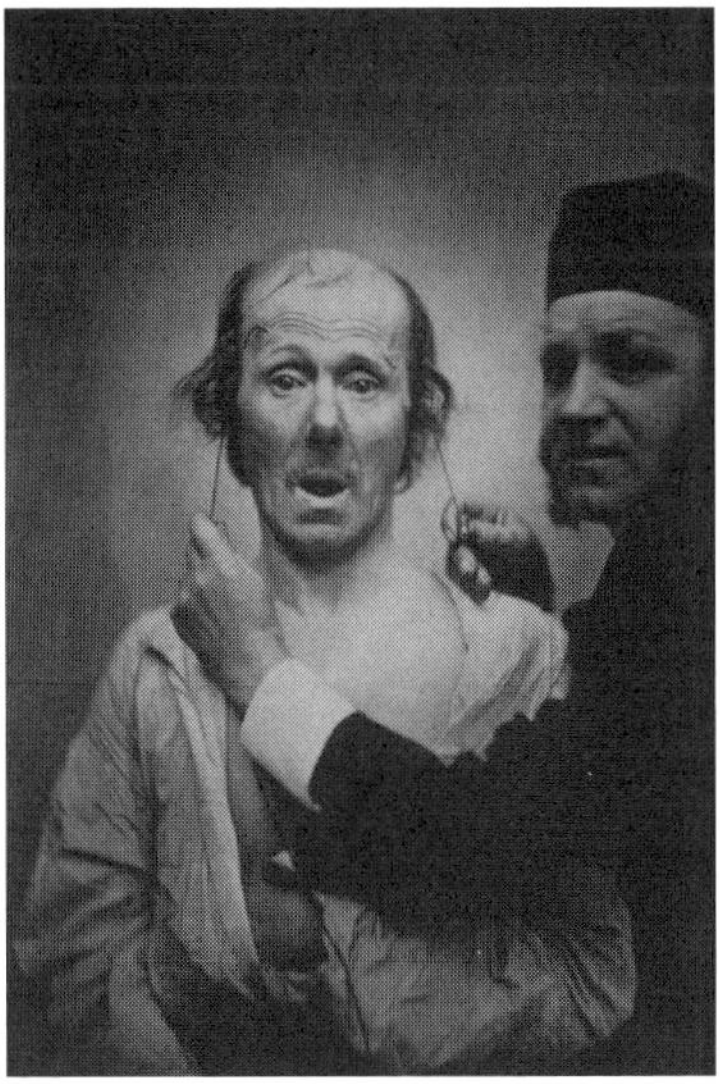

図 13　被験者の顔面神経を電気刺激によって収縮させ，表情のシステムを解明しようとするギョーム・デュシェンヌ・ド・ブーローニュ（1862 年ごろ）

心」と「仮面」とは原理上今ここで重なりあうことができるのであった。ところで観相学から近代的表情論への移行とは、つまり直接現れているものと間接的にしか知りえないものの関係において、主導権が徐々に後者に譲り渡されていく過程であるが、表情という直接的なものが意識ではなく脳という意識を超えたもの（それは動物的なものでもある）に還元されていったそのはてに、結局は直接的なものと間接的なものの境界や区別はふたたび曖昧になってしまう。一九世紀から二〇世紀への変わり目ごろに訪れるこの新たな段階を画するのは、おそらくフロイトという固有名であるだろう。[33]

私たちは他者の顔に表情を読み取り、それを脳の働きに還元しようとする。だがその表情を読み取る私たちの判断はどこから来るのか。ヒステリーが常に反復可能な無時間的現象ではなく、「治療者」の――たとえばシャルコーの――、「治療者」自身が気づかない暗示によって作り出される間主観的現象であるように、あらゆる心理現象がふたたび観察者を巻きこんだ形でしか接近できないものとなるならば、直接的なものと間接的なものは無際限に入れ替わりあうしかなくなるだろう。直接的なものは生理学的基盤に送り返されるだけでなく、文化的な、あるいは個人的なものにも規定されているのであり、だからどこまでいっても間接的なものに還元し尽くすことはできない。直接的なものはいつでも新たに、思いがけない場所で、少なくともその現れの瞬間においては理解不可能なものとして到来することをやめはしないのである。そしてこのように科学的視線の客観性そのものが相対化され、直接的なものの権利が回復されるとき、美というひとまず直接的な体験として現れるよりほかにないものの絶対性を手放すことのないドゥフォントネーの論理もまた、新たな正当性を主張してしまう。だからこそ『秘宝』は美容整形という、直接的なものをその根拠を問うことなしに操作する実用的技術の理念的な先駆となりえた。そしておそらくは同じ理由によって、自己自身を我有化しようとするあらゆるユートピア的夢想がすぐさま全体主義の刻印を押されてしまう現状にあってすら[34]、思想背景としてはそれと選ぶところがないはずの『スター』に描かれた理想社会は現在の読者の目に、想像力によって与えられた直接的なものの飛翔であると映るのであろう。

ドゥフォントネーの論理は、〈ありそうなもの〉、〈ありうべきもの〉にもとづく必然性のそれではなく、〈あるかもしれないもの〉にもとづく可能性のそれである。顔と内面は顔面角といった基準によって必然的な関係を保証されるのではなく、容易に合致させせられるものと、きわめて単純に信じられている。ほかのケースでも同じことがいえた。宇宙船アバールの飛行原理を説明しながらドゥフォントネーは、それが科学的に可能なものであるよう細心の注意を払うが、にもかかわらず飛行機械の発明シーンは本当らしいものとして描かれていないし、人類の進歩や精神史に組みこまれた必然的なものとして扱われてもいない。スター星の生物群にしても、「合成」によって作られた不可能なものではないが、「適応」によって説明される本当らしい、必然性をもったものでもなく、単に「不可能とは証明できないもの」であった。ドゥフォントネーは科学を、文学に対する必然性（＝客観性）の保証とみなさないし、科学に対してなんらかの意味や意義を保証しようとしてもいない。科学はここで、可能性の枠組みにすぎないのである。科学と文学を弁証法的に結びつけ、絶対的なものを失うことなしに相対的なものを受け入れようとする同時代の夢を、ドゥフォントネーは分有しない。対立も、密かな共犯関係も見出されないのであり、要するに「科学と文学」という問いそのものが欠落しているのである。たしかにここにも「夢」はあるのだが、それはなんらかの基準を要請することで必然性を捏造するかもしれない「危険な夢」ではなく、必然性のディスクールを介することなしに直接的なものを間接的なものと両立させてしまう「愚かな夢」にほかならない。

⁂

真理が一つだった時代と真実が複数であることを受け入れねばならない時代のはざまで、一九世紀に生きた思索者たちは、科学／自然の示す現実と文学／人間の真実の距離を自らの問いとして引き受けた。世界の真理（現実）を語ることを断念し、自らの真実に撤退するにせよ、与えられる真理に対してそれが人間にとってもちうる意味を開示しようとするにせよ、この使命からは逃れられないはずだ。だが相対的なものでしかありえない科学的な真理と、世界を包摂できない人間の真実のあいだになんらか必然的な絆を見つけようとするのではなく、この調停ないしは止揚の課題が存在しないかのように思考することも、どうやら可能であるらしい。人間が神となりながら、しかも新たな超越の専制に陥ってはいない世界とその世界に住まう奇妙で魅力的な生物たちを科学的に可能なものとして想像／創造することや、人間の絶対的な美しさを一つの理想の支配を許すことなしに実現することは可能であると、ドゥフォントネーはいう。ただしその条件は、「私」に現れる直接的な絶対性と世界の相対的な真理の無限の距離を見ないことだ。

問いを立てようとしてはならない。いったん問われればその問いに答えが見つかることは決してないし、答えを見つけたと信じそれを世界に適用しようとすれば新たな専制に陥る。だがその宇宙船も動物たちも実際に可能であり、私に現れる美しさはなんの説得の必要もなく本当の美しさなのであり、人間が神である世界は今ここで思考可能である。想像可能なものを実在させるためのいかなる戦略も含まない以上（闘う必要がないのだから当然戦略などはない）、この思考が同時代に影響力を振るうことはありえない。それが次の時代になって先駆的に見えるのは、おそらく戦略が欠如していたことの逆説的な効果にすぎないだろう。だがドゥフォントネーの事例は私たちに、思考の真空化とでもいうべき現象の可能性を示す。思考は常に問うべき問いを供給され続けているが、ある短絡によって思考回路が遮断されてしまうようなとき、別の問い、あるいは別の夢が生み出される、そんなこともありうるのではなかろうか。結果として生み出されるものが、文学的、思想的に価値があるかどうかとは関係なしに、支配への欲望からも自己への内閉からもはるかに隔たったこの思考のあり方は、私たちを強く惹きつけずにはいない。そして方法論的にこの思考を引き寄せることはできないにしても、その可能性の条件は何かと問うことはできるだろう。ドゥフォントネーについていえば、神に対する人間の勝利を宣言する同じ身振りを複数の場で反復する意思が、この思考の具体化を規定していると思える。自らにつきまとってしまうある思考を、その正当性や意義を問題化するのではなく、絶対的なものとして他者に押しつけるのでもなくて、ただ現実に可能なものとして反復し続けるこうした身振りを、私たちは時代と異なった問いを生きてしまったほかの思索者にも見出すことになるだろう。

次に取り上げるのは、科学と文学とのあいだで自らの位置を決めることを、おそらくドゥフォントネーよりはるかに意識的に行うよう強いられた、一人の詩人＝発明家である。

第三章　シャルル・クロ、あるいは翻訳される身体

エジソンとヴィリエ・ド・リラダンの奇妙な共犯関係を思い出してみよう。作家が「メンロ・パークの魔術師」を舞台まわしに仕立て、同時代の科学技術が可能性を差し出しているかに見えたアンドロイドの夢を小説の形で定着しようとしていたそのころ、当の「魔術師」本人はまるで蓄音機という自らの発明のうえにヴィリエの夢を接ぎ木でもするかのように、話す人形を構想せずにはいられなかった。『未来のイヴ』の世紀末的な想像力が科学を無条件に肯定するものでないのはいうまでもないとして、同時代の作家たちと同様ヴィリエもまた宿命的に、文学・思想から精神的覇権をどうやら完全に奪い取ったらしい科学との関係で、自身の作品を位置づけずには

図 14　シャルル・クロ

いられない。他方神話化されることをむしろ進んで受け入れていた形跡のある稀代の発明家本人もまた、もしヴィリエの小説を読んでいたならば、自らの企てに神秘のオーラをまとわせてくれるその作品を拒みはしなかったろうというある批評家の想像は、おそらく根拠のあるものではなかろうか[1]。一九世紀の文化的・社会的布置のなかで、文学は科学と対立しながら、他方ではたやすく共犯関係を結ぶことができる。主導権を握っているのが後者であるのは当然としても、科学的「真理」と人間的「意味」とは互いに相手を必要としたからだ。だとするとこの共犯関係が奇妙なものに見えるのは、結局見かけだけのことなのかもしれない。

　だがドゥフォントネーについて私たちが確認したのは、科学と文学の距離が突然問題として問われることをやめてしまったかのような事態だった。まるでヘーゲル的なものとしての一九世紀はここで、なんらかのアクシデントのせいで弁証法的プロセスをいきなり宙吊りにされてしまったかのようだ。そんな特異な状況を私たちは、ヴィリエと同じく一九世紀後半の複雑な文学状況を生きた詩人であり、同時にエジソンのライバルにさえなりえた発明家、シャルル・クロのうちに、より研ぎ澄まされた形で見出す（図14）。さまざまな紋切り型の批評にさらされつつも同時代のもっとも先鋭な詩人の一人と評価されることもあり、報われなかったとはいえ近代発明史のなかにそれなりの位置を占め、しかもそれでいて科学的真理と人間的価値の関係が問われていた時代のなかでその問いを問わず、その時代の夢を見なかった思索者とはいったいどのような人物であったろうか。(2)

1　惑星間コミュニケーション

一八七二年に発表された、「天体間のドラマ(3)」と題する小品から出発してみたい。クロは一八四二年の生まれであるから三〇歳を迎えたころのテクストだが、詩人としても発明家としても早熟だった彼は、この時期すでに文学者としての作風や科学者としての基本的な発想のパターンを確立していたといえる。処女詩集かつ代表詩集の『白檀の小箱』が世に出るのは一八七三年であるにしても、パリの詩壇ではニナ・ド・ヴィヤールのサロンでえた人脈のおかげもあって、すでに無名の存在というわけではなかったし、六六年には電信技術での特許を獲得、生涯を通じて最大の研究テーマとなるカラー写真の原理も、少なくとも原理としては六〇年代末に文章化されていた。もっともパリ・コミューンの騒乱の日々のあと、ヴェルレーヌによってアルデンヌから呼び寄せられたランボーをパリ東駅に迎えに行った七一年九月からは、この年若い詩人の気まぐれにずいぶんと翻弄されていたらしいし、『アルバム・ズュティック』の編纂や「ヴィラン・ボンゾンム」の活動を経て、七二年七月にヴェルレーヌとランボーが出奔した際、ヴェルレーヌ夫人の側に立ったため彼らと絶縁するまでの日々は、おそらく喧騒に満ちたものだったろう。「天体間のドラマ」の初出は七二年八月二四日付けの『文学と芸術の再生』誌であるが、不安定な生活のなかで書き散らした突飛な散文の一つに、作者自身どれほどの重要性を見ていたか定かではない。事実クロがこの六年後にE・ブレモンに当てた手紙からすると、このときすでにタイトルさえうろ覚えでしかなかったようだ。[4] たしかに異星人表象から出発してクロにおける科学と文学の関係にアプローチしようとしている私たちにとって、このテクストはかけがえのないものだが、終生変わらなかったクロの宇宙への憧れの表現として見る限り、ほかの惑星からこちらを見ている恋人たちを謳った「天文学的ソネット[5]」や、宇宙から見下ろした地上の大運河のさまを想像して描く晩年の長詩「大運河の眺め[6]」などと比べ、さして特別な価値をもちはしないだろう。だがここで語られる物語が、クロ自身が三年前に発表していた「惑星とのコミュニケーション手段に関する研究[7]」と題する報告の内容を前提にしているとなると、事態はいくらか違って見えてくる。一人の人間が書いた科学技術上の提言文書とその文書を踏まえた短編小説は、文学と科学の交錯という視点からして特権的なある地点を指し示しているのではなかろうか。

舞台は惑星間の通信技術が確立して久しいある時代である（ただしこの進んだ時代でも、宇宙空間を超えてほかの惑星と行き来する技術はとうてい不可能とされている）。この通信技術はごく限られた学者にしか用いることが許されていないのだが、あるとき主導的な地位にある天文学者の一人息子が金星の映像を垣間見て、かの地の女性と激しい恋に落ちてしまう。惑星間通信によって可能なあらゆる手段を用いて最大限互いを知ろうと努めたのちに、互いの傍らで暮らす手段がないことに絶望した二人は結局、通信映像が惑星どうしの角度によってもっとも鮮明になる時刻を選び、同時に命を絶ってしまうのである。

金星人の「女性」に関する具体的な描写はなく、ただ文字通り「地上レベルを越えた（エクストラ＝テレストル）（＝地球外の）美しさ」であるとされている。おそらくはこうした不幸な恋愛を作り出さないためなのだろう、通信技術は高位の科学者しかアクセスできない決まりであり、また金星人についての詳しい記述をすることも法律的に禁じられているので、自分としても具体的な描写は差し控えるしかないと話者はいっているが（この話者の身分は終始曖昧なままである）、クロもまた第一章で見たヴェルヌやモーパッサン、あるいはアンドレ・ローリーのような作家たちと同様に、異星人を具体的にイメージすることは避けており、ドラマとイメージの両立不可能性という原則を逸脱していないことまではたしかだろう。だが結局のところクロは、金星人がどのような姿をしているのかという問題に、さして頭を悩ましているようには見えない。彼の注意を引いているのはおそらく、はるか遠い場所との交信方法それ自体である。

ＳＦ小説が将来の科学技術とのあいだに弁証法的な関係を取り結ぶものであるとするなら、これはいかなる意味でもＳＦではない。ここで想定されている科学技術は決していつか発明されるはずの未来のものでなく、同時代の知見からして本当らしく見えるそれでもなくて、すべてクロ自身がその原理を実際に手にしているものであるからだ。もっとも重要なのはいうまでもなく、惑星間での映像伝達装置である。ほかの天体に向けてなんらかの合図を送り、交信の端緒を開こうとする計画そのものは時代のなかで孤立したものではなく、一九世紀のなかごろには、巨大な円や方形などを設置すれば月の住人にもそれが人工的なものであることが見て取れるだろうといったアイディアが一定の科学者によって支持されていたようだ。[8] だが「天体間のドラマ」に先立つこと三年、一八六九年にクロが公にしていた火星との交信法は、情報を記号に変換して伝達するという点できわだった特徴をもっている。それは強力な光源が一つありさえすれば、その光が見える限りどれほど遠方へでも複雑な情報を伝達することを可能にするものである。

　根本的なアイディアは、イメージを数字に翻訳し、その数字を光の点滅回数によって伝達するというものである。たとえば「19-3-7-1-1-4-25」という数字の列が与えられたとすると、情報を受け取った側は一本の紐に白玉一九個、黒玉三個、白玉七個、等々の順に白黒の球を配置する。次に「18-4-6-2-5-6-19」という列についても同様に、白玉一八個、黒玉四個、白玉六個、等々の順に色を配置し、こうしてできた白黒の交互する何本もの紐を平行に並べていけば、白地と黒地がつながりあってできた一つの図像がえられるというのである。クロが構想したのは、この原理を使って地球から火星へとイメージを送信する計画であったが、計画書ではそのために両惑星間で光の明滅を捕えるにはどれだけの光の強さが必要であるかが計算され、数千の照明の光を巨大なパラボラアンテナ状の装置によってさらに強めたうえで宇宙空間に発射するといった手順が示されている。繰り返してきたとおり、火星や金星に私たちと似た「人類」が存在し、地球にも高度な文明が存在することを期待して日々こちらの様子を観察しているのではないかという想像は、当時においてなんら特別なものではなかった。たしかに妹アンリエットの手紙[9]に窺われるような嘲笑的な反応もあったのではあろうが、まず人工的な規則性をもった光を発してこちら側に知的生命体が存在することを気づかせ、ついでこの方法に訴えようという論の運びは、現代の読者にそう見えるほど荒唐無稽なものではなかったかもしれない。ましてこの提案を公表するための講演会が、科学者としてのクロの力量を認めていたカミーユ・フラマリオンの後ろ盾をえて実現しているとすればなおさらである[10]。だから「天体間のドラマ」で用いられる交信装置がここでの火星通信機と酷似しているのは当然のなりゆきだった。「ドラマ」の装置は地球と金星の科学的な情報交換を最大の目的としているのだが、「直径五〇センチメートルのレンズ三〇〇〇個とそれに隣接した反射鏡を備え」、「巨大な昆虫の複眼によく似た[11]」巨大な砲台は、まさにクロの提案書に書かれていた装置をさらに巨大化した姿にほかならない。だがなおいっそう重要なのは、ストーリー展開そのものを、クロ自身の提案した技術が限界づけているという事実である。

地球の青年グローと金星の「女性」とは、通信画面のなかに互いの姿を認めた最初の日、文字どおり手探りのコミュニケーションを試みる。しかし「地球と金星とは回転していく。そして大気による屈折が画像を乱し、まもなく「また明日」という合図を幾度か繰り返すことしかできなくなってしまう」[12]。なぜ通信が途絶えてしまうのか、理由は容易に想像できる。クロの考案した惑星間通信技術は、映像を光の明滅という記号に翻訳し、これをふたたび映像として再現しなおすものであるから、リアルタイムの鮮明な映像を伝えるためには交信しあう両者がなるべく正面から向かいあう位置にいる必要があるだろう。地球と金星の自転によって交信可能な角度が確保できなくなってしまえば、当然画像の送信は不可能になるからだ。だとするならクロは、未来のある時点で可能になっているはずの技術を仮定し、そこで起こりうる事態を想像しているのではない。自分が数年前に考案した方法によって、純粋に技術上の問題が解決されさえすれば現在においてもすでに可能であるはずの事態を、いわば一つの現実として記述しているにすぎないのであり、だからこそこのテクストは、スーヴィンがいう意味での「外挿」的な方法と隔たっている。要するにそれはSFではない。ドゥフォントネーは本当らしくはないが科学的にありうる世界を（それがもつ「意義」を無視して）想像したが、クロはさらに踏みこみ、自らの理論にとってすでに可能になっている世界を描くのである。

　青年グローとその恋人が試みる音声情報の交換や、彼らの実現する一種のホログラムについても同様の指摘が可能だが、そのことを納得するためにはクロにおける色彩写真や蓄音機の発明の意味、それらすべてを支える「脳力学」構想に目を向けなくてはならない。だがその前にもう一つ指摘しておくなら、これほど技術の進んだ未来においても惑星間飛行の夢が「明らかに不条理な仮定」とみなされているのも、クロが宇宙船の原理を発明していなかったから、つまり彼にとって実際に不可能な行為だったからではなかろうか。科学的な正当性を装ったヴェルヌの月旅行がすでに一八六五年に小説化されていたのであってみれば、これは非常に意識的な態度決定とみなさなくてはならない。その現実離れした時代設定にもかかわらず、ここにはあくまで実際に可能なことだけが書かれているのである。だからクロに関する私たちの最初の結論は次のようなものだ。

クロは自分が可能だと知っていることを書く。しかしそれを小説中で、科学の成果として誇示することはない。自分自身の考案した技術によってえられた可能なもののスペースを想像力で埋めることに、彼がいくらかの喜びを見出していたことはたしかだとしても、同時に発明や発見によって与えられる新たな条件の歴史上の価値は、いわば無頓着にやり過ごされてしまうのである。クロには科学と文学の弁証法が欠如しているのであり、だから彼の「科学的」小説は、いかなる意味でも未来を志向していないと表現することができるだろう。この短編の冒頭には「二八七二年八月二四日」、すなわちそれが掲載された『文学と芸術の再生』誌の発行年月日の正確に千年後の日付があるが、一四年後の一八八六年に『シャ・ノアール』誌に再録されたときには、日付は二八八六年となる。読まれる時点から常に千年後の物語であるこの作品の時間は、つまり歴史に対して位置づけられていないのだが、それはこの時空間がどこにもない場所だからではなく、むしろ正反対に、すでに今ここにありうる時空間だからに違いない。

だがなぜ未来は志向されないのか。科学と文学の相互関係から引き出される（同時代人の多くがそう考えていた）進歩の主題がクロのなかに肯定的にも否定的にも反響を見出さないとすれば、それはそもそも彼の考える科学が、およそ進歩の可能性を与えない不可思議な科学だからではなかろうか。たとえばこの小説のなかで、宇宙飛行が不可能であり、惑星間通信が可能であるとすれば、それはクロがそのときまでに発見していた技術が偶然後者だったからというだけのことではない。クロの科学者としての関心そのものが、そもそも前者を無視し、後者に専念する構造的な理由をもっていたと、私たちは考えてみたい。

2 第一原理：「脳力学」

科学者クロのライフワークは一言で要約することができる。「脳力学」構想である。たしかに未完成に終わったこの理論体系について私たちが手にしているのは、かなり断片的な情報にすぎない。一八七四年の『新世界評論』に『脳力学第一部　知覚』の近刊予告がなされているが、実際には一八七九年の『総合医学』誌に「脳力学の原理」と題された論文が発表されたにとどまったこと。友人の証言を信じるならば、これこそは哲学と科学の革命となる研究であり、自分の研究に対する周囲の無関心を打ち破るものとクロ自身が主張していたこの研究の草稿を、一八七七年の秋、恋人であったニナ・ド・ヴィヤールがクロとの激しい口論の際に火中に投げ捨ててしまったらしいこと（七九年に発表された論文は、新たに書き下ろされたものか、あるいは投げ捨てられたものとは別にコピーがあったのか、その点はわからない)。ただしすでに一八七二年、クロは科学アカデミーに「知覚、思考、反応に関する力学理論」と題した原稿を提出していたが、現存しないこと[13]。以上でほぼすべてである。

だが『総合医学』誌に発表された論文だけでも、クロがこの構想のどこにそれほど決定的な革新性を見ていたか、容易に想像することができる。最終的な目標は意識現象一般の総合的理解であるが、意識現象とは「知覚→思考→反応」という順序で進行するのであるから、この順に扱っていこうというのがクロの計画であり、発表された文章はその冒頭に位置する知覚論の一部であるらしい。発明家としての初仕事であった電信技術から、カラー写真や蓄音機の発明、火星人との交信方法にいたるまで、クロのあらゆる科学的課題を通底するモチーフを純化した思弁的な姿で表現しているこの論文はしかし、具体的な論証に入るときわめて難解になる。それが神経科学的に見てどの程度の正当性を主張できる研究なのか、ここで明確な評価を加えることは差し控えたい。だがクロが自らの発想の決定的な新しさを、まずはその方法論的側面に見ていたことは確実である。

ちょうど時計を止めなくてはその構造を調べることができないように、機能している知覚器官の全体を直接観察することはできない。そこで器官そのものでなくその機能を研究対象とし、機能から器官を再構成してみてはどうか。この発想の転換が正当性をもつかどうかは未来の科学者が決めるだろうとクロはいうのだが、つまり彼が革命的と考えたのは、機能を再現できれば器官そのものが理解できたことになるという発想それ自体であった。もちろん同一の機能をもつものが同一の原因をもつとは限らないのではないかと誰でも疑問に思うだろうが、私たちが興味を引かれるのは、この当然のはずの疑問にいささかも心を乱された形跡のない、クロの奇妙なほどの軽やかさである。ここにあるのはおそらく、原因のレベルを一挙に捨象してしまうような、たとえば人間と人間そっくりのロボットのあいだになんの違いも見出さないような感性なのだろう。デカルトの懐疑など意味をなさない。見分けがつかないならそれは人間なのだ。クロの科学とは、本体（ヌーメーヌ）を括弧に括り（あるいは端的に忘れ去り）現象（フエノメーヌ）だけを扱おうとする科学であり、あくまで意識に与えられたものから出発するという意味で現象学的であるとともに、意識そのものは客観的な再構成の試みに抵抗しないと考える、きわめて両義的な科学である。

　クロの理論のなかで知覚は、「種」（「砂糖の匂い」、「塩の味」といった、それ以上分解できない単位となる感覚それ自体）、「継起」（個別的な感覚の時間的配置、いわばそのリズム）、「形態」（複数の感覚の組みあわせによって構成される一つのまとまり）の三つから構成されているのだが、つまり出発点となるのは物理的な刺激ではなく、直接的な所与（データ）である「単位」とその配置・組みあわせによって作られる時間的ゲシュタルトおよび空間的ゲシュタルトである。クロはこの「単位」（「種」）が「度合い」をもたないこと、つまりあるかないかのどちらかであることを強調するが、それはすなわち意識現象を「ワン／ゼロ」の集積として理解しようとすることだ。クロをコンピューター開発の先駆者のように考えるのは行きすぎだとしても、これからさまざまな局面で見ていくように、彼の発想はきわめてデジタルなものである。彼は意識現象を外的刺激の単純な受容ではなく、取り入れられた要素（単位）から主体内部で構成されたものと見るわけだが、これはつまり人間の意識をコンピューターのプログラムのようなものと捉え、その機能をシミュレーションすることでプログラムを解明しようとする方法だといえる。これはまた、「なぜ」と問うよりも「いかに」と問うことこそが科学の使命だと考える態度でもあるだろう。一九世紀において真理の所有権が決定的に科学に移行したというとき、それは科学こそが「なぜ」という問いに答えられるものと認定されたことを意味するはずだが、だとすればその磁場に抗って、「いかに」という問いだけを追求しようとするクロの「科学」の奇妙さに、私たちは意識的でなければならない。

ただし一九世紀の科学に、「いかに」というモメントが欠如していたわけではない。むしろ新しい発見は対象の内側深くに潜行し、対象の真実を知ることでなく、表面をたどりながら対象の機能を記録することから生じたといえる事例もある。ドゥフォントネーの章でも言及したデュシエンヌ・ド・ブーローニュによる顔面神経系への刺激実験はその典型とみなせるだろう。しかしデュシェンヌの対象とした神経系の問題が、表面であるがためにかえって解剖することができない皮膚という逆説的な対象の特性によって要求されたものであったのに比べ、クロの発想は脳神経系全体を一挙に対象とするものである。またこれもすでに確認したことだが、ダーウィンがその画期的な表情論でデュシェンヌを援用したことに典型的に表現されているとおり、顔面神経についての実験はそれまで文化的範疇のものと考えられていた「表情」を自然科学的範疇へと移し替えるような、いわば文学的想像力に対して科学の優位をより決定的にするような方向で捉えられたのに対し、クロの構想はある意味で科学にすら「なぜ」という問いに答えることはできないと宣言しているのだともいえる。科学と文学を調停したり結びつけたりするのとはおよそ別のところで、クロは科学の優位を極端にまで推し進めるような発想によって結局は、その優位を無に帰してしまうのである。

他方クロの文学作品に目をやってみると、科学の万能と無力とを同時に主張するかのような脳力学構想の奇妙な射程を、いわば反対側から透かし見ることができるように思える。もっとも見やすい例は一八八〇年発表の「未来の日記」[14]であろう。百年後の『シャ・ノアール』誌編集部が舞台となっているが、そこで編集者たちは地下に収納された人口の脳から能力を与えられて仕事をこなしている。百年後にはプラチナ製の脳が発明されていて、愚鈍な脳でもこの人工脳によって大きな能力を発揮できるのであり、したがってもっとも優秀な頭脳はもっとも裕福な人間のものである。つまりここでも、人間の脳の力を高める技術ではなく、ただすでに存在する脳をコピーし、その能力をほかの脳において再現することだけが問題となる。科学の進歩への警告とも取れるこの短編が、しかし同時にクロ自身が望む科学技術のあり方を表現しているという両義性の前で私たちはいささか当惑せずにいられないが、おそらく彼にとって科学とは、価値判断とは無関係に、ただ単にそうしたものなのである。「天体間のドラマ」と発表年も近く(一八七四年)、クロの短編としては比較的知られた「愛の科学[15]」においてこの両義性は、いっそう明確に読み取ることができる。

人間は「むき出しの事象の速記記録者」でしかないのであるから、真理を捉えるためにはただ「観察に観察を重ね、決して思考したり夢見たり想像したりしない」という態度こそが現在の科学のあり方であり、またすばらしさでもあると主人公(「私」)は冒頭から宣言するのだが、この科学観ははたしてクロ自身の視点なのか、それとも同時代の科学へのアイロニーであるのか。恋愛中の人間の状態を研究するためにヴィルジニーに近づいた主人公は、彼女に自分を愛させるため私財を投げ打ってショパンやミュッセから女性の好む音楽や詩を学ぶのだが、ここでもまた研究の意図は女性に愛されるための科学的な方法をみつけるといった実利的なものではなくて、現に存在する恋愛を観察し、記録し、あわよくば再現しようとすることである。単位時間当たりのキスの回数や抱擁中の体温、心拍数の計測等々を繰り返すうち、「私」は結局この計画に気づいたヴィルジニーに逃げられてしまい、そのときになって自分が彼女を愛していることに気づくや否や、失恋した人間の状態を研究するために自分の身体状態を計測せねばと考える。だがこの主人公の哀れな姿を、ひたすら正確さを求める科学的思考への嘲笑に還元することはできない。パロディーの外見をまとっているとしても、ここにあるのは科学的思考を外部から批判したり転倒して利用したりするような安全な身振りではなくて、科学的思考にいったん関わったならば、それについて外側から語る主体の位置に身を置くことは構造的に不可能であるという、奇妙にも冷めた、二〇世紀的とでも形容すべき自己意識なのである。

そもそも主人公はなぜ、すでに存在する恋人たちをなんらかの計略に陥れ、観察しようとはしないのか。なぜ研究されるのは、自分自身を当事者とした恋愛でなくてはならないのだろうか。この最初の選択は必然的に観察する主体が観察される主体でもあるという事態を生み出すのであり、不幸で愚かな結末そのものはこの事態をさらに明示的に示したものにすぎないだろう。このことはふたたび、クロの目指した科学があくまで意識に直接現れるものの科学であることを意味する。今私に立ち現われている意識事態――たとえば「私は愛している」という事態――が対象でなくてはならないのであり、あらかじめ客観的に限定可能な事態――たとえばなんらかの基準で定義された性的興奮状態――を操作することで法則性を見出し、それを人工的に作り出したり増大させたりするといったことが目的ではない。この試みは定義上成功することがないのだが、それは何をもって成功とするかの基準がそもそもありえないからだ。「私は愛している」という状態は、それをなんらかの記号（ある種の身体状態）にいったん翻訳し、ほかの主体において再現したとして（あるいはこの私自身において再現したとしてすら）、それが同じこの状態であることを保証するものは何もないのである。だが同時に精神的でもあり身体的でもある直接的な事態を翻訳し再現しようとするこの試みは、成功することがありえないならなぜ試みられる価値があるのだろうか。

次のようにいい換えてもいい。身体機能の記録と再現それ自体を目的とするのがクロの発明の特質だとするなら、それはおよそ奇妙な発明だといわねばならない。なぜならそれは結局身体をトレースすることにすぎない以上、オリジナルに何もつけ加えはしないのであり、だとすればそれは結局のところ「発明」ではないというべきではなかろうか。反復するためだけの技術を求める発明家、何も新しいものを発明することのない発明家としてのクロが、それでも発明し続けるのはいったい何のためなのであろうか。

3　発明しない発明家1――カラー写真：知覚の分解

一八七八年の結婚のときも二年後に二人目の子供が生まれたときも、クロは公的な証書では身分を「民間の技師」としるしているらしい[16]。おそらく詩人や作家などという身分が曖昧に思えたからという以上に、彼は自らをとりもなおさず発明家として、あるいはそれ以上に科学者として捉えていたはずだ。そして発明家としてのクロが生涯を通じ、もっとも多くの時間を割いたテーマは間違いなくカラー写真技術であった。クロがカラー写真に関する自らのアイディアを最初に文章にしたのは一八六七年に科学アカデミーに提出した「封緘文書」だが、こののち理論的・技術的な努力は中断期間をはさみつつも晩年まで続けられていく。まったく独立に同じ原理の技術を開発していたルイ・デュコ・デュ・オーロンとのやり取り、アカデミーの学者、特にエドモン・ベクレルからの批判とそれへの反応、その後の技術改良の試みなど、彼のカラー写真関連のトピックすべてをここで詳しく跡づけることはとてもできない。具体的な情報については、日本におけるクロ研究の画期となった福田裕大の著作[17]を参照してもらうことにして、科学者としてのクロの発想が時代のなかで占めていた奇妙な位置づけだけを見ておこう。

カラー写真技術の基礎を築いた発明家がデュコ・デュ・オーロンであるという評価が揺らぐことは今後もないだろう。だがそれとは独立に一人の詩人＝発明家がまったく同じ原理に従った方法を提案していたことは、少なくともフランスではそれなりに知られているし、カラー写真の技術史を詳細に跡づけた石川英輔の著作[18]などによって日本でも以前から紹介されている。クロは一八六七年の論文ですでに自分が発見した原理を定式化していたが、デュコが一八六八年に特許を取得したのち、翌六九年には研究成果をフランス写真協会に報告すると同時に、彼も自らの方法を写真協会に提出する。二人の発明家のあいだでは、当初多少の波風が立ったものの、その後は友好的な関係が結ばれたようだ。少なくとも六九年の時点では実用化に向けた努力を何もしていなかったクロと違い、具体的な技術を次々と考案し、すでに多くの実作を撮影していたデュコの仕事こそがのちのカラー写真に直接の影響を与えることになったのは、ごく自然ななりゆきであった。だが重要なのは、彼ら二人の方法の技術史的な位置づけと、その意義に関する二人の捉え方の相違である。

一八三九年のダゲレオタイプ発明以来、カラー写真を夢見た科学者・技術者は無数にいたが、クロとデュコの方法が、彼らの夢を実現したものだったと単純にいうことはできない。すでに一八四三年、フランスの公式な科学界においてカラー写真研究を代表するとともに、のちにクロとデュコの技術の批判者にもなるエドモン・ベクレルは、特殊な処理を施した銀板を太陽光に直接感光させる実験で、きわめて部分的ながら成功を収めていた（図15）。夢見られていたのはつまり、自然光の直接的定着を化学的方法によって可能にする物質の発見である。こうした「直接法」は結局技術史的には成功を収めることがなかったが、一八九一年（クロの死後）にもガブリエル・リップマンが光波の干渉現象にもとづいたカラーのガラスポジ像を作り出しているように、ながらく科学的理想であり続けるだろう（図16）。だがこれに対しクロとデュコのアイディアは、やって来る光を三原色に分解してデータに変換し、この三色のデータを重ねあわせることで色彩

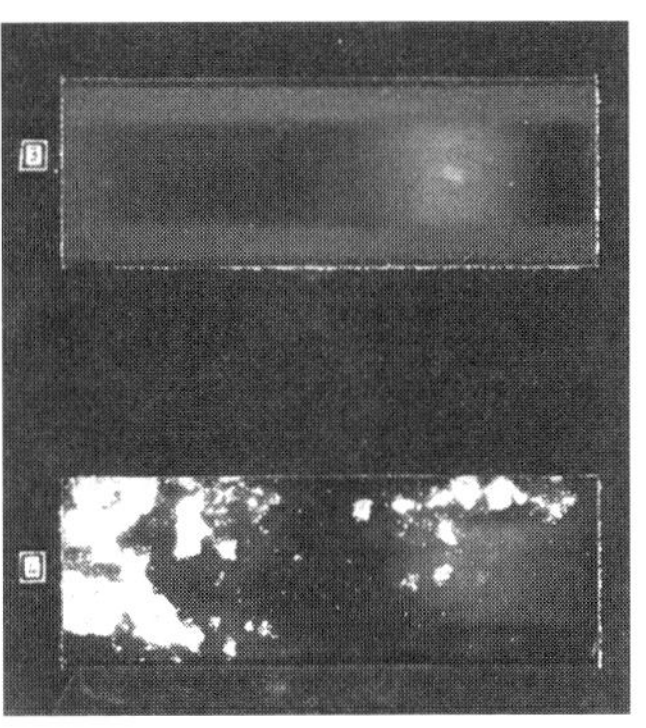

図15　エドモン・ベクレルが直接太陽光に感光させることに成功した銀板（1848年）

図16　リヒャルト・ノイハウスがガブリエル・リップマンの手法によって撮影したカラー写真（1899年）

を再現する、「間接法」と呼ばれるものである。ベクレルが自らの目標を「太陽で絵を描くこと peindre avec le soleil」と表現したのに対し、デュコは「出来合いの色彩を用いて太陽に絵を描かせること forcer le soleil à peindre avec des couleurs toutes faites」という表現を用いるのだが[19]、太陽光が直接感光材に色を残すのでなく、対象のどこに三原色のどれが濃く存在するかを記録しておいて、あとから人工的な色素を用いて色彩を再現するような方法では、人間が絵の具で絵を描くのとさほど違わないではないかというのが、ベクレルの気持ちだったろう。いや現在ですら、写真は対象について「それは＝かつて＝あった」と語ることを可能にするものであってほしいと思い続ける人々にとって、「間接法」はごまかしだというベクレルの感覚は理解できないものではないに違いない。

だが示唆的なことに、ベクレルの批判に対し、当事者二人は大きく異なった反応を示している。デュコは自分の方法が間接的なものであることを認めつつ、その実用性を強調する。たとえ化学物質によって自然光を直接記録する方法が確立されたとしても、三枚のネガ上に三原色の光それぞれの分布を記録しておくやり方はコピーを作ることが容易であり、したがって産業化しやすいはずだと反論するのである[20]。そしてその後のカラー写真技術が進んでいったのは、まぎれもなくデュコの予見した方向であった。一八七〇年代からクロの晩年にあたる一八八〇年代にかけて「間接法」の考え方にもとづいた基礎技術が整備されていくが、二〇世紀初頭（一九〇七年）、その一応の完成形態といえるリュミエール社のカラー写真乾板「オートクローム」が発売されたことで、アマチュアでも容易にカラー写真を撮影できるようになる。ベクレルが熱望し、リップマンが希望をつないだような科学理論上はより「美しい」道を放棄することで、実用的なカラー写真は可能となった。きわめて抽象的なレベルで捉えるならば、オートクロームとは結局のところ、デュコ／クロの三枚のネガを一枚のガラス板上に重ねあわせたものだともいえる。クロが最初に考えた対象を三度撮影する方法に比べれば、たしかに一度で色彩を記録するその後のさまざまな技術は（そしてクロ自身も一度の撮影で済ませるための工夫を重ねていったのだが）相対的には直接性が高い印象を与えるが、三原色のそれぞれに染められたうえでガラス板上に散布された澱粉粒子は、光の情報の記録装置に変わりはない（**図17**）。それはたしかにある瞬間の光の記録ではあるが、決して自然光の直接的定着ではない以上、その色彩について「それは＝かつて＝あった」と結論することは許されないのである。

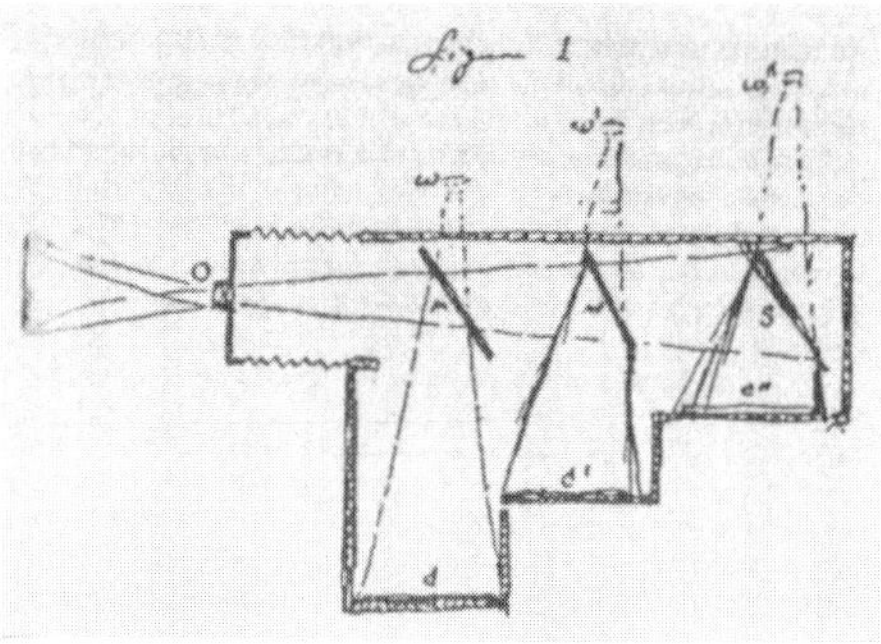

図17　シャルル・クロが一度の撮影でカラー写真を撮影する技法を解説した図（1877年の封緘文書より）

　だとするならクロの方法は、彼の死後本人のあずかり知らないところで科学技術史的な勝利を収めたと考えることも、あながち不可能ではない。だが重要な点はほかにある。事実の経緯を必要な範囲でたどっておこう。クロがカラー写真技術のアイディアをはじめて文章にしたのは一八六七年の論文であり、写真協会に報告がなされたのはその二年後だったが、当時はまだ感光材の技術的な制約から紙媒体に定着させることができなかった。だがやがてカラー印刷の最新技術をもった技師との出会いを経て、アルフォンス・ポワトヴァンの発明した「カーボン印画法」によって撮影結果を具体的な作品として残すことに成功する。クロがこれを科学アカデミーに送付するとともに一八六七年の論文を開封するよう要求したのは一八七六年のことだった。ベクレルが彼の科学観に従ってクロの方法を断罪したのはこれに対するリアクションである。それがベクレルの立場からして当然の態度だったことはすでに述べたとおりだが、このとき開封された六七年の論文でベクレル自身が批判的に言及されているとすれば、この反応はなおさら自然なものである。「色彩、形態、運動の記録と再現[21]」という、まさに科学者クロの根本モチーフを要約するかのようなタイトルをもったこの文章は、二年後に発表された最初のまとまったカラー写真論「カラー写真の問題の一般的解決方法」や、脳力学論のなかでも利用されていくことになる。このことだけでも、カラー写真論が脳力学の一般理論に対するいわば下位部門のような関係にあると想像させるには十分だろう。クロはここで自らのカラー写真のアイディアを素描しながら、ニエプスやベクレルが求める、自然光を直接定着させる「カメレオンのような物質」を見つけることなど不可能だとして、ベクレルの意図を名指しで否定していた。これに対するベクレルの当然の批判に対してクロが試みた直接の反駁はあまり歯切れのよいものではなく、アカデミックな権威の前での遠慮のようなものが感じられないこともないが、同年フランス写真協会会報に発表された「カラー写真に関するノート」には、自らの技術が可能にする色彩について、「人間のまなざしによって分解して固定され、その同じまなざしに対して再構成されたこれらの色合いより自然なものを考えることなどできない[22]」とする断言を読むことができる。「自然な」という形容詞を強調しているのはクロ自身であるが、おそらくここにこそ彼の発想の核心がある。

図18　ジョゼフ・プラトーによるフェナキスティスコープ（1832年）

六七年の論文の冒頭からすでに、運動の記録・再現方法としてジョゼフ・プラトーによるフェナキスティスコープ（**図18**）が根本的なアイディアを与えてくれると明言されていた。フェナキスティスコープとは、連続した一連の画像から、装置の回転によって運動のイリュージョンを作り出す機械／玩具である。この論文全体が、色彩、形態、運動といった現象のすべてをデジタルな単位に分解して記録し、そこから再現するというアイディアを基調としていることは明らかだろう。だとするとここで、ジョナサン・クレーリーが視覚文化論の画期をなした著作『観察者の系譜』で扱っている、網膜残像のような事実符号性をもたない視覚現象、物理的なものである以上に身体内で生理的に生成するものとしての視覚現象が扱われているのは明らかである。またここでは取り上げなかったが、福田裕大が詳しく論じているように、クロが考えた最初のカラー写真の享受形態は紙媒体へのプリントではなく光学的な合成によるヴァーチャルなものだったとすれば、たしかにクロを、残像現象などに注目し、知覚を生理学的なものとして捉えようとする一九世紀の認識論的なパラダイム・チェンジの一翼を担った科学者であると評価することにも十分な根拠があるはずだ。にもかかわらず私たちがここで強調したいと思うのは、現在の読者にとってまぎれもない先進性と映るこの発想が、科学に対する同時代の要請から奇妙にもずれた不可思議な欲望と背中あわせのものだという事実である。生理学の進歩とは人間の身体を解明することのはずだが、クロの望むのはただ身体を再現し反復することにすぎない。それはどういうことだろうか。

クロの科学は意識に直接現れるものの科学なのだが、それはまたこの直接現れるものを深く傷つける科学でもある。三枚のネガを用いたカラー写真は、科学者の夢見てきた化学物質がないために仕方なく選び取られたものではなくて、むしろ色彩という現象の本性に適合した方法とみなされている。ヘルムホルツの色彩論をどの程度クロが把握していたかつまびらかではないが、ともかく実際の色彩が三原色の合成からできているなら、それを三原色に分解しなくてはならないのであって、クロにとってはそれこそが科学的にも「美しい」方法なのだと考えられる。脳力学構想そのものが、機能を再現することから器官の構造を知ろうとする計画であるとするなら、クロのカラー写真技術によって、むしろ自然光とその知覚に対する従来の考え方こそが修正されなくてはならない。分解された光はすでに、私たちが見ているものとは別の偽りの光であると、彼は考えなかった。この写真機で撮った写真の色彩があなたの見ている色彩とそっくりだとするなら、それはあなた自身がこの写真機のような何かだからだ。――クロはそう語っているかのようである。

もちろんクロを錐体の光受容細胞（三種類それぞれが異なった波長の光を識別することで色覚を可能にする、網膜状の細胞）の機能を予見した科学者に仕立て上げようとするのは強引すぎるだろう。だがそれにしても、クロのカラー写真技術を支える理論的前提が、対立しあいつつ相補っているベクレル＝リップマン的な科学のモラルと、デュコが主張しリュミエール兄弟が実現した実利性の両者が共有するパラダイムを逸脱していたことは認めなくてはならない。光を直接定着するか、間接的記録で満足しておくかではなく、意識に直接現れているものが、それ自体間接的な構造に還元できるという考え方を、クロは進んで受け入れる。身体は常に別の記号体系へと翻訳されねばならないのである。

4　発明しない発明家2――蓄音機：「遠さ」の技術

エジソンという「ライバル」の知名度がずば抜けて高いせいで、クロの仕事のなかで蓄音機の発明もまた非常に広く知られているが、発明家としてのキャリア全体を通して書き継がれたカラー写真論の分量に比べると、蓄音機について書かれたテクストはかなり限られている。だがその量的には限定された文章と、それが科学者としてのクロの仕事のなかで占めている位置とは、ほぼ同一といってよいエジソンの原理とクロのそれとが、かなり異なった価値を担わされたものだったことを理解させてくれる。

エジソンの蓄音機は電話を起源とする。もちろん一八七五年の時点でグラハム・ベルの発明は（今の視点からすれば）事実上蓄音機を可能にしていたともいえるのであってみれば、このつながりはきわめて自然なものだろう。求められたのは生の肉声をそのままなるべく遠くへ伝達することなのであり、エジソン自身がはじめに考えた実用化の方法も声の手紙として用いることだった。一方クロの蓄音機は、おそらく彼の発明家としての出発点だった自筆電信を遠い起源とするものだろう。電信技術の開発と特許申請は一八六五年から六六年ごろのことだが、これよりさらに五、六年前、一八歳から一九歳のころに務めていた聾唖学校での復習教師時代にすでに音声記憶装置を開発し、生徒たちに練習用として携帯させていたというアルフォンス・アレの語る逸話が神話であることは間違いない。ただし同じころ兄アントワーヌと二人で、クロの巧みなピアノ演奏、とりわけ即興演奏を記録して残すための装置を考えたことが蓄音機の発想につながったという兄自身の証言には一定の真実があるはずだ。[23] いずれにしろここに見出されるのは、身体現象をなんらかの記号体系に翻訳したうえで記録・保存し、別のどこかで再現するという課題であり、カラー写真同様に、それは脳力学構想の下位部門として位置づけることができる。[24] これもまた声を生々しく伝える技術ではなく身体の翻訳なのであり、したがってクロの蓄音機のアイディアはエジソンのそれと正反対に、間接性を本質とするのである。

カラー写真の発明者としてのクロがデュコ・デュ・オーロンに後れを取ってしまった最大の理由は、彼があくまで理論のレベルに固執し、実用性に関する意識を十分もたなかったことだが、蓄音機についても同じような事情が存在した。もちろん資金や設備、開発協力者の存在など、あらゆる面ではじめから勝負にならないほどの差が存在したことは間違いない。一八七七年四月一七日には「聴覚によって知覚された現象の記録と再生の手法」――またしても脳力学構想の原理そのものといっていいタイトルである――が科学アカデミーに提出されており、ルノワール神父の手によって同年一〇月にはその原理が公にされていたにもかかわらず、一二月末には大西洋の向こう側でエジソンが実験に成功、翌七八年に世紀の発明を携えてヨーロッパをめぐった「メンロ・パークの魔術師」が三月にフランスの科学アカデミーでこれを展示したときには、クロはただそれを賞賛する以外にはなかった。だが理論家肌の科学者が実利性重視の発明家に敗北したといった事態が問題なのではない。装置を実際に作ることより原理を考案することに意味を見出したといわれるクロの傾向は、ここでもまたそもそも彼の発想が、より多くの直接性を、つまりは便利さを求めるものでなく、反対により間接的な体験の驚異を目指すものだったことの結果なのである。この声がどれほど遠い土地、遠い時代にもいったん変換されたデータから再現しうるという事実それ自体の驚異。それこそがまたしても、先を越されたことに落胆しつつ、彼がエジソンの機械に対して控えめに提案してみせた改良点の意味を説明するだろう。

クロの「発明」の技術史上の意味などについて、ここでは一切触れないし、それ自体としてはきわめて簡単なメモのようなものにすぎない一八七七年の文書について、エジソンの発明に対し本当のところどの程度の価値を主張できるかといった議論も省こう。科学アカデミーにおけるエジソンの装置の実演（一八七八年三月一一日）に出席した直後、クロは「エジソン氏の蓄音機に関するノート」[25]と題する短い文章をアカデミーに送っている。そこではエジソンの仕事が賞賛されるとともに、いくつかの改良点が提案されるが、本質的な論点はおそらく、針は上下動するより左右に動くべきだという点に尽きている。あるいは情報の記録平面に対して垂直にではなく水平に動くべきだという方が正確かもしれない。なぜか。音が水平方向の運動として目に見えるものとなる方が、声という現象の「研究」に都合がいいからである。ここに発明家であるより科学者であろうとする意志を見ることはもちろん可能だが、それ以上に科学者としてのクロが、聴覚現象を視覚現象に「翻訳」することにこだわっている点こそが重要だろう。声が視覚データに変換されるなら、それはたとえば、光の明滅しかコミュニケーション手段をもたないほかの惑星にさえ、伝達することができるのではないか。事実「天体間のドラマ」で青年グローと金星人の恋人は、音声現象を「グラフ」に変換して惑星間通信の装置に乗せるのであった。宇宙空間によって隔てられた恋人たちは、互いの「声、言葉、歌」を送りあおうと考える。「そうしたすべては

《コメット通信》のこれまでの主な執筆者

浅沼圭司
石井洋二郎
伊藤亜紗
小田部胤久
金子遊
木下誠
アナイート・グリゴリャン
桑野隆
郷原佳以
小沼純一
小林康夫
佐々木敦
佐々木健一
沢山遼
管啓次郎
鈴木創士
筒井宏樹
イト・ナガ
中村邦生
野田研一
橋本陽介
エリック・ファーユ
星野太
堀千晶
ジェラール・マセ
南雄介
宮本隆司
毛利嘉孝
オラシオ・カステジャーノス・モヤ
安原伸一朗
山梨俊夫
結城正美

曲線によって記録され、音叉のついた電気機械によって再現されるのである」[26]。さらに一つ小さな指摘をしておくなら、ここには「蓄音機 phonographe」ではないにしろ、記録された音声データという意味での「録音情報 phonographies」という語がすでに用いられている[27]。クロは自らの発明した装置を「paléophone」、すなわち「昔の音」と呼んだが、しばしばそれは彼が失われたものの回帰という、いわば幽霊じみた体験を生み出すものとしてこの装置を理解していたことの証拠であるとされる。そのような解釈も全面的に否定はできないが、この問題系が彼の文学的想像力のなかにはじめて姿を現したとき、それは霊を宿したものとしての声といった伝統的なテーマよりも、あくまで異なるデータ形式間での変換というテーマをめぐるものだったことは強調されねばならない。知覚は常により多くの、より隔たった記号体系に変換され続けなくてはならないのであり、クロをエジソンから隔てるこの際限のない間接性への意志こそが、彼をまた同時代の多くの文学者たちとも隔てているように思える。

話す機械というテーマを扱った一九世紀後半の代表的なテクストをいくつか思い浮かべてみれば、この差異は明らかだろう。たとえば巨大な唇の形をした声を発する機械を作り出した男の物語であるマルセル・シュオッブの小品「話す機械[28]」（一八九三年刊行の『黄金仮面の王』に収録）では、男が機械に「はじめに言葉ありき、我言葉を創れり」と語らせようとした瞬間にその装置は崩壊し、男本人は言葉を失うのだが、ここでは神の御業に対する挑戦とそれへの懲罰という主題が戯画的なほどに明瞭である。またもう一度『未来のイヴ』に立ち返るとするなら、そこでも「声」を与えることは魂を吹きこむ神の業と捉えられており、この小説が人造人間をめぐる文学の歴史のなかでいかに特権的な位置を占めているにせよ、ハダリーとイーヴァルト卿を乗せた船の沈没という結末は神への冒瀆に対する懲罰という図式を大きくはみ出すことはない。声とは魂であり、だからこそ一九世紀において、声を発する機械の発明はプロメテウス的な行為でありえた。蓄音機の体験と死者との交信の主題が大衆的な意識において結びつけられていたこともまた、今では常識に属するだろう。クロの蓄音機設計計画に対し、当時の後援者ショーヌ公爵の母、シュヴルーズ公爵夫人がこの冒瀆的な発明を許すまいとした受け取り方[29]は、まったくもって一般的なものだった。さらにつけ加えるならば、世紀なかばにアメリカのフォックス姉妹の事例からはじまった、モールス信号にヒントをえた「霊界通信」の方法を電信技術とのアナロジーによって捉えることも一九世紀のクリシェであり、したがって発明家としてのクロが抱えたテーマは全体として、きわめて心霊的な主題と結びつきやすいものだったのである。また他方「魂としての声」のテーマが、結局エジソン本人をすら巻きこんでいたことをいま一度確認しておこう。話す人形の発明とは「声」のあるところには魂があるという「声」の直接性への信仰であり、だからこそ科学と文学は反目しあいながら容易に親和性を発揮しうる。声は人間のもっとも内密な核心部に通じる道なのであり、そこから一方では声を手紙にすることで直接性を配達しようとするアイディアが、他方では話す機械が神への挑戦だという結論が導き出される。ましてエジソンによる「声の手紙」の計画が事業としては失敗したのち、この技術の実用化に成功したのがいわば文字どおり過去の声を切り売りするグラモフォン社の音楽レコードだったという事実は、科学と文学的想像力の、実利的配慮と霊的ファンタスムの相補性と共犯性を証明するものである。

だからこそクロの想像力に、霊的なものの影が一切不在であることはまさに驚異といっていい。いやそれはいいすぎになるだろうか。フラマリオンはクロの思い出を語るなかで、自分が詩人＝発明家と交霊実験を行ったと示唆していた。[30] だが声と霊魂の主題がきわめて身近なものであったにもかかわらず、科学者としても文学者としても彼の想像力は見事なまでにそれをすり抜けていくように見える。クロの思い描く交信対象が霊界ではなくほかの惑星だというだけではない。彼の関心を引いているのはそもそも、（火星であれ「あの世」であれ）それほど遠いどこかと交信できてしまうという「近さ」の驚異ではなく、それほど遠いところで身体が再現できてしまうという「遠さ」のめまいである。色彩や声の再現にあれほど魅せられたクロはしかし、人造人間を、ましてや人造美女を創り出そうとは考えない。課題となるのは魂を呼び出すことや創造することでなく、むしろ魂を解体することだ。「私」は分解され、ほかの記号に翻訳され、見知らぬどこかで——たとえば金星の地で——再現されるだろう。クロは愛する人を創り出すのではなく、愛する対象の「私」を分解するばかりか、愛している「私」自身のこの直接的な意識それ自体をすら分解するのである。だからクロは、科学と文学が対立しながら密通しあうかのような一九世紀のパラダイムを内面化しない。より直接的なものを、より「本物」らしいイメージや声を現前させようとする「近さ」の技術に取りつかれた時代のなかで、クロはさまざまな変換を経て何重にも間接的なものとなった私の身体が、限りなく遠いどこかで再現されることを夢見る。手を結んだ科学と文学の逆説的な夢が傍らを通りすぎていくのにまるで気づくことすらないかのように、彼は誰にも必要とされることのない「遠さ」の技術を作り出し続けるのである。

5　創造しない詩人

だからクロは、エジソンやデュコ・デュ・オーロンでないのと同じく、ヴェルヌでもなければヴィリエやシュオッブでもない。彼は人間が今できないことをできたとき何がもたらされるかなどと考えはしないし、新たな技術の突きつける精神的課題と向きあうこともない。ヴィリエやシュオッブの小説で言葉／声の創造という問題が取り上げられるとき、人間の手で作り出される言語の不完全さという古いテーマがふたたび宿命的に忍びこんでくる。原初に存在した真の言語（直接性の言語）と現在の不完全な言語（間接性の言語）の対立という主題をクロは共有することがなく、だからこそエジソンとヴィリエの両者を巻きこむ人造人間の問題系も登場する余地がない。ここでは対象のもつ機能の認識がすなわち対象の認識なのであるから、再現された色彩や声は、本物かどうかという問いにさらされることはないのであり、神への挑戦というテーマの侵入する隙間ははじめから存在していない。発明しない発明家であるクロは、同時に創造しない詩人なのである。

事実、作家／詩人としてのクロの身振りは、通常の言語がいいえないものに達しようとする意図とは完全に無縁であった。「天体間のドラマ」や「愛の科学」が創造でなく反復の物語であるのと同様に、「アンリ・クロの三枚のアクアチントについて」(31)のような詩編は、兄の絵画作品という視覚情報を言語情報に置き換えようとするものにすぎない。まして作家としてのクロが今でもかろうじて記憶されているほとんど唯一の理由といっていいあの「燻製ニシン」やそれに続く一連の「モノローグ」は、全面的にこの反復の原理によって作動するテクスト群である。

　コクラン弟（カデ）の名演で次々とあたりを取ったモノローグのなかでも代表作といっていい「あべこべの足をもつ男」(32)を見てみよう。進もうとするのと正反対の方向に進んでしまう人物。――仕掛けはただそれだけである。泥酔して転倒した姿勢のまま眠りこんでいたある男が、朝目が覚めるとすでに出勤時間になっており、あわてて靴を履き会社へ向かおうとするのだが、なぜか進むべき方角とは反対の方向に向かってしまう。目的地と逆のサン＝ラザール駅にたどり着くが、気がつけばそこで汽車に乗り、着いたのは港町ル・アーヴル、泳ぎが苦手で海から遠ざかろうとするが逆に海へと突入し、おぼれかけたところをフィジー行きの船に救われる。退こうとするが船長に体当たりして監禁され、着いたハワイで現地人の反乱に出会うと、逃亡しようとして反乱軍の列に突っこむが、これが反乱軍を攪乱することとなり、この機に乗じた海兵隊は鎮圧に成功、男は勲章をもらって大尉になる。だがなぜそんなことになったのか、ふと気づくとあのとき靴を前後逆さまに履いていた、というのがオチとなる。

なぜ靴を前後逆さまに履いただけで進もうとするのと反対の方向に進んでしまうのか、合理的な説明は何もない。だがとにかく物語は、このたった一つの初期情報が無限に展開されていく運動を唯一の動因として組み立てられている。おそらくこの動因の不条理さは、全体が無根拠で恣意的なプロセスであることを強調するためなのだろう。したがって表面的にはいかに奇想天外な出来事の連続に見えるとしても、ここには物語やドラマが根本的に欠落している。人物は作動してしまったオートマティスムに押し流されていくのみで、何に出会っても主体的な判断をしないばかりか、出来事からの働きかけで悟ったり諦めたり絶望したりといったこともない。どの人物もひたすら自分自身を反復するのであり、その反復が過剰であるがために常軌を逸した結果を招くだけである。もちろんただ一つの妄執に突き動かされる内面のドラマを欠いた人物とは、喜劇的人物の典型であるといえないこともない。まただ一人の役者による話芸としての「モノローグ」が、その人物の意志だけを動力として進行することになるのは当然のなりゆきでもあるだろう。それにしても、反復される身振りがまったく根拠のないものとして――少なくとも物欲や性欲といった理解しやすい理由を与えられることなしに――提示されていることの特異性は残るし、ましてその「妄執」は、「愛の科学」の主人公のケースがそうだったように、破局のあとまで無傷のままにとどまる。クロの人物たちは神への反抗といった形而上的な正当化を一切もたず、神による裁きのあとにまで生き残ってしまう、奇妙にも強靭なドン・ジュアンなのである。

モノローグという特異なジャンルの作品はおそらくほとんど例外なしに、この同じ構造を備えている。友人につきまとい、押しかけてしゃべりまくることを繰り返し、ついに怒った友人に殺されかけてもその理由を呑みこめないまま最後には監禁されてしまう男の話である「ボーブール街事件」にせよ、極端な潔癖症であるために、友人の家に招待されても人の手の触れたものに口をつけることができず、パンの中身だけをちぎって食べ続けるうちに追い出されてしまう人物を語った「清潔好きな男」にせよ、構造は寸分たがわない[33]。自身を反復するのみで変化することがなく、あらゆるドラマの外部にとどまるこうしたクロの人物のなかでも、「愛の科学」の主人公と並び、自らを突き動かす力のカタストロフィックな性格に気づきながらそれを生き続けてしまうといった、いささかメタレベルに位置する人物として、「ケン玉」に登場する男を挙げることができるだろう。巧みなケン玉さばきで大道を沸かせている若者の見世物に割って入り、そんなことをしていても決して上達はしないと彼は説く。自分は最高品質のケン玉を入手して練習に明け暮れ数十年たったが、一向にうまくはならなかった。国際大会で優勝したこともある腕前なのだが、彼にとってそんなことは無意味であるらしい。男は若者にこう語る。

もし君に天分がなかったならば、いくらやってもどうにもなるまい。もし天分があるならば、それでも今よりうまくはなるまい。だが熱心に励みたまえ。そうすればいつか君も私のように、自分が何一つできんことを、はっきり知るようになれるんだ[34]!

このケン玉使いは要するに、自分の行為が他者の目で成功と判断されるか失敗と思われるかという基準と一切無関係に、また自分がなぜそうするのかという理由を考えることもなく、ただオートマティックに作動する機械なのであり、さらに驚くべきことに、そうであることを自覚した機械なのである。しかもここには、このプロセスの目的が語られてさえいる。それは自らの身振りにはいかなる正当化もなく、また今後それが与えられることもないという事実を受け入れることだ。発明家クロにとっての話す機械が人間による声の創造ではなく単なる声の反復であるとすれば、他方で彼が無根拠な身振りの反復だけからなるテクストを紡ぎ出したのも（そしてそこで反復される身振りが、次々と差し出される新しい状況のなかで自らの持続を保証するために、与えられた状況に即して翻訳され続けていくことになるのも）、おそらくは必然的ななりゆきなのだろう。翻訳される身体の驚異に魅せられた発明しない発明家は、必然的に一つの身振りをひたすら翻訳し続ける、創造しない詩人となるのである。

6　偶然の受け皿としての科学

クロの研究テーマを貫くモチーフの一貫性は、まさに驚くべきものだ。聾唖学校の復習教師となったのには偶然の事情もあったろうが、音声情報を用いることのできない人々に言語を習得させるために、情報を身振りや図像その他の記号、唇や、場合によっては喉仏の動きにまで「翻訳」するための有効な手段について考えをめぐらせていたことが、この時代のクロが残した課題文やレポートなど[35]からうかがわれる。身体的な条件のために音声情報を別の記号体系に変換して表現せざるをえない人々との出会いがクロの社会とのかかわりの出発点であることには、やはりなにか宿命的なものがある。自身の即興演奏を記録する装置の開発がクロの発明家人生の起点であったらしいことはすでに触れたが、職業発明家としての最初の業績であった電信技術、とりわけ肉筆の文字をそのまま遠い場所でも再現できる電信技術にはじまって、もっとも重要な位置を占めるカラー写真、それに次ぐ蓄音機などのあらゆるテーマは、身体現象の翻訳という課題に還元されるものだ。散発的に発表されたさまざまな研究でもこのことは変わらず、木の年輪の研究などという意外なもの[36]も、結局はその年その年の気候条件を視覚情報に変換して記録するメディアとして年輪を扱うものだし、ある時期手を染めた形跡のある電池の研究も、外界の情報と脳のあいだで情報の変換・伝達を担う神経回路とのアナロジーを想像させる。おそらくこれも脳力学構想に直結する関心だったのだろう。人間の身体に関わるものではないが、エピソードとしてわりあい頻繁に言及される人口的な宝石の製造も、いったんほかの状態に変換された要素から元の様態を復元する実験である。実際に非常にわずかな量のダイヤモンドやルビーを作り出すことに成功したが、本物の宝石よりよほど高くついてしまい、実用化できなかったといった伝説[37]は、実利的な配慮の外で変換と再現のプロセスそのものに取りつかれていた科学者クロの姿を見事に象徴するものだ。クロが語学において常人離れした才能を持っていたことは有名だが、一五歳にしてラテン語、ギリシャ語のみならず、ヘブライ語やサンスクリット語にまで通じていたとされる彼は、諸記号体系間の相互翻訳に科学者としての生涯を捧げたのである。

あらゆる身体現象を情報の変換・伝達のプロセスとして理解し、自らもまたそれを「解き明かす」ことなくただ「反復」した科学者、あるいは「反復」し「再現」することこそが「解き明かす」ことだと考えた科学者としてのクロは、その再現を効率的に行おうとする実利的な論理と隔たっていただけでなく、「原因」を説明することこそ「解き明かす」ことと考える（通常の）科学的論理からも当然のようにはじき出されてしまう。ドゥフォントネーが神に対する人間の勝利という時代遅れの主題に取りつかれ、科学と文学では正反対の意味をもつはずのその主題を、どちらにおいてもただ単純に反復することで時代を越えた（と、のちの時代からは見える）思考を作り出したように、クロもまた、かつては神によって保証されていた特権を失ってしまった人間主体を、全面的にほかの記号に翻訳できるものと考えることで、ドゥフォントネーとは逆の側から主観性と客観性、文学と科学の境界を無視し、まさに反復の主題そのものを反復し続けた。神に対する反抗（プロメテウスの業）を課題としてではなく、なし遂げられた事実と考えてしまうドゥフォントネーに対し、クロは現象の背後にある（神的な）意志など無視しうると決め、ただ現象を反復する行為へと、科学と文学を等しく還元してしまうのである。だがなぜクロがこうした選択をしえたのか、その理由を説明することは非常に難しい。

クロはきわめて恵まれた知的環境で育ったが、そのなかでさえ彼の反復への意志（そして原因や根拠を求めることへの拒否）は一種の突然変異のように見えてしまう。祖父が古典文献学者、父が哲学者、二人の兄は医学者・哲学者と画家・彫刻家という知識人の家系に生まれたシャルル・クロは、そのなかでも子供のころから学問と芸術両方で飛び抜けた才能を発揮していたとされる。三人の男兄弟はよく一緒に行動したらしいが、特に長兄アントワーヌは末弟シャルルの死後も機会あるごとにその発明の偉大さを語るとともに、重要な証言を残している。だがその弟の発明や科学者としての仕事にも言及した著作そのものは、やはり弟の思想と相容れないものといわざるをえない。アントワーヌが科学者・哲学者としての目的をかなり平易な言葉で開陳している『問題――諸存在の運命に関する新しい仮説』（一八九〇年）を見てみるとよい。この著作でアントワーヌは、自らの科学的知見と形而上学的確信を調停しようと企てているが、人間あるいは生命そのものの「起源」と「運命」を知ろうという彼の意図は、まさに一九世紀的としか形容しようのないものだ。そして人間の精神的・身体的な活動能力の根源として、「魂」という表現が呼び出されてくる。兄は弟よりも神秘主義的だといいたいのではなく、アントワーヌが説明原理を求めてしまうところでシャルルは決してそれをしなかったという点こそが重要である。「魂」とは単に物質を加算していっても到達しえないものとしての人間をまとめ上げている潜勢力であり、「創造の源泉あるいは原因」[38]にほかならない。シャルルの蓄音機も言及されるが[39]、いったん潜在的なものとなった音声の再生は、魂のあり方と類比的に捉えられている。アントワーヌにとって、蓄音機は輪廻転生の装置なのである。だから科学の説明対象としての人間と、主体的な意識としての「私」のあいだを架橋する、はなはだまっとうであるとともに、一九世紀という出口のない回路の表現そのものでもあった課題を、彼は見事に体現してしまう。それはまた、ときに反発しながらも、『人間の理論』と題した著作で同じ問いを問うていた父、シモン＝シャルル＝アンリの遺志を継ぐ身振りでもあったろう。だが弟シャルルは決して人間とは何かを「解き明かそう」とはしなかった。もちろん聾唖学校の教師の経験だけでこの差異を説明することができるはずはない。たしかにクロの選択がドゥフォントネーの場合と同様に、時代錯誤の感性に根をもっていることは事実だろう。実利性に直結しない真理の探究者としての科学者がすでに前時代的なものであったのは間違いなく、封緘文書という古い手段をクロが好んだのはそうした姿勢の表れでもあろうが、そのことが「いかに」という問いや反復への意志を説明するわけではない。私たちにできるのはただ、彼の「反復」への意志を説明しがたいものとして確認するとともに、それが詩人＝発明家本人にいかなる可能性を差し出しえたか、想像してみることだけである。

　クロが実際に撮影した現存する数枚の写真には明らかな共通点がある。それらはすべて一種の「絵画」なのである。[40] もちろんクロのケースに限らず、発明当時のカラー写真は一般的に絵画性をまとわざるをえなかった。三度光を当てる当初のクロやデュコの方法では、激しい運動の一瞬を切り取ることは考えられないし、カラー写真の実験対象として絵画が好適なのも当然だろう。ただそれでもなおここで絵画性が際立って見えるのは、実際に画面の中央に肖像画が置かれていたり（**図19**）、折り重なった台所用品の配置が明らかにコンポジションの完成度を追求した結果と思えたりするからだ（図20）。「それは＝かつて＝あった」という写真の原理を否定しようとするかのように、現在と一〇年後、二〇年後とで変化する可能性の低い対象をクロはあえて選択し、選択した対象を増殖させようとする。ここには彼が兄のタブローを文字情報に転移しようとするのと同じ欲望が作動しているに違いない。見慣れた風景から意外なアングルを切り取ってくるといった行為とは正反対に、誰もが気に入って眺めそうな光景を、誰もが気に入れるようにもう一つ、また一つふやしてみようとすること。だがそこで反復されるイメージどうしの偶然の差異を

図19　シャルル・クロによるカラー写真

図20　シャルル・クロによるカラー写真

もまた、クロが楽しまなかったと考える理由は何もない。一連のモノローグは、クロが反復から最大限の快楽を引き出す技術者であることを証明しているのであり、「愛の科学」の結末ですら、反復の結果が剰余としての愛を——たとえ不幸な愛だとしても——もたらしたのだと解釈することもまた、可能なのである。

クロにおいて科学と文学は、対立することも補いあうこともない。もちろん彼が、たまたま二つの才能をもちあわせたということでもない。クロの仕事の全体は、当時の文学と科学を規定していたはずの、両者は弁証法的な関係に入らねばならない（そしてその前提として、それらはまず截然と区別されていなければならない）という発想に拘束されていない精神が、そのパラダイムの外で作動してしまったあとに残された、ささやかな痕跡である。おそらくここには、これから見ていこうとしているオーギュスト・ブランキが『天体による永遠』という奇妙な小冊子で開陳している世界観と、不思議なほどに似かよった結論が書きこまれているのだろう。あらかじめ要約してしまうならそれは、すべては無限回反復されるのであり、したがって進歩という観念には意味がなく、歴史にも定められた方向性などありはしないとする思想である。一九世紀の強迫観念であった「進歩」という至上命令が、科学と文学の対立ならびに（しばしば隠された）共犯関係を支えていたが、それを忘れ去った主体が目にするのは無限の反復と、逆説的にもその絶対的な反復の生み出す偶然である。進歩を夢見るのでも進歩に抗して起源に回帰しようとするのでもなくて、反復のうちに剰余として降り注ぐ出来事を受け入れるための、ささやかだが強靭な受け皿として自分自身を差し出そうとするこの選択こそが、クロという詩人＝科学者が自らの時代に属さない理由であった。ドゥフォントネーは大革命期の理想を愚直にも延長することで、絶対と相対を調停するという同時代の夢でなく、絶対と相対が無媒介に重なりあっているという別の夢を作り出してしまったが、クロは相対的なものの絶対的反復とでも形容すべき理不尽な夢に取りつかれることで、一挙に自らの時代の夢を無化してしまうのである。

だからキットラーがその記念碑的な著作の冒頭でエジソンとクロに与えた位置関係は、逆転されねばならない。[41] 蓄音機によって記録されるのが決して表象できない「現実的なもの」であることを、クロが十全に意識していたとまで主張するつもりはないが、「心とは蓄音機による録音の束である」という命題に署名することこそは、脳力学構想の核心であった。ホフマンやヴィリエをメルクマールとする「独身者」的想像力のナルシシックな回路とは限りなく隔たったどこかで、クロは与えられた現象をひたすら反復し、その反復がもたらすノイズを聞き取りながら、ノイズの意味するものを問うこともなく、恩寵かどうかもわからない偶然と、ただともにあろうとする。問題となるのがはるか遠い星のうえで、いったんは解体された私たちが再現され反復されることである以上、その星に住むのがどんなに優れた未知の「人間」であるかという問いもまた一挙に宙吊りにされてしまうほかにない。そしてこの理不尽な夢は、その星に住む人間は未知の存在などでなく、この凡庸で哀れな私たち自身にすぎないという、老革命家の過酷な夢によって裏打ちされることになるのである。

第四章　星々は夢を見ない――オーギュスト・ブランキと革命的時間錯誤（アナクロニスム）

普仏戦争での敗北で第二帝政が倒れたのち、臨時政府は成立したもののプロシャに包囲されたままのパリで一八七〇年秋、すでに六〇代のなかばを過ぎていた革命家オーギュスト・ブランキ（図21）は、それでも共和国防衛を期して日刊紙『祖国あやうし』の創刊を計画し、九月七日にはその第一号が発刊される。実はこの同じ日にシャルル・クロは臨時政府に請願書を送り、県知事制度を整備して地方分権的な体制を確立することで、パリが陥落してもそれぞれの地方が抵抗できるような仕組みを作るべきだと主張していた。[1] 一九六一年になって公表されるまでまったく知られていなかった文書だが、政治活動家のイメージからはほど遠いクロが祖国の危機に際し、

図 21　オーギュスト・ブランキ

これほど積極的な態度を見せていたのはやはり驚くべきことだろう。クロ三兄弟が揃って国民軍に参加していたという証言[2]はやや不確かではあるが、一九世紀フランス最大の革命家がコミューンの成立直前に捕えられてしまったのに対し、詩人の方は祖国の防衛を叫んでいたかもしれないとは、なんとも不思議な対比である。

繰り返そう。真理を語る権利を失ってしまった文学と、その権利を手にしたものの、どこまでも相対的なものの立場を抜け出すことのできない科学のあいだの対立および共犯関係が、一九世紀ヨーロッパという隘路の核心にあったとするなら、この回路を踏み抜いてしまう精神のあり方を、二人はともに（ただしもちろん別のやり方で）差し出していたというのが私たちの仮説である。この時代の文学は、科学に寄り添おうとすれば異星人を語れず、自らの絶対性を信じようとすればカのないユートピア的異星人像に落ちこんでしまうのだった。だがドゥフォントネーはこの矛盾に気づくことのない不可思議な鈍感さによって、科学に意味を与えようとする意図とはまったく無関係な異星人表象を作り出したのであり、他方クロにとって、科学は存在するものをひたすらコピーする営為なのだから、人間的価値による正当化などはじめから視野になく、したがって異星人がどのような存在であるかという問いも意味を剥奪される。一方ブランキは反対の方向から問題に近づいて、人間的真実の領域を、科学のすきを突くようにして極限にまで拡大し、結局は内側から破裂させてしまう。異星人を語ることの意味そのものが、一瞬にして奪われるのである。だがブランキが見ていたはずの異様な「夢」を対象化するためには彼の宇宙論『天体による永遠』を、老革命家の思弁的な世界観の表明などでなく、ある科学観の極端な帰結として、さらには異星人論の極限形態として捉えねばならない。

だとすれば普仏戦争からパリ・コミューンにいたる時期のクロとブランキのアイロニカルな交差は、やはり単なる逸話的な出会い（あるいは「出会い損ない」）以上の何かなのだろう。通常は現実的と思われているもの、すなわち科学から「進歩」の体現者としての意味を奪ってしまう詩人＝科学者は、一九世紀という夢がほころび、ふとその奥の深淵が垣間見えてしまうようなとき、突如として襲いかかってきた、どこか祝祭にも似た非常事態のなかで、彼なりに「現実的なもの」と出会ったのかもしれない。他方ユートピア的なものを何度でも振り払いつつ、現実の彼方の「現実的なもの」を見つめようとしてきた革命家は、その洞察力を恐れるものたちによって現実から遠ざけられてしまうのだが、口を開いた深淵のなかにその代償として、あらゆる現実を——現実と呼ばれる夢を——無効化する方法を、科学的な真実そのものを媒介として見出すのである。

1　牡牛の城の老人

パリ・コミューン勃発の前日、すなわち一八七一年三月一七日の午後に逮捕されて以来、カオールの監獄に約二カ月収容されていたブランキが、特別仕立ての列車に乗せられたのが五月二二日朝、トゥール、ナント、レンヌをへてドーヴァー海峡を望むブルターニュ地方モルレーの街に到着したのは二三日夜一一時であるとされる。(3) こののち護送車に乗り換えた老革命家が海岸に着いたのが深夜一時ごろ、船が霧のなかを目的地に着くまでさらに二時間以上かかったとすれば、ブランキがトーロー要塞に到着したのはすでに早朝だったことになる。このときコミューンはまさに断末魔の叫びを上げていたはずだが、ブランキの影響力が当局にとって大きな脅威であり続けたことは疑いがなく、一一月一二日彼がヴェルサイユに移送されるまで、沖合には常に警戒の軍艦一隻が停泊していたという。かつてイギリスの侵入を防ぐために建造され、一七世紀からは国事犯用の監獄として用いられるようになったトーロー要塞（＝牡牛の城）（図22）で、この間「老人」はただ一人の囚人であり、これまで彼が経験してきたどの監獄と比べても劣悪としか表現しようのない環境で、すでに六六歳になる革命家の健康は否応なく悪化していった。湿気と騒音、質の悪い食事に加え、窓から海を見ることさえ禁じられている。だがこの環境のなかで現実的な政治活動から切り離されたブランキが、半世紀以上のちにベンヤミンを驚愕させることになる、彼の著作全体のなかでもっとも不可思議なテクスト『天体による永遠』を執筆したことは、今では比較的よく知られるようになった。

ブランキにおける天文学への関心が決して新しいものでないことも、多少とも彼に関心のある人間のあいだではむしろ常識に属する。一八五五年、ベル＝イールの監獄から友人に宛てて書かれた手紙には、天体の運動を考えるための道具として軌道を表現するための球を五つほど送ってほしいという依頼が含まれるし、きわめて詩的に語られた一八五七年六月の隕石目撃談も、ブランキの読者の多くに記憶されているはずだ。トーロー要塞監禁に際しても、当初は完全に断たれていた外部との接触がいくらか可能になった六月、妹アントワーヌ夫人宛ての書簡でブランキは、数冊の天文学書を送付してくれるように依頼する。それはラプラスの『宇宙体系の解説』と『確率に関する哲学的試論』、ジャック・バビネの『観測学とその実践的応用に関する研究および読解』[4]であり、ラプラスのテーゼが『永遠』のなかで、乗り越えるべき対象として常に参照されていることは周知のとおりだが、最新の科学

図22　トーロー要塞の絵葉書（20世紀はじめごろのものか）

的知見を一般向けに解説した読み物として普及していたバビネの『研究および読解』のシリーズについても、彼が特に必要だという三巻と七巻の目次に目を向けるなら、『永遠』との関係は一目瞭然である。三巻には「世界の複数性について」という章が含まれているが、そこではすでに第一章でも触れた、一九世紀最大の地球外生命論争であるヒューエルとブルースターの論争が解説されるとともに、居住世界の複数性というテーゼが擁護されているし、七巻の各章は「ラプラスの宇宙生成論」、「一八六一年の大彗星」、「天文学と気象学」などと題されている。同じくアントワーヌ夫人に宛てられた七月三日付けの手紙には、資料が到着しないために作業が進まないことへの不満が述べられており、『永遠』の執筆が六月末ごろからはじまっていたという大方の想像にも根拠があるといえるだろう。いずれにしてもこの強制された孤独のなかで、七月王政以来すべての政体によって投獄されてきた偉大なる「陰謀家」がその活動の傍らで密かに練り上げていた宇宙論は、一冊の書物の形を取ることになった。

しかし私たちは、それがこうした極限状況で書かれたテクストであるとか、進行しつつある裁判を多少とも有利に導こうという計算——結局それはあてが外れてしまい、刊行のほんの数日前にはすでに終身刑の判決が下っていたのだが——とも無関係ではないといった事情を括弧に入れて、同時代の科学に関する考察として『永遠』を捉えてみよう。この書物で強い印象を与えるのはもちろん何にもまして、宇宙には私たちの一人一人とまったく同じ人間が無数に存在し、これまでなされたすべてはこれ以後も無限回繰り返されるのだとする結論に違いない。だが同じほどに読者を戸惑わせるのは、この限りなく運命論的な結論が、それに先立つ彗星と黄道光、および天体の誕生をめぐる一見正反対の議論となぜか矛盾なしに同居しているという事実である。

2　一九世紀的宇宙観の転倒

ラプラスは彗星を、太陽系の起源である巨大なガス球と同質のものと考えるが、彗星はそのような高い熱をもたないはずだし、それればかりか地球の傍らを通過してもほとんど影響を与えることのない空虚な存在なのであって、つまり恒星や惑星とはなんの共通点ももたないまったく別の種類の物質である。――『永遠』の主要な論点の第一点である彗星についての議論はこのように要約できる。「彗星はエーテルでも、気体でも、液体でも、固体でもない。天体を構成しているどんなものとも似ていない。それは定義不可能な物質であり、既知の物質のいかなる特性も有していないように見える」[5]。地球の引力に捕えられて残留した彗星の塵が太陽光を受けて光ったものがいわゆる黄道光であるといった主張の当否は問わないとして、これが人間には認識不可能なものの存在を認める議論であることは間違いない。地球上で観察できる事物についての科学的知識を延長しても捉えられない絶対的な外部が存在するのであり、しかもそれは遠い宇宙の彼方ではなく、しばしば私たちの傍らを通り過ぎていく不可思議な天体の姿を取って現れる。ブランキにとって彗星とは、私たちの語りうる論理と必然性の埒外の存在なのである。

第二点は太陽系の起源という問題だが、ここでもブランキは、数学的必然性と調和の世界であるラプラス的宇宙に対しその必然性の外で起こる大異変を対置しようとする。いわゆるカント＝ラプラスの星雲説がそれ自体としては完成度の高いモデルであることを、多くの同時代人とともにブランキもまた認めるのだが、回転しながら太陽系を生み出すきわめて高温の巨大なガス球というラプラスの仮説では、その高温がどこから来るのか説明されておらず、これを説明するためには天体どうし、あるいは太陽系どうしの衝突が原因だと考えるよりほかにないと、彼はいう。天体どうしの結婚と出産といった表現がいくらかフーリエ的な印象を与えるとしても、ブランキの宇宙観はいかなる調和的ヴィジョンとも無縁のものである。事実彼は、読者がこんなふうに抗議するだろうという。「重力の法則性に対して、まことに奇妙な否認を行う永続的な動乱、それを天空の彼方に想定する権利を、あなたはどこで手に入れたのか？（……）人類はいつも、天体の運行の堂々たる荘厳さを讃えてきた。かくも美しい秩序を、あなたは永久の混乱で置き換えようとしている[6]」。美しい楕円軌道を描く星々の秩序ではなく、そこに介入する動乱。それだけが生まれ変わりを可能にするのであり、一つのシステム――たとえば太陽系――にとって決定的なものはあくまで「外」から来るもの、偶然にやって来るものでしかありえないと、ブランキは考えるのである。

カント＝ラプラス的な必然性の宇宙にブランキは、ここでも外在性と偶然性のそれを対置する。では『永遠』の論点の第三点、すべては反復でしかないというきわめて運命論的な見かけをもった主張は、この偶然性の立場といかに両立しうるだろうか。

実はこのテーマはトーロー要塞での突然のひらめきではなく、すでに一八四一年、モン＝サン＝ミシェルの牢獄に収監されていたころから、宇宙が無限であるなら地球と同じような天体は無数に存在するのではないかというアイディアは存在したらしい[7]。だがその後この予感は、ある科学上の発見を知ることで確信に変わる。ブランキの議論の前提となるのは、天体の構成物質に関するスペクトル分析である。グスタフ・キルヒホフによって分光学の基礎が築かれたのが一八五〇年代終わり、ウィリアム・ハギンズが太陽同様の構成元素をほかの恒星に認めたのが一八六四年だとすると、それは一八七一年という時点ではまだかなり新しい科学的トピックだったはずだ。どんなに離れた天体からやって来る光も、そこに未知の元素が存在することを示唆しない。無限の宇宙に点在する無限個の天体が有限個の種類の元素によって構成されているならば、元素の組みあわせによって作られるものもやがては数が尽きてしまい、あとは反復されるしかないだろう。だからこの地球上に存在するすべては宇宙のどこかにそのままの姿で反復されているはずであり、そこでなされるすべてはすでに無限回なされ、今もどこかでなされつつあり、また未来においても無限回なされるのであるという、まさに驚くべき論理。天体を構成する要素が有限であるならば、どこかに地球に似た惑星が存在するかもしれないと推測するのは自然なことかもしれないが、だとすると宇宙にはコミュニケーション可能な友人がいるのではないかと期待するのではなく、宇宙はそれほどにも貧しいのだと結論する感性は、やはり常識とはかけ離れている。「人々は他の天体上に、地球上のそれとは似ても似つかぬ空想的な状況や生物が存在すると考えたけれども、それは誤りだった[8]」。すべては似たようなものであるという「幻滅（デジリュジオン）（＝脱幻想）」のディスクールが、宇宙のどこかには私たちの期待に応えてくれるものが存在するかもしれないという「幻想」のディスクールが生み出しえたものよりも、はるかに極端で常軌を逸した結論を引き出してしまう。ブランキは、自分が属する時代の夢に対しもっとも徹底した批判を行うことで、夢よりも異常なヴィジョンを作り出すのであり、ましてすでに述べたとおり、遠い宇宙の果てに無限の単調さを見出すこの思索者が、同時に宇宙での隣人というべき彗星を絶対に理解不可能な存在とみなしていたのだとすれば、ここでもまた私たちは、ちょうどシャルル・クロが差し出していた遠さと近さの反転を見出しているのである。

もちろんブランキの論理を反駁することは難しくない。同時代の複数の評者がそのことには容易に気づいたが、なかでも典型的なのはカミーユ・フラマリオンの評価だろう[9]。宇宙が有限個の要素からできているとしても、いやたとえたった一種類の元素からできているとしても、そこから作られるものが有限個であるとはいえない。——フラマリオンの批判はそう要約できるが、これは正当な指摘といわざるをえない。要素の有限性とそこから作られるものの有限性とはまったく別の問題である。たしかに『永遠』にはこうした批判を予想したような記述がないわけではなく、どの恒星系においても、惑星は大きさや密度や空気等の条件によって位置や順番が決まっていくはずなので、系の全体は似たような配列になるだろうといった説明がなされてはいる[10]。だがブランキの論理が結局は科学的というより修辞的なものであるというジャック・ランシエールの意見は、大筋において自然なものだろう。[11] それでもやはりブランキの思弁が、たとえ誤った理解にもとづくにしても、科学的な基盤を手にしたことで一気に展開されたという事実を無視するべきではない。[12] あとでもう一度論じるように、この（擬似）科学性こそがブランキの宇宙論を、世界のあるべき姿を描くユートピア思想から決定的に隔て、むき出しの「現実」にもとづいた革命のヴィジョンを支えることになる。まして何よりも科学上の発見から出発して構築された地球外生命体についてのディスクールが（しかも一九世紀後半のフランスにおいて）、「未来予測小説」的な想像力からこれほどにも遠ざかりえたことに、私たちはどこまでも当惑せずにはいられない。たしかに『永遠』を地球外生命論争のなかに位置づけることに現在の読者は躊躇するかもしれないが、一九世紀までこの論争がもっていた深く神学的な性質を確認してきた私たちは、宇宙のなかにおける人間の位置や意味というその中心的課題はまさにブランキの課題でもあると認めることができるのではなかろうか。そしてそのように考えてこそ、彼の思考の強靭さと真の異常さとは際立つのである。

元素の種類は有限であるという単純な事実。そこから帰結するのはいわば無数のパラレル・ワールドなのだが、それらは私たちの世界に対していかなる異化作用をもつこともなく、いわば文学的想像力に訴えることなしに作り出しうるこの世界のヴァリエーションの一覧表を構成する。

イギリス人は、彼らの対戦相手がグルーシーのへまを犯さなかった天体上では、おそらく何回となくワーテルローの戦いに敗れている。その勝利はわずかな差だったのである。逆にボナパルトもほかの星では、マレンゴの戦いにいつも勝利しているわけではない。あれはまぐれ勝ちだったのだから。[13]

しかもこの可能世界のおのおのは本当らしさにおいて等価のものとして扱われているように見える。これは不思議なことだ。起こりやすい事態と起こりにくい事態の確率的な差異が考慮されていないと思えるのである。たとえば革命が——さすがに獄中のブランキは直接革命を論じてはいないが——成功するかしないかは、常に五分五分だとみなされているかのようだ。自分は「自然に、ただ一つの遺漏もないように、徹底的に確率計算をさせる[14]」と彼はいう。たしかに論理的に絶対不可能なことでない限り、あらゆる出来事はパラレル・ワールドのどこかでは生じているのかもしれない。宇宙が無限である以上、どんなに可能性の低いことでも無限回生じているという論理はありうるだろう。もちろんだからといって可能性の低いことは依然として可能性の低いままなのだが、とにかくそれは無限回起こったしこれからも無限回起こるのである。この詭弁のようにも思える論理こそがブランキにとって、何度でも一つの行動に賭けてみることの理由となっているように思われる。

すべてはすでに無限回実現されており、この先も無限回実現されていく。だとするとこれらは、本当のところ「可能世界」ではない。実現されるかもしれないのではなく、すでにすべては実現されているのだから。そして決定論的思考を一瞬にして無に帰するこの絶対的な反復は、世界を無数の偶然の集積に変える。あらゆる必然性は価値を剥奪され、偶然と必然の対立はいつの日か、弁証法的に止揚されるはずだといった、ヘーゲル的＝一九世紀的歴史観が否定されるのである。まずはこの不可思議な思考の思想史的位置を測定しておこう。

3　私たちは〈あるべき存在〉ではない

科学思想史の文脈で考えるなら、ブランキが否定したのはまさに一九世紀が自然のなかに見出したもの、すなわち「歴史」だといえる。もう一度いうが、一九世紀はじめ、自然は永遠不変の秩序であることをやめ、「歴史」をもつことになった。星々も、「種」も、生まれ、生き、そして死ぬのである。もちろんブランキの宇宙も、ラプラス的秩序の否定のうえに成り立っている。それは永遠の動乱である。しかしここには、そうした無秩序のなかに投げ出された一つの時代がそれを受け入れるために発明せざるをえなかった「歴史」のディスクールが、みごとなまでに不在だ。「創造」と「審判」に挟まれた物語としての時間が失われたとき、それでも意味と方向性を失うまいとする同時代の知的努力がどのようなものであったかを確認することで、ブランキの特異さはいっそう鮮明になる。

いま一度ヒューエルとブルースターの論争を思い起こしてみよう。それは全能なる神が空間を無駄に使うはずはないから、居住可能な条件があるならそこには生物が、さらにおそらくは知的生命体が存在するはずだというブルースターと、ほかの世界が存在するならキリストの受肉（と彼による贖罪）が実現したのはこの世界でなくてはならないという事実が説明できないと考えるにいたったヒューエルの対立だった。ブランキの思索の前提をなすフランスでの論争もまた、ほぼこの枠組みを共有している。ほかならぬカミーユ・フラマリオンを代表とするフランスの多世界論支持者、ジャン・レイノーやルイ・フィギエの場合もまた、その直感の根本が、宇宙には空間の浪費がないはずであるという、いわゆる「充満の原理」であったことは間違いない。ただし何度か言及したマイケル・J・クロウの大著を一瞥すればわかるように[15]、一九世紀後半のフランスにおいて、居住世界の複数性というテーゼに対してカトリック側が示した態度は不思議にもむしろ寛容なものであった。フラマリオンらこのテーゼの支持者たちは、地球外生命体の存在をカトリック思想と矛盾するものとして提出するのが普通だったが、カトリックの論者からはこのテーゼが必ずしも教義と相反するものではないとする意見が複数提出されており、それはこの時期のローマ教会が保守化傾向を強めていたことを考えるなら、いっそう意外に思える。当時のもっとも影響力の強い天文学者の一人であったアンジェロ・セッキと法王の友人関係を強調するクロウの主張がどこまで正当なのか、私たちには判断できない[16]。だがレイノー、フィギエ、フラマリオンらの「自然神学的」と形容できる方向性を批判しつつ、居住世界の複数性がキリスト教とは矛盾しないと主張した神学者たちの議論が、ブランキの論理を「図」として浮き上がらせるための「地」を形成していることは事実であろう。

代表的なものとして、世紀末に発表されたテオフィル・オルトランの『天文学と神学』[17]をたどってみよう。とにかくたしかなのは、神がこの地（地球）を選び、ほかのどこでもないここで「受肉」が行われたという事実である。たとえほかの天体に居住世界が存在するとしても、それがどのような世界か何一つわかっていない以上、そこから直接に私たちの世界の宗教的相対性が導き出されはしないはずだ。まして万有引力という見えない力がどんなに離れた二つの物体をも結びつけているのだとすれば、すべての天体は一つの全体をなしているのではないか。イエスが贖ったのは地球人の罪だけでなく、宇宙全体に対してそうしたと考える余地もある。そしてこのことは最後の審判の日、キリストが天使を伴って天空から舞い降りるその日に、明らかになるのではなかろうか。――こうした主張がそもそも、レイノーやフィギエ、フラマリオンらのいわば汎神論的傾向を名指しで批判しようとする文脈でなされていることを忘れてはならない。問題になっているのは、宗教者と科学者の対立などではまったくなかった。あくまで地球を唯一の中心とするか、私たちの世界と同等の価値をもった世界が無数に存在することを認めるのか、それこそが問題である。

だからフラマリオンのブランキ批判が、文学的想像力に対する科学の批判ではないことを確認しなくてはならない。誰にもましてフラマリオン本人が、宇宙を生命で満たしたいと望んでいる。

だが彼にとってその無数の生命体は、あくまで無限の豊かさを証明し、無限の進歩を保証するものでなくてはならなかった。実は前述の書評におけるフラマリオンのブランキ批判には、有限の要素から無限の多様性を作ることは可能だというしごくもっともな主張だけでなく、もう一つのより思想的／イデオロギー的な論点が含まれている。すなわち、たとえほかの天体に私たちと寸分たがわぬ生命体が存在したとしても、それは私たちではないのであり、したがって宇宙には無数の私たち自身が存在するというブランキの主張には意味がないと、フラマリオンはいう。つまりカトリックの論者（たとえばオルトラン、あるいはのちに触れるグラトリー）と典型的な多世界論者（フラマリオン）に共有されているのは、私たちは唯一の存在、意味と価値をもった存在であり、つまりこの宇宙にあるべき存在だという前提である。〈私たちはあるべき存在であり、だから代替不可能な、宇宙で唯一の存在である〉という論理と、〈私たちはあるべき存在であり、だからほかの天体にも生命が存在するならば、それは私たちに似ている（しかし私たち自身ではない）〉はずだという論理とは、「無限」という脅威に対する防衛反応の二つのパターンにすぎない。それは無限の進歩を条件とする一九世紀的な意味での科学的思考と、無限性を有限性の側に引き戻して意味を与えようとする宗教的思考との、共犯的な対立関係のヴァリエーションの一部なのである。

たった一つの要素からでも無限の多様性は作り出しうるという明らかな論理的事実を、そもそもなぜブランキは見落とすことができるのか。それは彼にとって、おのおのの主体は唯一の代替不可能なものか、無限に多様な可能性に開かれたものかという問いがはじめから意味をもたないからであり、私たちはどこまでも単調で似たようなものだという発想があらかじめ存在するからだろう。私たちはあるべき存在などではない。ただあるのみである。だから遠い天体上に私たちとまったく区別されえない生命体が存在するならば、それは私たち自身なのである。こうしていかにも奇妙なことに、ブランキの思考は第三章でたどったシャルル・クロのそれと、ここでも前提を共有しているかのように見える。それらはともに時代の夢を共有することがなく、見出された無限の宇宙のなかで私とは誰かという問いを、どこまでも免れた思考であった。宇宙には意味／方向性（サンス）があり、それは科学的探究によって知りうると考えるのが多世界論者であり、私たちの語りうる意味／方向性はあくまでこの地球上に限定されると考えるのがその批判者である。だがブランキは、宇宙からあらゆる意味と方向性を奪ってしまい、しかもそのことによってもっとも極端な多世界論に達してしまう。すべてはただ偶然に無限回反復されるのみであり、自然に意味などはない。だから宇宙は無数の私たち自身で満ちているのである。

4　目的のない革命／運行（レヴォリュシオン）

「意味」やイデオロギーへの欲望をもたず、すべてを闘争へと還元するブランキのこの思考様式は、驚くほどに一貫したものだった。思想が現実に意味を与えるなどという妄想を、彼はほとんど直感的に拒絶する。ブランキは、来たるべき時間における矛盾の解消を夢見るために科学を召喚することはない。科学は人々の夢を物質化するどころではなく、幻影を打ち壊すためにこそ必要なのであり、だからもっとも厳しく批判されるのは、むしろ科学を人間的真実と結びつけようとする宥和的な論者なのである。

一八六五年五月、当時週二回発行されていたブランキ派の機関紙『カンディード』のほぼ毎号に、シュザメルの筆名で掲載された一連の宗教批判文書は、ブランキがキリスト教的宇宙観の何をもっとも忌み嫌っていたか、端的に教えてくれる。とりわけ六号、七号、八号に連載された「グラトリー神父。科学と信仰[18]」は示唆的である。

アルフォンス・グラトリーは理工科学校出身という経歴をもつ宗教者であり、エコール・ノルマルの学校付き司祭などを経てフランス・オラトリオ会の再建に尽力したのちに、一八七〇年、法王の無謬性を否認する書物で物議を醸すことになる、いわば進歩的なキリスト者であった。彼はやがてガリレオに対する有罪宣告は教会の誤りであった（しかし「真の神学」の誤りではない）とするその主張を、教会の圧力によって否認させられるという屈辱を経験するのだが、ではなぜ批判されるのは教権の典型的擁護者ではなく、この司祭でなくてはならないのだろうか。それはグラトリーによる科学と宗教の調停が、天体の運行に目的地を（つまりは意味を）与えなおそうとするものだからである。

「いかなるものも、ただ動くために動くのではなく、どこかに到着するために動くのである」という聖トマスの言葉を引きながら、グラトリーはだから天体の運行にも目的があり、したがって私たちの世界にも「終わり＝目的」があると主張するわけだが、これが無限と偶然とを前提とする『天体による永遠』の議論と真っ向から対立することはいうまでもない。啓蒙思想家ヴォルテールの著作名から取られた新聞タイトルが予想させるとおりの、あまり趣味がいいとはいえない皮肉ないい回しで、ブランキはこの発想の愚かさを揶揄してみせる。

私としては、この惑星がいつどのようにして、どこかへ到着する気になったのか、一向にわからない。何しろ地球の打ち明け話など、聞いたためしがないのだから。私が知っていることといえば、それは決して急ぐことがないし、奇妙なほど熱心に大まわりして進むことにこだわっているという事実にすぎない。おそらくは物見高い連中をいらつかせるために大まわりをしようというのだろう。憲兵にパスポート提示を要求させるすべがないのは実に残念だ。そうすればこの惑星の来し方行く末を知ることができるかもしれないというのに。[19]

この論理はすでに、数年後の『天体による永遠』冒頭部での態度決定を先取りしている。宇宙の全体を透明な姿で把握することなどできない以上、「不条理」か「理解不能」かのどちらかを選択する以外にないのであり、自分自身はきっぱり「理解不能」を選択するという命題がそれである。ブランキにおいて科学は「真実」を贈与することがなく、ただ「事実」を告げるばかりだといい換えてもいいだろう。文学や思想に対する優位を決定的なものとしたとき、結局科学は「真実」を失ってしまう。一見科学による宗教批判に見えるブランキのグラトリー批判は、たとえばフラマリオンなどのケースとは反対に、科学と意味／真実を結びつけることへの批判なのである。グラトリーの試みが典型的な宗教的発想以上にたちが悪いのは、それが「不条理」でも「理解不能」でもない視線によって宇宙を捉えることは可能であるという幻想を抱かせてしまうからであり、つまりはこの世界に意味／方向性があると思わせてしまうからだ。天体の運行にも革命にも、向かうべき目的地などありはしない。だからこそこの無限で平板な宇宙は、私たちの悲しいほどにささやかな自由が、いかなる根拠もない身振りの痕跡を残すことを許された、唯一のキャンバスとなるのである。

この暴力的な思考こそは、科学的（自然的）な現実と人間的な真実とのあいだに必然性の絆を見出そうとする、一九世紀が見た夢のネガである。ドゥフォントネーはこの必然性がすでに与えられていると思いこむことのできる奇妙な愚かさによって、クロは最終的な根拠にまでさかのぼろうとする「なぜ」という問いを放棄し、科学と文学・芸術の差異など意味をもたないと見通すことによって、彼らの時代の夢を逸脱したとするなら、ブランキはこの必然性にまつわるあらゆる希望と幻影を無化することで、それとは正反対の方向へと時代を逸脱していったのである。ドゥフォントネーのヴィジョンがその時代には矛盾を抱えたものとしてしか発現できなかったはずの革命期の理想に根をもち、クロの科学観が進歩と実利性を不可欠の伴侶とすべき同時代のそれでなく、ただ真理の証人であろうとする前時代的な感性に（部分的には）支えられていたように、カルボナリ党での活動において思想形成を遂げたブランキが、行動者・戦略家としてはともかく、政治思想家としては同時代の革命論に対して時間錯誤（アナクロニック）的な位置にとどまっていたことも偶然ではない。「ロマン派／王党派＝絶対的真理」対「共和派＝相対的真理」という一九世紀はじめまでの図式のなかで、ブランキは明確に後者を選び、以後その選択が揺らぐことはなかった。世紀のなかば以降、文学においてだけでなく政治的にもこの対立では事態が理解できなくなったあとでさえ、ブランキはこの図式を維持しつつ相対性の思考を限界まで推し進め、まさにそのことでこの不気味な宇宙観に達するのである。

ブランキの思考のこの暴力性と、それが一九世紀のネガであることを誰よりも早く見抜いたのは、間違いなくベンヤミンであった。「天文学者」としてのブランキが社会思想家としての彼と正確に同じ人物であることを確認するために、一九三〇年代後半のパリでベンヤミンが書き残した草稿のなかから、私たちの問いに関わる部分をたどってみたい。

5　かくも過激な敗北

宇宙の永遠に照らして考えるとき、たしかに革命に意味を見つけることはできないが、それが打ち倒すべき市民社会のあらゆる希望もまた同じく意味を失う。しかもそれは、私たちが永遠に対しては取るに足りない存在であるからといった慎ましい理由のためではなく、その永遠が私たちのコピーで満ち溢れているからだ。「ブランキは市民社会に屈することになる。だがそのひざまずく力はものすごく、そのために市民社会の玉座が揺れ動き出すほどのものである」[20]。——ベンヤミンはこのようにして、ブランキの最後のメッセージを、革命的高揚と社会秩序とをもろともに無に帰する「地獄のヴィジョン」[21]とみなす。それもまた「ファンタスマゴリー」ではあるとしても、「一九世紀のもろもろのファンタスマゴリーの星座」のなかで、ほかのあらゆるファンタスマゴリーに対して決定的な批判を発信するようなそれである。私たちにとって重要なのはおそらく、まさしく近代そのものであるこのファンタスマゴリーが、科学の提示する真理とそれに付与されるべき人間的意味との不均衡によって決定されているという視点であろう。少なくともパサージュ論の概要として書かれた文章の末尾で、『永遠』の主要部分をかなり長く引用したあとにベンヤミンがつけ加える次の註釈は、そのように理解できるものだ。

この希望のない諦観こそ、偉大な革命家ブランキの最後の言葉である。世紀は、技術的な新しい潜在性に対して新たな社会的秩序をもって応ずることができなかった。そうであるからこそ、これらのファンタスマゴリーの中心にあり、人を惑わしつつ新と旧を仲介するものの勝利となったのである。自らのファンタスマゴリーに支配される世界、それは——ボードレールの表現を我々が使うならば——近代(モデルニテ)である[22]。

発見された事実に意味を与えねばならないが、それを見出すことができないとすれば、事実と意味のあいだに幻想的な必然性を想定するよりほかにない。近代とはつまり、向かうべき方向性とそれがもちうるはずの意味を見失っているために、目の前に広がる意味／方向性（サンス）のない無限の空間を無限の進歩の条件であると思いこもうとする世界であり、そうした夢に支えられた果てしない前方への逃走である。そしてこの巨大な夢の牢獄に閉じこめられて、逃げ出そうとしても出口がないことを知り、その場で周囲の夢以上に強固でより強い腐食の力をもった別の夢を養った精神、それがブランキだったとベンヤミンは考えるのである。

　だがベンヤミンのブランキ像は単に悲観的なものではなく、この「地獄のヴィジョン」はまた、同時代のものとは異なる革命観の基礎でもあったのではないかという問いを伴っている。『永遠』はたしかに進歩への信仰に対する嘲笑ではあるが、だからといってブランキが「自分の政治信条を裏切ったとはいえない(23)」。彼のモチベーションは前進することではなく、「目下の不正をなくそうとする決断」である。「怒りから今はびこる不正に反抗して立ち上がるのは、子孫の生活をよくするために立ち上がるのと同じく人間にふさわしいこと」であるが、まさに「ブランキの場合がそうであった。彼は「あとで」どうするかについての計画を立てることをいつも拒んでいた」。ベンヤミンがこのようにしてブランキから抽出する革命観は、ブランキの受容史のなかで見るなら特別に目新しいものではない。だがベンヤミンの明晰さは、宗教と科学の対立＝共犯関係を免れるブランキの奇怪な宇宙論が、ユートピア社会主義とマルクス主義の対立＝共犯関係を免れていたかもしれない彼の社会思想と、まさに同じ形をしたものであることに気づかせてくれる。

意識に直接現れる不正への抵抗としての革命。それが未来におけるあるべき社会の姿によって正当化されるユートピア社会主義のヴィジョンと対立するのは当然として、近代社会を分析することでそこになんらかの法則を見出そうとするマルクス主義のそれともまた対立するヴィジョンであることも明らかだろう。だがこの直接性に立脚した革命行動は、同時に反抗のロマンティックな掲揚とも遠く隔たっている。結果はどうあれ反抗は常に美しいなどと、ブランキは決して語らない。眼前にはとにかく承認できない何かがある。この事態をかなう限り効率的なやり方で打ち壊そう。すると無数に枝分かれする可能性の一つが（偶然に）選び取られ、何かが訪れるのだが、その何かが何であるかは「あとで」わかるにすぎない。そしてそうでないと考える人々、未来について積極的に語れると思いこんでいるものたちはみな「狂人」、つまりは白昼夢を見ながら夢見ていることを知らないものたちであろう。

ブランキのヴィジョンがその一見して運命論的な見かけとは反対に、まったき偶然の世界であることをもう一度確認しよう。ある事態は生じることが必然であるが、別のことは起こらないのが必然である、そんな世界ではなく、生じうるすべての事態はすでに起こってしまっており、これからも起こり続ける。そしてだからこそ私たちはその結果がどこにつながるのかを自問することなしに、一つの可能性に賭けることが可能なのである。ここでは無限の反復だけが私たちに、結局はきわめて慎ましい、しかし唯一可能な自由を与えてくれる。自らの行動に意味や必然性を見出そうという希望を捨て去ったときにだけ可能になる革命行動。——過去三〇年から四〇年ほどのあいだに書かれたブランキ論は、多くの場合ベンヤミンの示したこの道筋に寄り添いながら展開されてきたように思われる。

6 革命的時間錯誤（アナクロニスム）

ベンヤミンは決してブランキを全面的に肯定したわけではなかった。革命家の抱いた、ニーチェの語る「永劫回帰」とも隣接した思想が、同時代のあらゆる神話、とりわけ一九世紀そのものとさえいえる「進歩」の神話に対する究極の批判であるとしても、それもまたファンタスマゴリーであることに変わりはないのであり、まして同じものの回帰とは、およそ神話のなかの神話であるかもしれない。だがある時期以降のブランキ解釈は、むしろ老革命家の宇宙論を、あらゆる神話の外部として描き出そうとしているかのように見える。マルクス主義的な歴史モデル自体を一つの神話とみなすことさえ一種の紋切り型となった時代を生きながら、ブランキの思弁を積極的に引き受けようとするものにとって、彼を「幻滅／脱＝幻想（デジリュジオン）」の思想家と捉えることは必然であろうし、それは一九七〇年代以来『天体による永遠』の再評価を主導してきたミゲル・アバンスールのように、マルクス主義を矮小化して葬り去ろうとする時流への頑強な抵抗者ですら例外ではない。ベンヤミンの戦略が、ある時代の夢＝神話に対して過ぎ去ったはずの夢＝神話を対置することで、そこからの「目覚め」を考えるものであるとするなら、おそらく『永遠』の著者としてのブランキは二人いることになる。一方には回帰の神話の語り手が、他方にはあらゆる神話の徹底した批判者がいる。だがアバンスールにとって、ブランキは「別の」神話を作ろうとしたのではなくて、神話というもの自体の外部へと向かい、あくまで神話の外で思考する実験を展開した思索者でなくてはならない[24]。素直に考える限り、たしかに未来に奉仕するのではなく怒りの直接性から出発して思考するという態度は、神話なしの革命を考えた革命家というテーゼを許容する余地があるだろう。こうした解釈のなかでももっとも首尾一貫したものとして、アラン・ペッサンの論考を取り上げることができる[25]。

ペッサンの書物は『民衆の神話』という題名どおり、一九世紀の革命運動における神話の働きを捉えようとしたものだが、ブランキとプルードンを特権的な位置に置いている。なぜならこの二人が、一九世紀フランスの社会は決定的に対立する二つのクラスに分かたれたものだと診断し、しかもその両陣営の融和を絶対に不可能なものと考えた、きわめてまれな思想家であるからだ。ヴィクトル・ユゴー、ウージェーヌ・シュー、ジュール・ミシュレ、ジョルジュ・サンド、等々、一九世紀の代表的「ポピュリスト」のほとんどはたしかに階級間の和解を希求していたし、またマルクス主義的階級史観にしても、ブルジョワジーとプロレタリアが一つの弁証法的なプロセスを作り出し、その対立が当人たちの意図とは関わりなく革命の条件を構成すると考えるものである以上、階級間に相互的還元の可能性を想定したことには変わりない。それに対してブランキがプロレタリアという語を用いる場合、それは純粋に政治的レベルの問題であり、社会学的・経済学的ニュアンスを一切含まないこともまた、幾度も論じられてきた。階級間の闘争は力と戦略のみによって決まるとするブランキの社会観について、だからそれは階級にまつわるあらゆる神話の外部であると考えるペッサンの評価の逆説性をどう評価すべきかは、ここでは問うまい。いずれにしても私たちは、こうしてブランキの社会観が、あらゆる必然性を無化する『天体による永遠』のディスクールと同じ構造をもっていることを確認できる。すべては実現しており、また実現し続けていると考えることで、必然性という概念自体を無効にしてしまう思想家は、社会にあるべき姿、それがたどるはずのプロセスを一切認めず、すべてを力に還元してしまう革命家と正確に同一の人物である。

　たしかに一切の社会的神話から隔たっていたせいでブランキは、全体主義的ドグマ化から完全に守られていたとまで結論することは、彼の反ユダヤ的な思想を知っている私たちにとって、やや行き過ぎと見えはする（そもそも彼の宇宙論は、その反ユダヤ＝キリスト教の態度決定に導かれたものでもあった）。だが重要なのは、こうして――ベンヤミンの意見に反して？――神話の外への脱出を志向するかに見えるこの奇妙な論理が、ユートピア社会主義とマルクス主義という、正反対のやり方で必然性を語る二つのディスクールのどちらとも対立するという事実、またそれ以上にこの特殊性が、おそらく最終的には自らの時代を生きられない時間錯誤的(アナクロニック)な精神の生み出したものだという事実である。

進歩史観のおよそもっとも過激な否定であるという意味でブランキの革命観が帯びている現代性が、あくまで少数エリートによる武装蜂起を要求する、大革命以来のバブーフ的な伝統に根ざしたものであることを、決して忘れてはならない。ブランキにおけるバブーフ主義の影響の大きさを正確に測定することは実際には困難だが、三〇年代に形成された革命思想が、生涯にわたり彼の可能性であり限界でもあったことはたしかだろう。まして一八八〇年から九〇年にかけての時期に、社会闘争の形態がバリケードを用いた市街戦からストライキへと変貌したことで、少数エリートによる作戦行動のヴィジョンは急激に現実味を失っていった。オスマンの改造計画がほぼ完成したパリは、もはやブランキが『武装蜂起教範』で夢見たような、敷石をはがしてバリケードを作ることのできる街ではない[26]（図23）。一九世紀における革命観の歴史に、ロマン主義的革命からマルクス主義的革命への移行、すなわち必然性のディスクールの勝利の過程として単純化できる側面があるとするなら、ブランキが一九世紀の夢の外に身を持することができたのは、彼がそもそも彼自身の時代に属することのない「時間錯誤的」な思索者だったからである。だからこの再評価はもともときわめて逆説的なものではあるのだが、しかしまた同時に過去の社会思想をマルクス主義から解放しようとする二〇世紀末の論者にとって、唯一可能な選択であるのかもしれない。

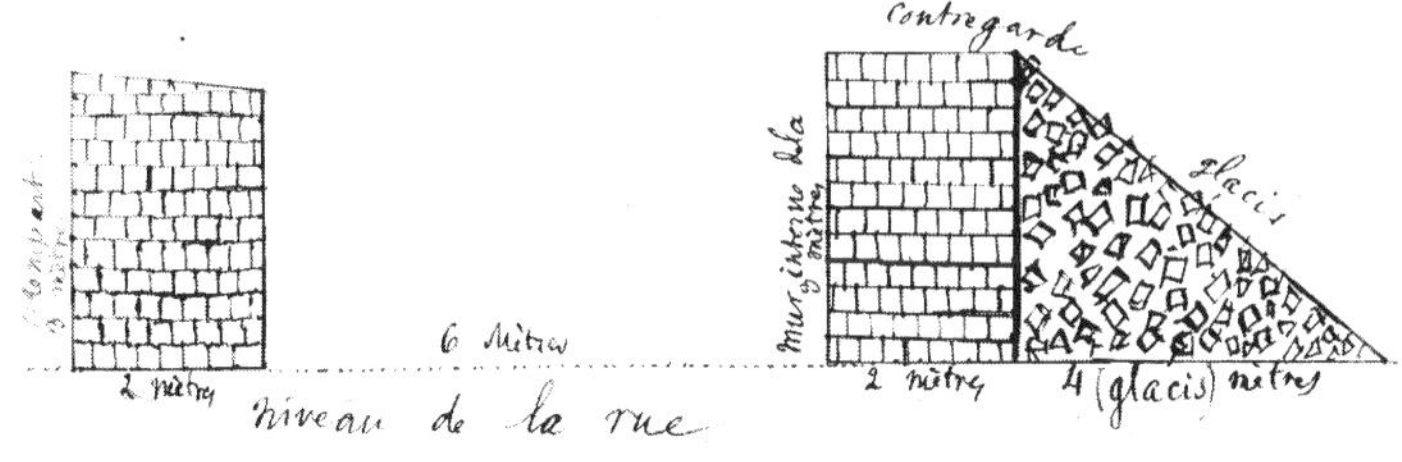

図 23 ブランキによる敷石を利用したバリケードの作り方の説明図（フランス国立図書館所蔵の草稿から）

たとえば近年の批評がシャルル・フーリエを再評価しようとする際にも、その一見荒唐無稽なユートピア像は、いわば任意の地点から出発する思考実験として捉え返される傾向がある。トマス・モアからエティエンヌ・カベーにいたるまでの統一性を備えた未来のヴィジョンとは正反対に、フーリエのテクストはどこでもよいある偶然の地点から出発して世界を思考する試みであると評価されることになるだろう[27]。まるで未来から出発する必然性のディスクールであるユートピア社会主義と、現在から出発するそれであるマルクス主義との共犯関係に対し、未来から出発する偶然性のディスクールであるフーリエ思想と、現在から出発するそれであるブランキの選択が（ブランキ自身は『永遠』のなかで、フーリエに対して嘲笑的態度を取っていたにせよ[28]）、はからずも手を組んで対抗しているかのようだ。もっとも奇怪な神話の作り手とあらゆる神話の告発者が一つの回路を形成するのである。

ともあれここで私たちは、一つの新しい学問分野、すなわちスペクトル分析を利用した天体物理学に支えを求めた思索であるという『永遠』の特殊性の傍らにとどまろう。すでに確認したとおり、科学を出発点として未来を肯定的に語ることへの抵抗を常数とするフランスの文学的想像力の歴史のなかで、一九世紀後半は例外的な時期とされるが、そのただなかにありながら「未来予測小説」的な発想の根源的な無効性を宣言してしまう力こそが、ブランキの可能性の中心であるからだ。科学的真実と文学的想像力は、ここでは決して弁証法的な関係に入りこむことがない。その二つがシャルル・クロにおいて、緊張関係を取り結ぶことなく端的に重なりあってしまったのとは対照的に、ブランキにおいて両者はきっぱりと切り離されており、それを前提として彼ははっきりと科学的事実の側に立った（たとえその決断が「科学的」には間違った論理にもとづくものだとしても）。このとき科学的真理は、多くの論者が信じようとした、人間的真実との弁証法的関係の夢などきれいさっぱり拭い去られてしまうのであり、だから人間は絶対的な無意味と向かいあう。そして目標へといたるために、いかなる必然性の助けを借りることも禁じられている一つの「賭け」をするか否か、問われることになるのだった。科学の提示する現実と人間的真実のあいだにはいかなる妥協もありえない。それはプロレタリアとブルジョワジーの宥和が絶対にありえないのと同様である。歴史に埋没した医師／作家であるドゥフォントネーと一九世紀フランスを代表する革命家を同列に置くことはたしかに無謀ではあろう。だが彼ら二人はともに、世紀のなかばをすぎてなお大革命のイデオロギー、あるいはモラルを内面化し続けていたのであり、ドゥフォントネーは神に抵抗するプロメテウスの業の成功をなんの疑いもなしに信じ続けられる愚かさによって、ブランキは未来のヴィジョンよりもとにかく反乱を起こすのみというカルボナリ党的な選択に従いつつ文学的想像力の息の根をとめ、科学的真理を人間的価値から解放された極限にまでもたらすことによって、科学が道を開き文学・思想が意味を与えるという、「進歩」の回路を遮断したのだといえる。ブランキは歴史を取り消し、にもかかわらずユートピアという必然の王国に赴くこともない。彼のヴィジョンのなかで無限の反復でしかない私たち一人一人は、その反復の剰余として作り出されるノイズ、すなわち純粋な偶然を受け入れるための幸運な、あるいは不運な容器なのである。

7　ユートピアとSFのあいだ

もう一度確認しよう。世界の真実を啓示する預言者としての文学、「絶対性」の文学は、一九世紀を通じ、キリスト教という支えを失ったのち、徐々に限定された自らの真実へと自閉していく。語るべきものを失ったそれは「真実」であるために、常によりいい表すことの困難なもの、より語るべからざるものへと接近するか、あるいは自らのうえに身を屈めるようにして、言語という条件そのものについての考察へと傾斜していった。これがいわゆる前衛文学の道である。一方科学への従属を受け入れることで自らの（部分的）有効性を担保しようとする「相対性」の文学は、現実と切り離されずにあろうとして本当らしさの檻に閉じこめられつつも、その檻のなかを最大限のイメージで埋めようと試み、想像力が科学と取り結びうる関係の多様なヴァリエーションを形成していくだろう。だがそれは世紀の終わりにいたって、ついに科学に先行する決意をしたかに見える。これがSFであり、このとき文学は逆説的なことに、ユートピア文学の失効とともに失ったはずの、未来を独力で生産する力を、ただし完全に相対的なレベルでふたたび手にするのである。するとこの図式のなかではフレドリック・ジェイムソンの主張とは反対に、SFはユートピア文学の子孫ではないことになる。[29] あるべきもの（絶対性）を語るユートピア的想像力が、ありうるもの（相対性）を語るSF的想像力に取って替わられるとき、同時に絶対的な「真実」を語る権利もまた失われたのであり、しかしSFは「真実」をいう権利と引き換えに、本当らしさを求めた科学的文学が一九世紀を通じて手にすることのできなかった未知なる他者のイメージを取り返し、異星人を語る権利を獲得したのである。

相対的であることを受け入れた現実性の立場ではなく、あくまでそれ自身のうちに根拠をもつ真実の絶対性を選び取るという意味でユートピア文学の系譜上に見出されるのは、SFよりもいわゆるファンタジーであろう。だがこれは価値判断を含んだ評価ではないと、急いでつけ加えておきたい。ジェイムソンはファンタジーが革命的な性格をもつ可能性にははっきりと否定的だが、ちょうどフーリエの場合のように、恣意的なものから出発するディスクールが破壊的な潜勢力をもつ可能性を、ア・プリオリに否定する必要はないからだ。だがたしかに二〇世紀のファンタジー作品が、フーリエのテクストのように自らの絶対性を純粋に確信しているといった事態はきわめて例外的には違いない（もしそうであればファンタジーは、ほとんど精神病者のテクストに近づいてしまう)。ユートピア文学とファンタジーのこの距離を、一九世紀後半という空白期においてつなぐものが見出されるとすれば、それは心霊主義においてではなかろうか。心霊主義とは、部外者には恣意的と見える世界観を自らの真実として世界に押しつけようとする試みが、攻撃的な新興宗教の形を取らず、かろうじて科学的なものとの対話を続けつつなされた最後の大規模な実践だったのかもしれない。地球から火星へ、火星から木星へと生まれ変わるたびに霊的な位階を上げていく魂の物語は、科学以外の知が科学に先行する客観性を主張しようとした絶望的な挑戦であった。つまり一方には直接的な真実の絶対性を体現するフーリエが、他方には間接的な現実の相対性を受け入れるヴェルヌがいるのであって、その中間ではフラマリオンが、両者に矛盾がないことを証明しようとしてせわしなく道化を演じている。だがそのすぐ傍らでクロとブランキは、そこに調停すべき矛盾などないと、いかなる悪意もなしに、しかしきっぱりと断言してみせるのである。

それにしてもやはり驚異的に思えるのは、ユートピア文学の残骸とSFの予兆のあいだで引き裂かれた一九世紀(後半)という科学小説の時代において、ユートピアの表象可能性だけでなく、ユートピアを思考する行為の生産性そのものを原理的に否定する首尾一貫した思考が決然と提示されており、そしてそれを提示したのがその時代においてもっとも神話的なアウラを背負っていた革命家であるという事実、さらにおそらくはこの思考こそが、近代史上はじめてあらゆる政治党派から独立した革命行動(パリ・コミューン)が生起したその瞬間に、それと表裏をなすようにして生み出されたという事実である。そこから現在においても価値をもつような政治思想上の結論を引き出すことなど、この研究の範囲ではできるはずもないが[30]、ブランキの思考を戦略的なものと見なして革命的行動の可能性に直結させるようなアバンスールの評価や、ユートピア的想像力の可能性をどこまでも肯定しきって見せるフレドリック・ジェイムソンの強靭な思考にいくぶんか逆らいつつ、破壊的なまでに透徹した盲目性とでも呼ぶべき何かが、結果として同時代の思考の枠組みを無化してしまったような事態の価値を、もう一度強調しておきたいと思う。そしてその思考にあえて名前を与えるならば、おそらくミシェル・フーコーにならってヘテロトピアとでも呼ぶことになるだろう。それはどこにもない場所ではなく、「現実に存在するほかなる場所」であり、「ほかのすべての現実を幻想として告発するような幻想[31]」――これはほとんどベンヤミンがブランキを評した言葉そのものだ――である。クロはここからはるかに離れたどこかで私たち自身を無限に生み出しなおすことで、ブランキは今このときすでに宇宙は無限個の私たちを含んでいると断言することで、いわばこの世界をそっくりそのままヘテロトピアに変貌せしめる。クロにとってだけでなく、ブランキにとっても科学の支えが必要だったとすれば、ユートピアでなくヘテロトピアを語るためには、科学的な意味でも無限回の反復が現実として証明されていなければならないからだ。フーコーはルイ・アラゴンが『パリの農民』で語る売春宿をヘテロトピアの先例として引用したが、ある囲われた場所がその外の世界を告発するという控えめな事態ではなく、ブランキはこの世界に異議申し立てをするために、世界を無限回の反復に還元することで、一つの巨大なヘテロトピアに仕立てる。だからこそそこでは世界の変革と私の反抗とが重なりあってしまうのだった。こうして絶対性と相対性の相克の場である一九世紀のなかで、それを無化する装置として生み出された異様な思考は、結果としてこの相克が機能不全に陥ったところからはじまった次の時代の目から見たとき、恐るべき預言としての価値を担うことになるのである。

しかし私たちは、もうしばらくこの世紀の変わり目にとどまって思考してみたい。今一度思い返してみよう。ドラマを語れない「絶対性」の文学とイメージを作り出せない「相対性」の文学が勢力を競いあう一九世紀後半フランスというフィールドが形成されるまさにその時期におけるドゥフォントネーの奇妙な選択と、このフィールドが強固に機能していたはずの一八七〇年前後という時期においてクロとブランキが、このフィールドの機能を突然宙吊りにするやり方を私たちは見てきた。あらゆる意味（サンス）／方向性を断念し、かすかなノイズとしての未来にだけ、しかし自らのもてるすべてを賭けてみようとするこれらの想像力にとって、前衛文学もＳＦも、あらかじめ意味を失っている。同時代の夢がそのなかに閉じこめられていた囲いのなかで、その夢を支えていた一つの緊張関係――絶対への郷愁と、相対性という現実とのあいだの緊張関係――をイリュージョンにすぎないと見なすことを可能にするような、いわば一つの超＝イリュージョン、あまりに徹底しているがためにいかなる価値観からも逸脱してしまう超＝イリュージョンが養われていたのである。その奇妙な啓示がこれらの精神に、あらゆる問いの重みから解き放たれた、曖味なものとはいえやはり一つの絶対性と呼びたくなるような、想像力の自由を贈与した。だがやがてこの絶対性と相対性の調停という夢が輪郭を失って消え去っていく時期がやって来る。自らの真実に現実的なもののステイタスを与えなおそうとする文学の夢と、相対的なものにとどまる自らの知に意味を付与しようとする科学の夢は、このときその相補的な対立が壊れる間際の場所で、ひときわ美しい衝突を作り出すのであり、その衝突は幕を開けつつある「他者」の時代としての二〇世紀へと、緩やかに広がる波紋を残していくだろう。収拾がつかないほどに分かたれた文学と科学とは、だからもはや一人の人間の精神のなかでこの衝突を生み出すことはできない。物語は科学者を自らの陣営に引きこもうとするある霊媒の夢と、その夢の現実性を試そうとするある科学者のもう一つの夢とのあいだで演じられることになる。

第五章　火星人にさよなら
――エレーヌ・スミスは科学にどのような夢を見せたか

晩年のジュール・ヴェルヌが科学に主導された人類の未来について次第に悲観的なイメージをもつようになり、『永遠のアダム』（一九〇五年）にいたってついに無限の進歩ではなく、円環的に回帰する時間という表象を受け入れるまでになったことは、第一章でも確認したとおりだが、回帰の回帰ともいうべきこの現象は、決してヴェルヌの個人史にのみ属するものではない。やがて第一次世界大戦の惨禍が科学技術の価値の相対化に拍車をかけるであろうことも、私たちは知っている。世紀の終わりに相次いで発表された初期ウェルズの作品群を支配していた終末論的ヴィジョンとともにはじまる現代ＳＦの歴史が、その発端からして科学に対し、一九世紀科学小説のような従属的関係とは異なった関係を取り結んでいったのは自然なことであった。だがここでの議論にとってとりわけ興味深いのは、一九世紀後半のフランスにおいて科学と文学・思想の新しい関係を築くという夢を体現していたカミーユ・フラマリオンその人の変化である。

天文学者自身の立場に回心のようなものがあったわけではない。ちょうどウェルズの『宇宙戦争』と同じ年に出版された、フラマリオンの文学活動の総決算でもあり頂点ともいうべき『ステラ』（一八九七年）で語られていたのは、科学、とりわけ天文学の与える感動が、比喩ではなしに最高度の「詩」であるという変わることのない確信にほかならない[1]。詩的感動は、科学のモチベーションやその付帯的効果ではなく、いつかは全面的に科学そのものと重なりあうはずであり、天文学は人類に新しい哲学や芸術観をすら保証するだろうという発想は、まさに過ぎ去ろうとしている時代の夢そのものであった[2]。だが火星には文明が存在するという彼の確信が、二〇世紀に入って次第に本当らしさを失っていったころ、フラマリオンはその研究を心霊現象へと転換していく。もちろん彼自身にとって超常現象への関心は、天体から天体への魂の転生という心霊主義のヴィジョンと結びついている以上、天文学者としての問題意識と直結していたのは間違いないが、この方向転換は科学観そのもののパラダイム・チェンジにとって、二重の意味で徴候的なものでもあった。

一九世紀末から二〇世紀初頭にかけて多くの科学者が超常現象に向けた関心の深さは、一方で科学と文学・思想・宗教の新たな接近であるとともに、他方ではこの結合に関する前世紀の夢の最終的な破綻をも意味する。たとえフラマリオン自身は科学そのものが詩を包含していると考えたとしても、この接近はやはり科学者たちにとって、いつのまにか置き去りにしてしまった信仰や世界観の問題についてさえ、今や自分は決定的かつ直接的な発言をなしうると宣言する身振りでしかありえない。科学と文学の乖離はもはや取り返しがつかないのであり、だからこの結合が一時的にせよ成功するためには、科学的思考を選び取った誰かと文学的想像力を体現する誰かとが、それぞれの意志で特権的な接近の場を作り出さねばならなかった。それを実現するのは、前世紀の夢を牽引してきた天文学者本人ではありえないのである。

世紀の転換期において多くの科学者が心霊現象研究に手を染めたことは、今ではよく知られているが、久しく科学外に追いやられていた直感の、このときならぬ科学的領域への回帰はしかし、単純な和解や歩み寄りだったわけではない。事実、ここで扱おうとしているテオドール・フルールノワにしても、決して神秘主義の誘惑に降伏することはなく、むしろ頑ななまでに科学のモラルを貫いたといえる。とりわけピエール・ジャネにとってそうであったように、このジュネーヴの心理学者にとってもまた、意識の統御の埒外で生み出される「自動現象 automatisme」は、内なる信仰の問題ではなく、何よりもまず観察すべき対象だった。また他方、一九世紀の欧米できわめて大きな存在感をもち続けた職業霊媒(3)——占い師や治療師など——にとって、どこからともなくやって来る声は、少なくとも同時代の科学知識を超えた直接的な真実だったはずであり、フルールノワの霊媒というべきエレーヌ・スミスにしても、いわゆる職業霊媒ではないにせよ、この点では例外ではない。「声」を観察する視線と、「声」を科学に先んじた真理に押し上げようとする確信は、一九世紀における科学と文学・思想との関係を演じなおしているようにすら見える。ではこの「(再)接近」はいかなる点で、一九世紀的枠組みからはみ出していたのだろうか。私たちの仮定は次のようなものだ。

テオドール・フルールノワは一八九四年、当時評判になりつつあった霊媒エリーズ＝カトリーヌ・ミュレールの交霊会に参加し、その後のおよそ五年にわたる観察経験にもとづいて、この時期に超常現象をめぐって書き記された多くの記録文書のなかでももっとも名高いものといってよい『インドから火星まで』を上梓した。エレーヌ・スミスというのはこの報告を公表するに当たり、フルールノワが考え出した仮の名である。一九〇〇年に出版された『インドから火星まで』はまたたくまに話題となり、地元ジュネーヴだけでなく、ヨーロッパ中の、あるいは新大陸の広い読者層を引きつけていくが、一般向けのものとはいえ、かなりの分量がある（広義での）心理学的な読み物がこれほどのベストセラーとなったのは、何よりもまず霊媒の語る物語——フルールノワはそれを「小説」と呼ぶ——がきわめて印象的なものだったからだろう。エレーヌ・スミスは自分が一五世紀インドの姫君やマリー・アントワネットの生まれ変わりであると主張するだけでなく、火星人の霊魂に憑依された状態で、その星の自然や人々の生活を描き出してゆく。だがフルールノワの文章や、さまざまな証言から知ることのできる二人の関係は、観察し研究しようとする科学の視線と、その視線にさらされた宗教的な（そしておそらくは文学的な）信念の、一方向的な関係に還元されるものではない。この心理学者と霊媒の出会いのなかで、科学と文学は互いに相手を暴力的に書き換えてしまったのではないか。世紀の転換期、もはや単なる歩み寄りは不可能になっている。だが両者は対蹠的な場所にとどまりながら、いわば科学は科学のままに、文学は文学のままに、相手を自らに重ねあわせるという夢を見た。二人はこの夢に翻弄されることでいわば座礁するのだが、その衝撃で暗礁そのものを打ち砕き、複数の新たな航路の可能性を開くのである。霊媒の想像力に魅せられた心理学者と、彼から与えられたエレーヌ・スミスという名を、二人の関係が破綻したあとでさえ手紙の末尾に書きつけてしまう霊媒のあいだに、たとえ数年のあいだであれ成立していた、ある奇妙な契約関係に視線を注いでみよう。そこにあるのは一つの時代を終わらせるとともに、内破することで別の時代を作り出した、そんな一つの、あるいは二つの夢である。これまでに取り上げてきたのは、自らの時代とは異なった夢を見てしまったものたちだった。だがこれから扱おうとしているのはむしろ、一つの時代の夢がもはや維持されることができなくなって壊れる瞬間に蒙った変質と、壊れる間際のこの夢が奇妙にも、ドゥフォントネーやクロ、ブランキの見た「別の夢」と接近するありさまである。

1　無意識との契約

テオドール・フルールノワは常にエレーヌ・スミスと、そして彼女の指導霊レオポルドと「対話」する（図24）。もちろんウィリアム・ジェイムズとパイパー夫人、シャルル・リシェとエウサピア・パラディーノといった科学者と霊媒の対関係は、それぞれが固有の色合いを帯びた複雑なものであり、それらもまた単純な観察者と観察対象の関係に還元できるものではない。それでもこの二人のケースが際立って見えるのは、フルールノワが自らの考えを公表する際に、意見が一致するはずもないとわかっている相手の承認をうることに、どこまでもこだわってみせるからだ。心理学者のいうところを信じる限り、彼はエレーヌ・スミスについて書いた文章を一定の頻度で霊媒本人に見せていたらしい[4]（IM, 22）。彼女の語る四〇〇年前のインドやはるかな火星の物語が、閾域下の自我の産物であるとか、彼女の語る火星語は偽装されたフランス語にすぎないといった主張を、本人が認めるはずはない。だが毎回同じような議論の末に、科学も決して完全ではありえないとフルールノワが認めることで終わったらしいその対話は、霊媒が自らについて書かれた文章を公表するための認可を与える儀式として機能していたようだ。だから霊媒は、『インドから火星まで』を読むことではじめて二人の埋められない溝を認識したのではなく、確認したにすぎない。だがある程度まで破綻を予感していたかもしれないフルールノワは、それでも霊媒に対し、対話者としての関係を堅持しようとするのである。

フルールノワの人となりについて、医学と哲学両方の教育を受けたことが、科学と文学を架橋する領域への関心につながったと想像することも根拠がなくはないし、ソシュールやユングを巻きこんだスイスの知的ネットワークのなかで重要な中継点としての役割を果たすことのできた、

図24　エレーヌ・スミス（エリーズ＝カトリーヌ・ミュレール）とテオドール・フルールノワ

Des Indes

à la

Planète Mars

ÉTUDE SUR UN CAS

DE

SOMNAMBULISME AVEC GLOSSOLALIE

Th. FLOURNOY

QUATRIÈME ÉDITION

GENÈVE
EDITION ATAR
Corraterie, 12

PARIS
LIB. FISCHBACHER
Rue de Seine, 33

図25　テオドール・フルールノワ『インドから火星まで』，1900 年

開かれた人間性を讃えることも可能であろう。霊媒現象を含むオートマティスムの発現をあくまで病理的状態と捉えるジャネなどとは反対に、いわゆる憑依の状態は、通常の自我に統合不可能な要素を分離することで自我を健康に保とうとするカタルシス作用を持つと考え、積極的に評価するこの心理学者の発想[5]が、エレーヌにとって相対的には受け入れやすいものだったことも事実に違いない。まして『インドから火星まで』（図25）でも、超常現象の多くに懐疑を差し挟みつつも、テレパシーは存在しなくてはならないとまで断ずるフルールノワは霊媒にとって、いつか自らの主張を受け入れてくれる可能性を期待させる、つまり説得したいという誘惑を活性化させる存在だったかもしれない。だがやはり二人の関係の深く対話的な性格は、エレーヌ・スミスという霊媒の特権的なあり方によるところが大きかったのではなかろうか。

　フルールノワ自身が書物のはじめで確認している通り、二人の関係は医師と患者の関係ではないし、また昼間は食料品店の店員として働く慎ましい生活を送っていたエレーヌ・スミスは「非職業的な（無報酬の）霊媒」（IM, 27）であるから、そこには金銭的な契約関係が介在しない。人体内部の動物磁気をコントロールすることで、心身の疾患を治療しようとする「磁気術師」たちは、大革命以来、たとえ貴族であっても施術に際しては、治療費を受け取るのが基本だった。世紀のなかば以降シャルコーによって催眠術が医学のなかに取りこまれていったときも、たとえサルペトリエールで実際になされていたことが、好奇の目を満足させる上演としての性格をどれほどもっていたにせよ、催眠術師が治療を目的として、被催眠者の真実を引き出すために眠らせるという構図は変わらない。逆に職業霊媒は、自らが眠ることによって相手の真実を告げるのであり、構図は逆転しているが、金銭的契約関係にもとづいて眠りが真実を生産するという構造は、磁気術師のケースと共通である。一方には夢から個々の主体（シジェ）＝患者の相対的な真実を引き出そうとする科学の営みがあり、他方には自らを絶対的な真実として課そうとする（しかしその真実性を社会的には正当化されがたい）霊媒の夢がある。たしかに多くの霊媒同様にエレーヌ・スミスも、他者から催眠術にかけられることを嫌がるのであるから（IM, 70）、交霊会の場で参加者の誰かに操作される立場に置かれることへの拒否は明瞭なのだが、少なくとも占い師や治療師のように、相手の願うものを与えるためだけに眠るのではなかったはずだ。まして彼女は、世紀末に名を馳せたスター霊媒の多くと異なって、心霊主義に帰依したわけでもない。たしかに彼女の世界観は心霊主義に深く規定されていたが、教団組織との関係はそれほど緊密なものではなく、なんらかの真理を体現する義務を負っていたとはいえないだろう。エレーヌ・スミスは誰にも借りのない霊媒なのである。

もちろん、だからエレーヌは想像力を自由に飛翔させられたなどといいたいわけではない。そもそもフルールノワと霊媒のあいだに金銭のやり取りがまったくなかったわけではなく、昼は忙しく働きながら、体力を消耗する数時間にわたっての交霊会を（たいていは月に数回のペースで）続行している彼女の生活を気遣った心理学者がいくばくかの援助をすることがあり、また本の出版にあたって彼が霊媒に約束した支払いの問題は、のちのちにまで諍いの種を残すことになる。にもかかわらず、あるいはそうした危険を代償としたからこそ、テオドールとエレーヌのあいだには、きわめてあやうい対話関係が成立しえた。超常現象の現実性を証明する責任を負った多くの霊媒が、科学者の観察対象となったとき、能力を発揮できなくなってしまうのとは異なって、誰かのための（あるいは何かのための）真実を語ることを義務づけられていなかったエレーヌの眠りは、心理学者の介入によってむしろ活性化される。日常生活のなかでもなんらかのヴィジョンが現れたとき、それをメモしておくように頼んだのはフルールノワ自身だが、彼女はその提案を「きわめて快く」（IM, 65）受け入れるのであり、まるで霊媒自身のなかで、観察者（＝科学）と観察対象（＝無意識）が互いを承認しあっているかのようだ。だからこそ心理学者もまた、霊媒の無意識との直接的な契約を夢見る可能性を手にする（そしてこうした契約関係を論じているからこそ、私たちは霊媒をエリーズ＝カトリーヌ・ミュレールではなくエレーヌ・スミスと、あるいは単にエレーヌと呼んでいる）。心理学者はエレーヌに語りかけ、霊媒はエレーヌとして応じたのである。[6]

これは決してエレーヌが、フルールノワに白紙委任状を手渡したことを意味しない。彼女がどうしても譲らない点が二つあると、フルールノワはいう（IM, 56-57）。指導霊レオポルドが存在するという事実の客観性と、自らのオートマティスムの超常的性格である。自分がマリー・アントワネットやシマンディニという名のインドの姫君の生まれ変わりでなくてもいいし、火星のヴィジョンが現実の惑星から送られてきたものでなくともよい。だがとにかくいつでも傍らでガイドの役割を果たしているレオポルドが自分の人格から独立した存在であり、届けられるヴィジョンは自らの発明ではないこと、それだけは認めてもらわねばならないと、エレーヌはいう。レオポルドの語ることが真実なのではなく、いわば彼自身が真実なのである。ヴィジョンに襲われたのは間違いないが、まだそのヴィジョンの意味をいかなる宗教にも簒奪されていない幻視者。彼女はそのような状態にいると表現してもよい。いかなる真実を語る義務も負わされていないエレーヌは、しかしその契約の条件として、そこに自らの真実があることの承認だけを求めるのである。

ではこの危うい契約を結ぶことで、霊媒は心理学者に対し、いったい何を望んだのであろうか。

2　王妃と水差し——霊媒が心理学者に望んだこと

エレーヌの霊媒能力に心酔する共感者たちが、彼女のいないところでテーブル・ターニングなどの方法により、レオポルドと交信してしまうようなことがある。だがレオポルドの客観的な存在を認めてほしいと願っているはずのエレーヌは、決して他人の呼び出した霊をレオポルドと認めないし、ましてレオポルド本人が、それは悪意のある霊のいたずらにすぎないと警告する（IM, 86）。奇妙なことに、客観的存在であるべきレオポルドは、エレーヌにとってあくまで彼女自身の意識に現れる、このレオポルドでなくてはならない。ここには定義上客観的になりえないものを、そのままの姿で客観的なものと承認してほしいという、（ちょうどクロの「恋愛の科学」の哀れな主人公が求めたような）実現不可能な夢がある。それはいうなれば、文学が文学であるままで科学の語るものと一致しようという夢ではないか。これは必ずしも比喩ではない。なぜならそもそもレオポルドの「正体」は、ある文学作品に起源をもつからである。

フルールノワがエリーズ＝カトリーヌ・ミュレールと出会ったのは一八九四年一二月、ジュネーヴ大学の同僚オーギュスト・ルメートル教授宅での交霊会に際してのことだが、彼女の霊媒としてのキャリアは、それより三年ほどさかのぼる。一八九二年はじめ、『インドから火星まで』では「グループN」と仮称されている集団の交霊会でエレーヌが能力を示しはじめたとき、彼女の指導霊はヴィクトル・ユゴーであった。おそらくユゴーに半年ほど遅れ、はじめはむしろ威圧的な性格によって恐れられる霊として登場したレオポルドは、翌年にかけてユゴーと覇権を争いながら、徐々にエレーヌの指導霊としての地位を確立する。九三年の夏にこのグループは解体するが、前々からそのあり方に不満をもっていた参加者のB夫人が、同じ年の後半であろう、自ら交霊会を企画してエレーヌを招く。そしてあるとき、夫人はエレーヌに憑依したレオポルドが、部屋に置かれていた水差し（カラフ）を何か意味ありげに指し示したのを見て、アレクサンドル・デュマ『ある医師の回想――ジュゼッペ・バルザモ』の有名な一シーンを連想し、セッションののち覚醒状態に戻ったエレーヌに、デュマの小説の挿絵を差し出して、自らの解釈を披瀝するのである（IM, 97）。この時期の交霊会は詳細な記録が残されておらず、フルールノワも細かな経緯はわからないようだが、ほどなくレオポルドの「正体」がかの詐欺師＝錬金術師、ジュゼッペ・

バルザモ、いわゆるカリオストロ伯爵であることは規定の事実とみなされていったらしい。そもそもカリオストロという謎めいた人物は、当時のさまざまな交霊会で頻繁に呼び出されたいわば人気キャラクターなのであり、この連想そのものはなんら意外性のない、むしろ凡庸なものである。だがそうであればこそ、レオポルドの「正体」は、集団的に共有された文学的想像力から生じたものと考えなくてはならないだろう。

しかしそれ以上に重要なのは、レオポルドの正体はカリオストロであるという事実の判明と、エレーヌが紡ぎ出す三つの「小説」の一つ、フルールノワのいう「王朝もの cycle royal」の関係である。レオポルドがカリオストロ伯爵と同一視されたとき、はじめエレーヌは自らの前世を小説中でのバルザモの妻、ロレンツァ・フェリツィアニのなかに見るのだが、のちにこれが歴史上の人物ではなくデュマの小説にしか登場しない女性とわかる。その少しあと、一八九四年一月のキュアンデ教授宅での交霊会で、エレーヌがカリオストロと因縁浅からぬマリー・アントワネットの生まれ変わりだとわかるのである。そこから「王朝もの」が本格的に始動するのだとすれば、エレーヌの「小説」の一つはその全体が、文字どおりもう一冊の「小説」に起源をもつと考えなくてはならない。『インドから火星まで』の記述では、まずエレーヌの幼少時代までさかのぼってレオポルドの生成過程が語られたのち、三つの「小説」が分析されていくが、なかでも「王朝もの」は（実際にはもっとも古いものであるにもかかわらず）最後に置かれているせいで、以上の連関がいくらか見えにくくなっているし、そこにはエレーヌの想像力が文学的（＝恣意的）なものに見えることを恐れたフルールノワの操作が介入していると見ることも不可能ではないだろう。だが今この書物をたどる私たちにとって、「王朝もの」の文学的性格は、それが主観的な幻想にすぎないといった感想を引き出すのではなく、むしろその心理的な価値を確認させてくれるのではなかろうか。

文学作品の登場人物に自己同一化する想像力が招く困難。要するに、これは一種の「ボヴァリスム」である。エレーヌの語る「小説」の華々しさは、一日のほとんどを立って過ごさねばならない売り子の過酷だが単調な生活を補うものだと、フルールノワ自身は考えていた。だがここで、貧相な現実の埋めあわせでしかないはずの文学的想像力は、現実性を備えた科学の対象として回帰する。想像力が現実を規定するというこの認識は、まさに同じころ形を取りつつあったフロイトのヒステリー解釈が、その時代にとってわかりにくかった理由そのものと重なりあっているだろう。ヒステリーとは過去の出来事の反復であるが、しかし一度も生じたことがない出来事の反復であるという逆説。フルールノワが気づきつつなかば隠蔽しようとしてもいるエレーヌの「小説」の文字どおりの「小説」性は、フロイトを私たちの知るフロイトにしたその逆説と接近し、フロイトによる科学と文学の関係の再編成を予感させるものとなるのである。

ましてレオポルドの仕種を目にしたB夫人が連想せずにいられなかったほどにその時代の想像力に浸透していた「水差し」の場面とは、想像と現実との、あるいは私の真実と現実の私との落差を乗り越えようとする欲望につながるものだともいえる。コップの水で透視をするカリオストロの能力を聞き知った皇太子妃は、その場にある水差しで自らの未来を占うよう魔術師に迫るが、マリー・アントワネットの末路を水差しに読み取ったカリオストロは、それを伝えることをはじめは拒否する。やがて水差しをほとんど強引に奪い取った皇太子妃は、映し出された自らの未来を前に、意識を失うのである。

ここでデュマの小説が私たちに差し出しているのはいくぶんか、ロラン・バルトが『明るい部屋』で今まさに死なんとしている「美しい」死刑囚の写真について記述したような体験である。[7] 未来において自分に訪れるカタストロフを知ってしまった対象を見るという体験。対象それ自身には捉えられないが、私たちはそれが確実に到来したと知っているその瞬間に向かいつつある対象に自己同一化する私たちの視線は、たとえどんなに不吉な形であれ、対象の全体を所有してしまう。ましてやそれはなんらかの不正によってカタストロフへと追いやられてしまった対象なのであり（なぜなら彼／彼女はこんなにも美しいのだから）、ふたたびポール・ベニシューに寄り添いつついうなら、この視線が体現するものは、不正にも王座から追われてしまったものへの同一化によって、現在の不遇をこの世界の自らに対する不正であると考えるロマン主義的な想像力である。[8] ありえたはずの自分の姿を対象として見つめつつそれに同一化する視線、自分自身を完全な姿で取り返そうとする欲望、あるいは私の真実と現実の私の一致という夢。――一九世紀の全体を通じ、真理を語る力を奪われた文学の見てきた夢が、エレーヌ・スミスの幻視のなかに、今度こそ現実に働きかけうるような何かとして回帰するのである。

だがこの夢が一九世紀を貫いていたもっとも凡庸な空想から今回に限っては一歩外に踏み出すとすれば、それは傍らにいた科学者がその夢に、進んでなんらかの客観性を認めようとしたからにほかならない。科学もまた夢を見る。では心理学者の方は霊媒に対し、いったい何を望んだのであろうか。

3 我が友レオポルド——心理学者が霊媒に望んだこと

『インドから火星まで』の読者にとって、霊媒が心理学者に恋愛感情を抱いていたという印象を抱かずにいることは難しいが[9]、同時に心理学者の方が、指導霊レオポルドに対し、過度なまでの執着を持っているという印象も同じほどに抑えがたいものだろう。エレーヌがたとえばシマンディニを演じているときでも、しばしばその片手の小指だけがレオポルドに貸し与えられており、どのような場面が再現されているか知ろうとする参加者の質問に、その指の動きがイエス／ノーで答えるのだが、そもそもこの方式を提案したのはフルールノワであった（IM, 101）。ほかの霊にはさほどの抵抗もなく体を貸し与えるエレーヌが、レオポルドに支配されることには強い抵抗を示すとすれば、それは被催眠者を思いのままに操る強力な催眠術師としてのカリオストロへの恐れであるとフルールノワは解釈し（IM, 104）、この抵抗を乗り越える方法を模索した。やがてレオポルドは文字を書き——通常鉛筆を人差し指と中指に挟む一風変わったもち方をするエレー

別図１　エレーヌ・スミスの描いた火星の風景（『インドから火星まで』より）

別図２　エレーヌ・スミスの描いた火星の植物（『インドから火星まで』より）

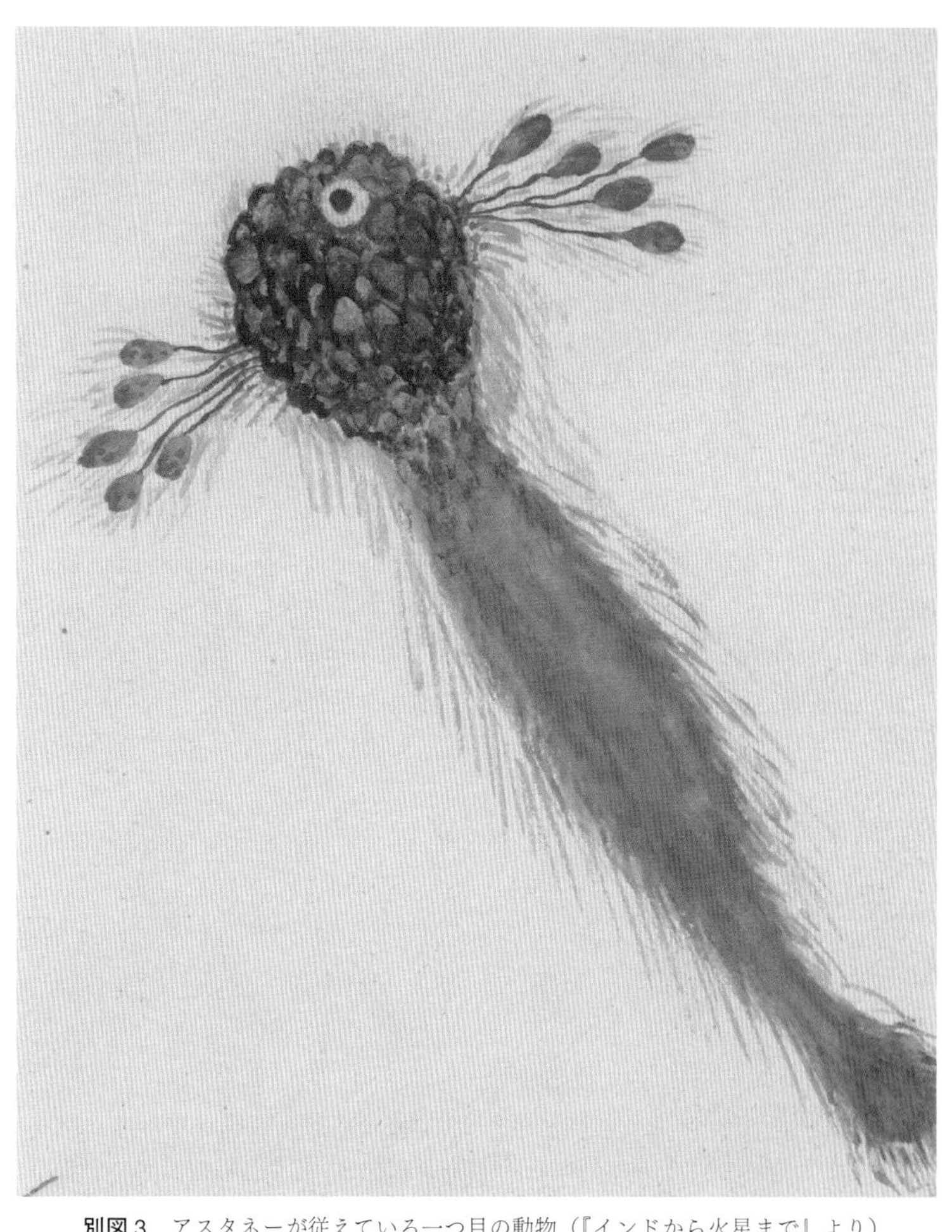

別図３　アスタネーが従えている一つ目の動物（『インドから火星まで』より）

別図４　エレーヌ・スミスの描いた超火星人（「異言を伴うある夢遊病者についての新たな考察」より）

ヌは、このときは鉛筆を親指と人差し指のあいだに挟み、また字体も別のものになる――、ついには直接エレーヌの口を通じて語るようになるのだが――やはりこのときエレーヌは別人の声になるという――、それもすべてフルールノワの提案にもとづく。とりわけレオポルドに話をさせるにあたっては、まずフルールノワが覚醒状態のエレーヌに了承をえたうえで現れたレオポルドに自分の提案を語ると、指導霊自身がエレーヌに自分の声で話させようと努力し、その末にやっとのことで実験は成功するのであった（IM, 106）。心理学者は常により直接的な方法で、レオポルドと対話する方法を探り続ける。

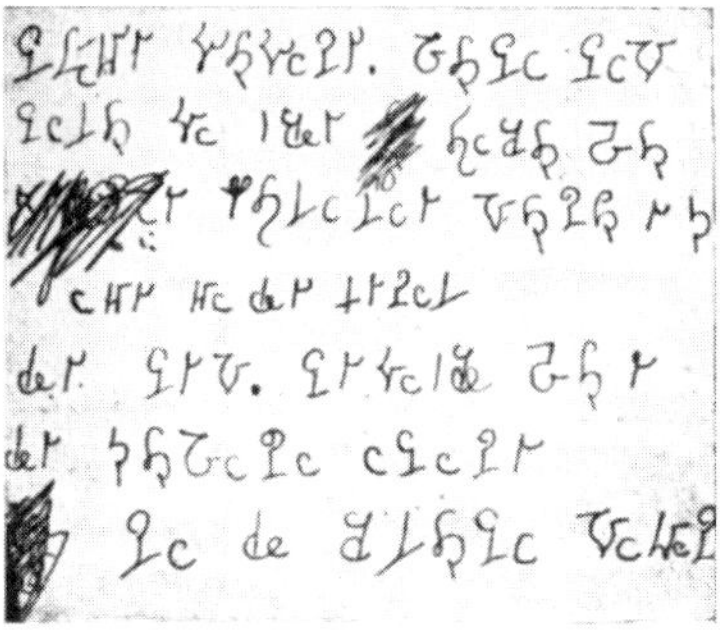

図 26　エレーヌ・スミスによる火星語。エスナールの言葉を書き取ったもの（『インドから火星まで』より）

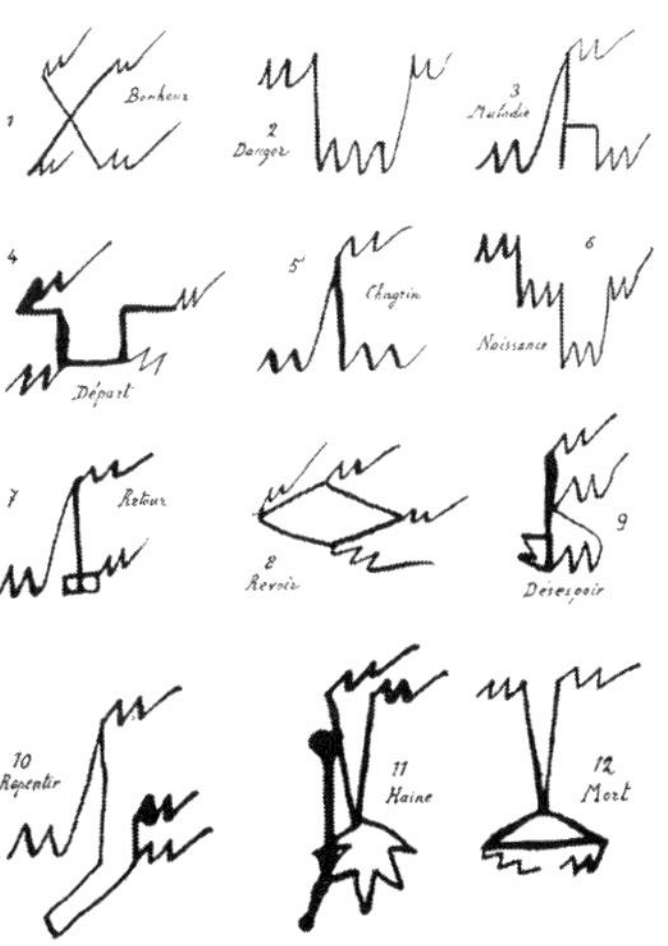

図 27　エレーヌ・スミスによる超火星語の文字（「異言を伴うある夢遊病者についての新たな考察」より）

レオポルドはフルールノワにとって、こうしてエレーヌ以上の対話相手となる。エレーヌの語る火星語（図26）について、それがフランス語の文法構造をもっており、偽装されたフランス語であるとする解釈を、心理学者はまず指導霊に語って聞かせるのであり（IM, 223）、あるいは超常現象研究のプロセスで、何もないところに物体を出現させる能力、いわゆる「アポート」の問題に頭を悩ませるようなときも、彼が相談するのはレオポルドに対してであった（IM, 310）。もちろんそこには実験的な意図もあったろう。あとでもう一度触れるとおり、フルールノワは少なくとも結果として、自分の語った火星語の解釈がエレーヌに、その解釈を免れる超火星語（図27）を作り出すよう促したことを意識しているし、ましてときには霊媒を試しているという感触さえある。『インドから火星まで』以後のエレーヌの霊媒現象を扱った新たな論文「異言を伴うある夢遊病者についての新たな観察」では、霊媒自身ではなく夢幻的人格そのものの誠実さという問題が提起されるのであってみれば（NO, 247）、フルールノワもレオポルドの語ること自体がエレーヌの無意識の表出だと考えたわけではない。しかし通常の人格に対するのと同様に、語るレオポルドが何をしているかを観察することが、霊媒の無意識とのもっとも直接的な接触方法だと考えてはいたのだろう。無意識そのものをいわば被験者として対話することがフルールノワの望みであるとするなら、本の刊行が具体化しつつあったあるとき、出所の分からない声が霊媒に書き取らせたこの書物に対する意見表明——ただしその声はレオポルドのものではない——を、彼が結論部に組みこんだのはむしろ自然なことであった。それは心理学者が心霊主義の教義に反する事例を収集することで、霊媒現象の本質を捻じ曲げているという、それ自体としてはなんの意外性もない不満の声ではあるが、フルールノワはエレーヌの依頼に応じてそれをそのまま結論部に引用する。彼は無意識との契約を果たしたのである。

こうした無意識との対話が可能となるのは、エレーヌの霊媒としてのタイプによるものでもあった。フルールノワ自身が強調しているように（IM, 116）、解離した人格の発現様態としては、二つの人格が明確に切り離されていて交通のないパイパー夫人のような例や、別人格が通常の人格を包みこんでいるフェリーダ・Xのような例も多いが、エレーヌの意識とレオポルドの人格は、重なりつつずれたものとして、つまり別々に現れることもあるものの、二人で対話することもできる別個の意識として現象するのであり、このことがフルールノワの野心を可能にしたという側面はあるだろう。またたとえばジャネが報告する有名な症例、リュシーとアドリエンヌという人格解離の症例[10]でも、二つの人格は重なりつつずれているとはいえるだろうが、通常の人格であるリュシーに見られる身体上のマヒ症状が、催眠によって呼び出された外傷以前の人格であるアドリエンヌには見られないという関係――片方がもう片方にないものをもつという相補性――があるとすれば、誰にも（何にも）借りのない霊媒としてのエレーヌの指導霊は、エレーヌ自身に対してもなんの義務も負わない独立した人格となりうるのである。たしかにここには無意識の人格化、ほとんど神秘化といえるようなものがあり、その意味でこれをロマン主義的退行であるといった評価も根拠がなくはないのだが、だからこそそれは、「自らと重なりあうことのない私」という二〇世紀的な問題系を開くものでもありえた。[11] フルールノワを引きつけ続けたのは、いわば無意識と友人になるという夢なのである。

無意識と直接に向かいあうこと。――この「直接性」が一九世紀という時代が見た夢そのものであることを、第三章で論じた。次々に発明される新しい通信手段は、より遠い場所にいる誰かと、まるでその場に居合わせているかのように相対するための、直接性の技術だったわけだが、まさにこの夢の行き着く先に、テレパシーは位置づけられる。どのような技術を用いても、今この時点で別の誰かが感じているまさにその印象、その人物に現れているまさにその意識を、それ自体として経験することはできないが、その究極の近さ／直接性を実現するものこそはテレパシーであるはずだ。超常現象の夢が一九世紀科学の申し子であるという見方そのものには、おそらくさほどの意外性はないが、あくまで科学のモラルの内側にとどまろうとしたフルールノワが唯一実在を望まずにいられなかった能力がテレパシーであることの意味を、見失ってはならないだろう。

無意識との対話とはつまり、目の前の主体とのテレパシー交信の夢なのである。相手の真実と――相手本人が知っていることすら越えているかもしれない相手の真実と――何も介することなしに対峙し、語りかけ、その反応を記録すること。ここにあるのはだから、霊媒のそれと正確に裏返しの関係にある、同じ形をした夢である。エレーヌは彼女に現れるこのレオポルドの存在を、そのままの姿で認めてほしいと願った。「私」の真実をその直接的な姿のままで客観的なものと認証されようとする霊媒の夢は、「あなた」の真実といかなる媒介技術もなしに交信し、直接的な姿のままにそれを体験させてくれるような、いわば「直接性の科学」を発明したいという、心理学者の夢と手を結びあう。文学と向かいあって、科学もまた夢を見るのである。

4　ハムレットとラプラス

『夢判断』とほぼときを同じくして出版されたという形容は、『インドから火星まで』について繰り返されてきた一種の枕詞だが、やはりどこか宿命的なものだ。夢について語る書物としての『夢判断』が、書きつつあるフロイト自身の夢に現れる夢の書物でもあった[12]ように、フルールノワの作品もまた、書かれつつあるその書物がエレーヌの目に触れることで、エレーヌに新たな夢を見せ、自らも形を変えていく夢見させる書物だったわけだが、だからこそそれは実際に書物としての形を取ったとき、夢の終わりを告げるものとならざるをえない。科学と文学の関係は平行線のままであり、私の真実と現実の私が一致しないことは押し隠すべくもない。その後もしばらく心理学者と霊媒のつきあいは続くが、エレーヌは相手を説得する希望を急速に失い、フルールノワは一九〇〇年一一月二日のそれを最後に、交霊会に出席することができなくなってしまう。次の論文（「新たな観察」）が霊媒の不信感に拍車をかけ、以後二人は一〇年にわたり、『インドから火星まで』が生み出したささやかな金銭をめぐる、果てしない諍いを続けていくことになる。

この間の手紙のやり取りを公表した、心理学者の孫でもある精神分析家のオリヴィエ・フルールノワは、書物の発表後アメリカの裕福な婦人の申し出によって経済的な保証をえたことで、仕事を続ける必要のなくなっていたエレーヌが、なおもこのわずかな金額にこだわったのは、いわば二人の子供として位置づけられるこの書物の生み出す利益が特別な意味をもつからだと語る。[13]おそらくそのとおりなのだろう。子供と金銭を象徴的に等価なものと捉える肛門期的な性格がこの傾向を倍加していったというフロイト的な説明も、一定の正当性をもつに違いない。だが重要なのはこの問題が、語られた無意識の帰属の問題だという点である。発端はフルールノワが出版に際し、著者は自分であっても語られる「小説」の作者はエレーヌであるから、その対価として一定の金額を彼女に渡そうと考えたことにある。彼の手紙には、自分の目的は書物の出版によって、困難な経済状態から「エレーヌ・スミスを解放してやること[14]」だったという表現もあり、この象徴的な行為はいわば借りを返すこと――エリーズではなくエレーヌに対して、つまりは無意識に対して借りを返すこと――だったはずなのだが、霊媒はその後も長く、心理学者から与えられる対価が自らのなしたことに対応しないと主張していくだろう。科学はまだ霊媒にとって、自分が語ったことの真価を受け入れていない。だが心理学者は対価を支払い終わったと主張し、あまつさえ霊媒への手紙のなかで自分が彼女に支払った金銭を、「画家」が「モデル」に支払うサラリーにたとえる。[15]たしかに自分は対価を支払ったが、それは霊媒が自分の真実（＝科学的真理）を与えてくれたからではなく、その「例示」として役立ってくれたからだと彼はいう。霊媒の語りは心理学者にとって、彼自身の作品ではなくそのモデルでなくてはならない。その語りはあくまで霊媒の真実であり、彼自身の真実とは権利上切り離すことのできる――いったん契約は結んだが解約できる――「あなた」の夢なのである。

だが霊媒にとって、決して支払いが終わることはない。支払われるべき対価は結局のところ「愛」でしかありえなかったからである。オリヴィエ・フルールノワが報告してくれているように、霊媒の要求にときに怒りを露わにしながらも理性的なやり取りの一線を越えることなくつきあってきた心理学者が、一〇年ののちに霊媒との関係を完全に断つことになるのは、彼女の幻想が決定的にエロティックな姿を取ったときであった。霊媒としてのエレーヌに病の治療を依頼しにきた、実は心理学者でもある一人の女性が、眠った霊媒から（おそらく一対一の状態で）驚くべき話を聞かされる。霊媒は長くフルールノワの愛人だったというのだ。しかし交霊会は常に三人以上でなされており、心理学者が霊媒と二人で会うことはほとんどなかったはずだという相手に対し、眠ったままのエレーヌは、二人が逢引を重ねた秘密の小部屋があるのだといった話を語り出し、ついには性的交渉の場面を身振りで再現するまでにいたる。ことの次第を手紙で聞き知ったフルールノワは、以後霊媒との関係を完全に断ち切ったというのである[16]。ついに暴走してしまったエレーヌの夢が暴露しているのはしかし、転移性恋愛への対処に無残なまでに失敗してしまった分析家の姿である以上に、やがてフロイトが精神分析にとっての障害でもあり武器でもあるものとして理論化していく転移性恋愛という現象が、一九世紀的な科学の限界と挫折の表現そのものだったという事実であろう。この概念は、観察対象を客観的に記述する視点の存在を仮定することと自体が幻想にすぎないと宣言するものであり、以後「真理」は、観察し探求し解明できる対象ではなく、終着点の見えないままに交渉するよりほかにない、手に負えない他者となるのである。

フルールノワは『インドから火星まで』の終わり近くで、自らの研究のよって立つ二つの原理があるという。片方は「すべてはありうる」という「ハムレットの原理」であり、他方は「事象が奇妙なものであればあるほど、証明するには確固とした証拠が必要になる」というもので、「ラプラスの原理」と呼ばれる（IM, 303）。霊の存在の仮定すら、ア・プリオリに否定されるべきではない。どんなことでもありうるのだが、しかしそれを証明する手続きは可能な限り厳密なものでなくてはならない。――あまりに常識的にも響く二つの「原理」はしかし、文学と科学に対応するものと考えられる。そしてこの二つの原理の両立こそは、一九世紀という科学の時代のモラルであり夢であったが、転移性恋愛はこれをにべもなく時代遅れのものにしてしまう。ラプラスはもはや自らの個人的かつ主観的な真実と切り離して相手の真実を語ることができず、ハムレットは両立不可能とわかってしまった二つの真実のあいだでいつまでも立ち尽くすことしかできない。

だがむしろ問題はここからだ。科学と文学が調停される可能性は失われたのであり、しかしこの不可能性から別のディスクールが生まれることになるのだとすれば、そのディスクールの一つが精神分析と呼ばれることを、私たちは知っている。しかし二つの体制のあいだで引き裂かれた例外状態とも見えるもののなかで、成功してしまっている何かもまたあるのではなかろうか。そこに書きこまれていた、フロイト的な精神分析と軒を接しながら重なりあうことはない、他者の無意識とつきあうための方法は、今でも私たちに問いかけることをやめない。たしかに転移性恋愛がいわばエピローグの段階でしか暴発しなかったのは、常に複数の第三者がいる交霊会という場がそれを抑制していたからだと考えることもできる。だが同時に、心理学者が交霊会に参加し続けた六年間、そこでは「あなたの真実」を取り扱うための、これとは多少異なった装置が作動していたと考える余地もあるように思われる。

5 「これがあなたの望んだもの」

無報酬の霊媒とはいえ、エレーヌの眠りにも交霊会参加者の期待を具体化するものとしての側面があったことは疑いを入れない。彼女の「名声」を確固たるものにした一連の「火星もの cycle martien」にはその性格がもっとも顕著である。フルールノワによるなら、火星の物語が語られはじめたのは一八九四年一一月末、すなわち心理学者自身が参加する直前の、ルメートル教授宅で開かれた交霊会でのことらしい。このとき霊媒は、「ルメートルよ、これがお前の望んだものだ」(IM, 138)と語ったという記録が残っているが、ほかの天体で起きていることを知りたいという希望をたしかに自分は以前エレーヌの前で口にしたかもしれないと、ルメートル自身が認めているようだ。またよく知られているとおり、火星の幻視にあたってはエスナールという名の火星人がガイドとしての役を務め、それればかりか火星語とフランス語の通訳をこなしていくが、エスナールはルメートル教授宅での交霊会に以前から参加していたミルベル夫人(これもフルールノワが与えた仮名)の数年前に一七歳で早世した息子、アレクシスの生まれ変わりである。つまり失った息子を呼び出してほしいというミルベル夫人の願いが火星の物語に合流していくのであり、こうしてフルールノワの文章から浮かび上がってくるのは、参加者のさまざまな願いを取り入れながら生成していくこの「小説」の集団的な様態である。

「火星もの」の展開は実は非常にゆったりとしたもので、九四年末に端緒の垣間見られていた物語はフルールノワが参加した直後、長い中断期間に入る。これは心理学者自身が認めるように(IM, 141-142)、彼自身の介入によるところが大きいだろう。九五年のはじめからはフルールノワを文字どおり主人公の一人とした「インドもの cycle hindou」が目覚しい発展を遂げ、「火星もの」の再登場は九六年二月の、はじめて火星語が発音された交霊会を待たねばならないし、またしてこのあとエレーヌの健康状態の悪化で交霊会そのものが半年間の休止期間に入ってしまうので、火星の風景や動植物(別図1・別図2)、人々の生活が語られていく本格的な幻視は九六年九月以降のことになる。フルールノワの記述を追っていくなら、霊媒が常に彼の関心を引く主題を求め、火星の物語やとりわけその言語について、彼の吟味に耐えるだけの準備をしたのちにそれを披露してくれたと、心理学者自身が感じていたことがうかがわれる。さらにエレーヌは、熱狂的な信奉者ではなかったとしても、心霊主義の教義を一つの枠組みとして火星の物語を語っていることも間違いない。アレクシスは地球上で死んだのち火星に生まれ変わってエスナールと呼ばれるが、すでにエスナールとしての人生も終えて現在は幽体の状態にある。一つの人生を終えて次の転生を待つあいだ、霊魂は惑星間を自由に行き来することができ、またこの期間だけ過去の複数の人生の記憶を取り戻しているというのは心霊主義の考え方に沿うものだ。この前提のおかげでアレクシス＝エスナールは自由に火星を案内することができ、さらにはフランス語と火星語の両方を操ることができるのだが、つまり霊媒は参加者おのおのの望みや心霊主義の要請などの交点に、複数のベクトルの合力として物語を徐々に織り上げていくのである。もちろんこれほど短期間に火星で生まれなおして成長し、すでに命を失っているということの不自然さは、交霊会の参加者にも感じ取られているが、この無理な合理化は、なおさらエレーヌが複数の要請を調整しようとした痕跡を明確に示すものであるに違いない。

なんらかの場所に集まった数人のうち一人が眠り、語り出す。だがその眠りの語る「無意識」が誰に属するものか、その瞬間にはおそらくまだ決まっていない。そこから真実を引き出すさまざまな方法があるのだが、国家の命運をすら左右する託宣が夢から聞き取られえた時代のことは措くとしても、その声が参加者の誰かに関するものとして受け取られるなら「無意識」の聞き取りは、職業霊媒による透視や治療行為のようなものとなるし、眠り手自身に真実を帰属させる場合、同席者とは直接関係のない眠り手の身体の問題であると考えるなら一九世紀前半までの磁気術に近づき、参列者の視線を前提として誘発される眠り手の体験の再現であると捉えるならヒステリー者への催眠実験になるだろう。眠りのもたらすものが、特定の誰かに属する真実ではなく普遍性をもった声であると考えるなら、瞬く間に宗教的な教義が勝利することになるし、それを眠り手自身に帰属させつつ、聞き手との一対一の語らいのなかでだけ真の意味を打ち明ける声だと考えたとき、精神分析への道が開かれるはずである。

だから眠りを操作し、無意識とやり取りをするには複数の方法があるわけだが、フルールノワはそれを基本的には眠り手自身が作者でありつつも、読み手との相互作用のなかで集団的に形成されていく一つの「小説」、いうなればリクエストを取り入れつつ生成するラジオドラマのようなものとして聞き取ったのだといえる。そうしたさまざまな操作方法の、どれがもっとも正しいか、有効か、価値があるかといった問いは一切括弧に入れて、フルールノワの選択について指摘できるのは、それがなんらかの最終的な真理に回収されることをどこまでも回避しようとするものであるという事実であろう。心理学者として彼は科学的な真理を求めているはずなのだが、霊媒の「小説」からありうべき結末を引き出そうとする様子は微塵もなく、その集団的形成過程はついにどこにも「収斂」することがないままに放置されるのである。

まして不思議なことに、エレーヌの「小説」自体がこうした「収斂」のプロセスを遠ざける形で調整されていた。そこに参加／登場する誰もが特権的ないし超越的な役割を演じることがない

図31　エレーヌ・スミスの描いたラミエー（「異言を伴うある夢遊病者についての新たな考察」より）

図30　エレーヌ・スミスの描いたアスタネー（『インドから火星まで』より）

からである。アレクシス・ミルベルがエスナールであるように、交霊会参加者のあるものは、ミラボーやオルレアン公ルイ＝フィリップであり、フルールノワ自身はエレーヌの前世の姿であるインドの姫君シマンディニの夫にして王侯、シヴルカ＝ナヤカの大役を割り振られる。交霊会の場にいる現実の人物だけでなく、レオポルドは実はカリオストロ伯爵なのだし、「火星もの」での主役を務めるアスタネー（図30）はシマンディニの信頼篤い托鉢僧、カンガの生まれ変わりであった。だがシマンディニでありマリー・アントワネットであるエレーヌ自身を例外とすると、参加者の誰一人、二つ以上の役回りを演じることは許されないのであって、特権的なはずのレオポルドですら、この小説全体をくまなく見渡すことのできる超越的な視線をもつことはない。フルールノワは、アスタネーや、のちに「超火星」の案内役となるラミエー（図31）について、ガイドとしての役割と、レオポルドとのあいだにエレーヌをめぐる嫉妬の感情がまったく見受けられないことから、別の名前がついているにせよ、基本的にレオポルドと同一人格であると解釈するのだが、むしろそう考えるのが自然であればこそ、三つの「小説」すべてを貫く登場人物を設定することに対するエレーヌの拒否は印象深いものとなる。彼女はレオポルドに支配されることを恐れたとフルールノワは報告していたが、目の前にいる人々の欲望や、ときにはなんらかの教義の要請にも応えようとするエレーヌの眠りはしかし、そのどれか一つに従属することを回避し、（少なくともこの時点では）宗教にも科学にも、あるいは誰か一人に属する文学にも、自らを譲り渡すことがないのである。

集団的小説への心理学者の欲望と、信仰に従属することへの霊媒の拒否が、おそらくここで共闘を組み、一時的な契約を結んだのだろう。フルールノワは自分の行為が治療ではないこと（霊媒現象は精神的な病ではないこと）を強調し続けるが、たしかに治療という観点からするなら、彼はひたすら霊媒の症状を助長しているとしかいいようがない。だがそのとき示唆されているのは、無意識を解釈したり治療したりするのではなく、無意識とともに生きる選択の可能性である。

　繰り返そう。フルールノワが、自分がエレーヌの「小説」作りに影響を与えているばかりか共作者ですらあることを、かなりの程度に意識していたことは事実である。[17] たしかにそれでもこの「小説」は最終的にエレーヌに属するものであり、自分はその潜在的な形態の一つを顕在化させたにすぎないという考え方は、フルールノワが科学者としての後ろめたさを軽減するのに役立っていた。「新たな観察」で心理学者は、エレーヌの交霊会に参加できなくなってしまったことを残念に思いながらも、霊媒が別の研究者に観察されるならそれもよい機会であろうという（NO. 116）。この発言にいささか社交辞令的なものが含まれているとしても、すべてを言い訳と考える必要はないだろう。あるいは『インドから火星まで』が本になるときフルールノワは、自分との関わりが三つの「小説」を展開させたように、いまや客観的な事物として存在する書物が、さらに新たな物語を生み出すという期待すら抱いていたかもしれない。

　にもかかわらず、心理学者の目的は何よりもまず、霊媒との魅入られた時間を延長することであった。彼が「小説」の結末を欲しないとすれば、要するに続きを読みたいからなのだ。だからこそ、自分はついに火星の物語に飽きてしまったのであり、そのことが霊媒をして、超火星、天王星の小説を紡ぎ出していくよう促したのだと認めることができる（IM, 223）。超火星とは火星と木星のあいだにある小天体とされており、火星よりもはるかに文明の遅れた世界だが、そこで話されている超火星語は、アスタネーの弟子にあたるラミエーによっていったん火星語へと翻訳され、それをふたたびアレクシスがフランス語になおすというプロセスを経て、フルールノワのところまで届けられるのであった。火星語は偽装されたフランス語にすぎないという心理学者の結論に対し、そうした推論の届きがたい領域へと、何度でも霊媒は逃走を繰り返してくれるのである。

ではフルールノワは、実証的な心理学者としては妥協しつつ、転移の問題を戦略的に曖昧なままにしておくことで、エレーヌの織り上げていく魅入られた世界を享受していたと、結論すればよいのだろうか。だがここには心理学者自身の気づいていない仕掛けがあると、私たちには思える。それは彼が霊媒に語らせながら、自らもまた語らせられているからだ。エレーヌからの転移には気づきながら、自らの逆転移には気づいていないという言い方も可能であるかもしれない。ましてここで重要なのは――そして（あえていうが）何よりも素晴らしいのは――、フルールノワに意識できないことが構造的に存在しているという事実、全体を掌握している特権的な存在がいないままに、一つの装置が作動しているという事実それ自体である。

6　ファミリー・ロマンス

「超常的に見える現象」と題された『インドから火星まで』の最終章は、どことなく奇妙に見える。指導霊レオポルドを分析したのち、「火星もの」、「インドもの」、「王朝もの」という三つのサイクルをめぐり終えたフルールノワは、エレーヌの透視や霊魂の憑依が現実的なものかどうかを見定めようとする。だが読者は冒頭の註で、超常現象という問題についての明確な答えを期待するならこの章は読まないようにと警告される（IM, 299）。どのみち結論は出ないのだから読む必要はない。筆者はそういうが、章のタイトルからしても、答えははじめから出ていると思える。ここまでの記述でも、フルールノワがエレーヌの幻視に超常的な性格を認めていないことは明らかだった。彼はなんとしてもテクストを引き伸ばそうとする。まるでエレーヌとのつきあいのなかで目撃し体験したさまざまな現象を語り尽くさない限り、書物を終えることはできないとでもいうかのように。

霊媒が心理学者のなかに残したざわめきのようなもの、それについて言葉を費やし、処置を施しておかなければいつまでもわだかまってしまうような気のするもの、それはとりわけフルールノワ自身の家族に関係する記憶である。エレーヌの交霊会にはじめて参加したとき、彼が何より驚いたのは、自らの家族について霊媒の透視した事実の正確さであった。本当に超能力なのか、そうでないならどのように説明できるのか。この問いは非常に自然なものではあるが、霊媒の「小説」をたどり終えた読者はここでやや唐突に、フルールノワ自身の家族小説を聞かされることになる。

参加した最初の交霊会でフルールノワは、いきなり自分の家族にまつわる透視に立ち会わされた。霊媒の目に、結婚式の衣装を着た二人のよく似た女性の姿が映る。褐色の髪をした、かなり美しい女性たちで、霊媒が苦労して書き取った、片方の女性のものと思われる名前はダンディランというのだが、テーブル・ターニングによって書き取られた「私は彼女の妹」というフレーズからして、二人は姉妹だと思われた。さて実はフルールノワの母親とその妹は同じ日に結婚式を挙げており、叔母が結婚した相手はローザンヌ大学教授だったダンディラン氏である。幻視の正確さを確認し、またそれに合理的な説明がありうるかどうか知るために、フルールノワはダンディラン氏に問いあわせるのだが、こうして彼は、家族の過去を掘り起こすような作業を強いられていく。すると義理の叔父にあたる人からの答えによって、フルールノワ家にとってエレーヌの母親が未知の人物ではなかったことが明らかになるのである。ダンディラン氏の母と叔母（ヴィニエ夫人というこの女性は、のちにもう一度登場する）は、結婚前のエレーヌの母を出入りの洋服屋として雇っており、彼女をフルールノワの母と叔母の家（クラパレッド家）にも紹介していたという。このあともエレーヌはフルールノワの母にまつわる透視を繰り返したらしいが、それらはすべて霊媒の母がダンディラン氏の家に出入りしていた時期のことに限られていることから、霊媒は子供のころに母親から聞き知ったフルールノワ家とダンディラン家の逸話を識域下にとどめていたに違いないと、心理学者は結論するのである（IM, 334-335）。

だが一年と少しのち、今度はダンディラン氏の叔母ヴィニエ夫人が、直接エレーヌに憑依する。心理学者の家で開かれた交霊会で、ヴィニエ夫人は生前と同様に吃音を伴った話し方をし、どことなく冷笑的な態度を取りながら、飾られていたフルールノワの母の肖像画を手に取ると「あたしはこっちが好きだったのさ、もう片方じゃなくてね……」といった言葉を口にする。この言葉をフルールノワはまず、ヴィニエ夫人が叔母（ダンディラン夫人）よりも母を好んでいたという意味に解釈するのだが、ふたたびダンディラン氏に問いあわせ、事実は異なっていたことを知る。すなわちヴィニエ夫人は、一見愛想が悪いが実は情の厚い人柄であり、フルールノワの母と叔母を等しく気に入っていて、交霊会での言葉が思わせるように、甥がもう一人の女性、すなわちフルールノワの母と結婚してくれたらよかったと思っていたようなこともない。ただその姉妹が同時に結婚したときに、記念として同じ画家が描いた二枚の肖像画のうち、自分の甥の妻になった女性のそれがもう一枚より出来が悪いと考えたらしい（IM, 346）。このことを霊媒が無意識に記憶していたのだという心理学者の解釈そのものは予想どおりのものにすぎない。また何度も取り上げられる母と叔母の同日の結婚、ダンディラン氏の母と叔母（ヴィニエ夫人）の関係など、姉と妹というテーマが反復されることの意味も問わないでおこう。肝心なのはフルールノワが、霊媒の語ったのはヴィニエ夫人の外面的な印象にすぎず、その真意は別のところにあったことを証明せずにいられないという事実、霊媒から告げられた物語に対し、家族の真実を取り返してしまうという事実であろう。霊媒を語らせることでフルールノワは、自らの真実を、つまりはファンタスムを語ってしまうのである。

ましてエレーヌの幻視は、フルールノワの母自身を召還し、フロイト以後の私たちが「原光景」という言葉を口にせずにはいられなくなるようなものを心理学者に発見させていた（IM, 350）。フルールノワの家で交霊会が催されるようになったはじめのころ、彼の母に乗り移られた霊媒は、参加者が机を囲んでいた書斎を抜け出すと隣の部屋に入りこみ、そこに置いてあった家具のなかで、唯一母の生前から存在していた古びた箪笥に注目して扉を開ける。はじめフルールノワは、本当に母が乗り移っているのかとも考える。あるいはむしろ、自分の記憶がテレパシーによって伝達され、母にゆかりの家具を霊媒に選ばせたのではないか。いや、それはおかしいと、あとから彼は考えなおす。最初はなぜか気づかなかったが、あの部屋にはもう一つ、母の生きていた時代にさかのぼる品物があったではないか。それは父のもちものであり、かつて父と母の寝室の壁に掲げられていた剣である。本当に母の霊であるならば、さして執着していたとは思われない箪笥ではなくて、彼女にとって「情動係数」のはるかに高いこの剣に注目するのでなくてはならないはずだ。ましてや母にゆかりの品物ならば、そもそも書斎に多く残されており、隣の部屋まで入りこむ必要はない。まだよく知らないこの家で、霊媒は無意識のうちに好奇心にかられ、入ったことのなかった部屋に入りこむと、あまりに古びてかえって目立つこの箪笥を開けてみただけに違いない。——霊媒の眠りの謎を解き明かしいわば合理化することは、同時に自らの過去へとさかのぼりつつ、霊媒の語った物語から自らの真実を取り返すことであり、そうしながらフルールノワは、父母の寝室にあった剣と箪笥という、なんとも出来すぎた道具立てへと行き着いてしまう。彼は霊媒の無意識によって、意識しないうちに分析されるのである。

だがそのようにして我知らず自らの過去へと遡行していくフルールノワは、ついにはその過去を霊媒本人の過去と結びあわせてしまう。「新たな観察」のなかで、「インドもの」のいわば後日談のようにして語られるエレーヌの幻視は、心理学者が霊媒に語らせた「小説」の終着点のような何かであり、そこから先に進んだならばもう、フルールノワ自身、誰が誰について語っているのかわからなくなってしまったかもしれないという意味で、彼が彼女について語った言葉そのものの終着点ですらあるだろう。フルールノワはそれを、実際に出来事の生じた順番を逆転させてまで、「インドもの」について説明しなおした一節の最後に置いている。

一八九九年九月一〇日。超火星語を翻訳する困難な作業を終えたのち、エレーヌは深い眠りに落ちている。フルールノワは彼女の額に手を置き、シヴルカその他、「インドもの」の登場人物に関連する子供時代のもっとも古い記憶を探すように促す。これまで何度もこうした手法によって「小説」の生成過程を解き明かそうとしても、ほとんど成功することはなかったのだが、このときに限ってエレーヌは明確に一つのヴィジョンを差し出す。彼女はまだ字も読めない幼い少女であり、通りに面した寝室にいる。丈の長い白い服を着てパイプをふかす一人の男と、その傍らで床に座った少女本人が見える。別の男が入ってきて、色鮮やかなイラストつきの青い表紙の本を見せる。「一人の少年も見える。一二歳くらいの、褐色の縮れ毛をした目の黒い少年……シヴルカだ！」（NO, 200）。もちろんアラブの姫君として育っていた幼年時代のシマンディニが、同じく子供時代のシヴルカと出会っていたというのは、「小説」の筋からすれば説明がつかない。だがここにこそ、もっと時間が与えられれば突きとめられたはずの、「インドもの」の本当の起源があるのではないかと、フルールノワは自問する。それにしてもこの縮れ毛で黒い目をした少年の存在を、どう解釈すればよいだろう。心理学者の注意は少女が五歳くらい、少年が一二歳ほどであるという細部に注がれる。

ご存知のとおりインドをめぐる小説のなかで、エレーヌの想像力ははじめから、私に君主シヴルカの役を割り振っていた。さて奇妙なことに、さきほど記述した記憶のなかで、幼き五歳のシマンディニと一二歳のシヴルカを隔てる七歳の差は、現実においてマドモワゼル・スミスと私のあいだにある年齢差そのものである。他方彼女が五歳、私が一二歳だった時期は、彼女の母親が私の祖父母と二度目の一時的な関係にあった時期（『インドから火星まで』の三八六ページを参照）、そして私の家族についてのエレーヌのヴィジョンの半数がそれに関わっているその時期と、正確に一致している。そこから推論するなら、幼いエレーヌが当時私と出会っていたか、あるいは母親から私の話を聞いていたということは大いにありうるだろう。

私についていえば、子供時代のこの時期は非常に明確かつ詳細に記憶に残っているにもかかわらず、こうした思い出をまったくもっていない。だが一二歳の男の子が五歳の女の子になんの注意も払わなかったとしても、女の子の方が彼からなんらかの印象を受け取っていたというのは十分ありうることだ。彼女にとって少年が、自分の年の幼い子供たちと本当の大人とのあいだの、きわめて尊敬すべき貴重な仲介者に見えるのは実にたやすいからである。

（NO, 202-203）

フルールノワはここで、フロイトがヒステリーの前で踏み迷ったその困惑をあらかじめ反復しているといえる。たどりついてしまった原光景ともいえるそのイメージは、想像上のものと考えるべきか、それとも現実に生じた出来事なのか。フロイト自身はいうまでもなく、いわゆる「誘惑理論」を放棄するとともに、一度も生じたことのない出来事の反復というヒステリーの矛盾したあり方を受け入れ、前者の道を選択することで、精神分析そのものを確立していくわけだが、その岐路の前でフルールノワは、いつまでも立ち尽くしているように見える。

もちろん、たとえ実際に自分が幼いエレーヌと出会っていたとしても、そしてたとえそれが遠くから、彼女が出会って間もない自分にシヴルカの役を与える決断に影響したのだとしても、あくまでそれはエレーヌの想像力を作り上げた偶然的な一因にすぎないという結論そのものはしごく合理的なものだろう。またこの偶然が、まさに今ここで進行しているかもしれないエレーヌの彼に対する転移の重要性をいくらかは弱めるものと理解できるという意味で、自然な結論といえる。だとしても、彼がエレーヌの透視に導かれるままに自らの家族の過去をたどりなおすよう促され、あろうことかその果てに、エレーヌの想像力に属するものか、自らの想像力に属するのかを決めることのできない場面にまでいたりついてしまったという事実は動かない。対象から独立した観察者として語ろうとする一九世紀的な科学の前提は、逆行不可能な形で破綻したのであり、霊媒について、心理学者として語ろうとするフルールノワの試みは、したがって決定的に失敗しているといわざるをえない。だがその失敗のなかでこそ、彼は自分がまったく想像してもいない装置を起動させることに成功しているのではないか。ここでは科学も宗教も（もちろん文学も）、超越的な立場に立つことを許されない。私たちの前にあるのは、決して重なりあうことはないが、機能するためには互いに相手を必要とする二つのファミリー・ロマンスである。霊媒の語る小説に魅せられた心理学者は、無意識が一つの方向に向けて調整されていない場所、精神分析の一歩手前にとどまりながら、複数的な欲望を作動させた。ここでは誰一人真実を独占することに成功することがなく、科学と文学あるいは宗教、あるいは思想とは、どちらかがもう片方に還元されることなしに、もちろんどこか超越的な場所で一致するのでもなしに、互いを経由することで機能し続ける。互いを媒介する複数の真実が、こうして主導権を交換しあう装置を作り出したとき、おそらく二〇世紀と呼ばれる一つの時代がはじまったのである。

7　f がない

あらかじめいかなる真理にも借りのないエレーヌの眠りはやがて、客観的な真理としてのステイタスを主張できないままの二つの真実が、しかし互いを機能させてしまう、そんな装置を、フルールノワ以外の主体とのあいだでも生産していった。『インドから火星まで』刊行後わずか一年で発表されたヴィクトル・アンリの『火星語』[18]はその典型である。霊媒と面識もないパリの言語学者は、エレーヌの語った火星語の語彙すべてを、フランス語やドイツ語、彼女の父の言語であるマジャール語、英語などの語彙からの連想によって解読していくという、気の遠くなるような作業の誘惑に勝つことができない。フルールノワの評価はむしろ肯定的なものだが、これを解釈妄想に類した「たわごと」と感じたソシュールの感想は、ごく自然なものだろう。[19]エレーヌの「小説」を分析するフルールノワが自らのファミリー・ロマンスを語ってしまうように、彼女の火星語を分析する言語学者は自分自身の連想をとめどなく語ってしまう。だがそれは単なる錯誤とも違う。それが間違っていることもまた決して証明できないのであって、[20]連想が霊媒と言語学者のどちらに属しているか、判決を下せるものはどこにもいないからだ。心理学者の科学者としての「失敗」と同様に言語学者の「失敗」もまた、霊媒の言語とその観察者のあいだに、互いの客観化できない真実を経由することで機能する、奇妙な装置を作り上げるのである。

マリナ・ヤグェーロがいうとおり、アンリの動機が言語の個体発生と系統発生の並行性を証明することであったとするならば[21]、異言現象をめぐる一九世紀までの言説のほとんどがそうだったように、それもまた普遍言語の夢に、あるいはアダムの言語やヤコブの言語の探求に還元されてしまうのかもしれない。だがエレーヌの「外国語がかり」や「異言」が差し出しているのは、シマンディニの書きつけるサンスクリット（らしきもの）について相談を受けた、ジュネーヴ大学でのフルールノワの同僚であったフェルディナン・ド・ソシュールがいち早く予感していたように、そしてまたアンリ自身も（あるいはその意に反して？）示唆していたように、普遍言語の手がかりなどではなく、言語からの逃走の試みであり、あるいは言語そのものの逃走であった。ソシュールがフルールノワの依頼に非常に協力的な態度を示し、霊媒の語る言語がどこまでサンスクリットといえるかを丁寧に心理学者に書き送るばかりか、実際に交霊会にも参加してエレーヌの歌うサンスクリットの歌を書き取る役目を引き受けたこと、さらにこのとき、おそらく言語学者もまた一五世紀はじめ、インドで前世を過ごしていたという意味なのか、ミウーサなる名前までもらった顚末も、今ではかなり知られているだろう。フルールノワの方もまた、ソシュールからの多くの手紙を『インドから火星まで』で存分に活用していくが、言語学者の重要な指摘の一つは、決してサンスクリットであるとはいえないこの言語が、サンスクリットに含まれないfの子音を含まない——つまりサンスクリットでないものでもない——という点であった（IM, 280）。同様にアンリも火星語のなかにfの字がきわめて少ないことを指摘しながら、それはフランス語

（français）という単語そのものの最初の子音であることによってきわめてフランス語的なものと感じられるこの子音を排除し、フランス語ならざる言語を語ろうとする霊媒の（無意識の）意志によるものと解釈している。[22] いったい何が起きているのだろうか。

　言語に問いかけ、それが原初において、あるいは本来の姿においてどのようなものだったかを知ろうとすると、与えられるのは常に否定的な答えである。フランス語から逃れようとするエレーヌはfを消去しつつフランス語の文法構造で語ってしまう。サンスクリットに近づこうとするエレーヌがfを排除しても、そのことでサンスクリットが啓示されはしない。それが何でないかはいえても何であるかはいえないものとしての言語の前で、心理学者や言語学者だけでなく、霊媒もまたとまどっている。やがてソシュールが、いわば言語それ自体の無意識をいかに扱えばよいかという問いに答えを出したとき、二〇世紀的な言語学ははじまるだろう。だがここで、言語の一般的＝無意識的なレベルより、その特異性のレベルに魅せられているソシュールもまたいるのだ。フルールノワがエレーヌのものか自分のものかわからない小説を語り、アンリがエレーヌのものか自分のものかわからない言葉の結びつきを作り出すように、ソシュールもまたある瞬間、エレーヌのものか自分のものかわからない不思議な言語を語ってしまう。エレーヌのサンスクリットにはfがないと告げるその手紙は、すでに『インドから火星まで』の校正刷りが組み上がりつつあった最後の瞬間になってフルールノワに届いたもので、彼は同僚からのメッセージを急いで原稿に組みこむことになるのだが、その冒頭でソシュールは実に奇妙な提案をする（IM, 279）。

1.

Soient supposés prononcés, dans une scène romaine, les mots suivants,

Meâte domina mea sorôre forinda inde deo inde sîni godio deo primo nomine ... obera mine ... loca suave tibi ofisio et ogurio ... et olo romano sua dinata perano die nono colo desimo ...., ridêre parêre ... nove ...

Voici probablement les remarques que suggérerait ce spécimen de „latinité":
— je n'ai pas besoin de dire que le texte est calculé de manière à ce que toutes les remarques s'appliquent aux productions „sanscrites" de

図 32　ソシュールがフルールノワに書き送った偽のラテン語（オリヴィエ・フルールノワ『テオドールとレオポルド』［1986 年］より）

サンスクリットであると同時にサンスクリットではないエレーヌの言語がどんなものか、大方の読者には実感できないであろうから、これに相当するものをラテン語で創作してみたとソシュールはいう。ラテン語ではないが、ラテン語以外の言語であるといわしめるものを何ももたない偽のラテン語を、言語学者は数行に渡って書きつけるのだが（Meâte domina mea sorôre forinda inde deo inde sîni godio deo primo nomine...）（**図 32**）、ここにはおそらく、読み取ろうとしても読み取れないのに、読み取ろうとしないと読み取れてしまうものに、悩まされつつも常に魅了されずにはいないソシュール、数年後にはアナグラム研究の情熱に捉えられてしまうソシュールがいる。普遍性／必然性でも個別性／偶然性でもない論理を見出すことが、ソシュールをソシュールにするのではあるが、やはり彼はこのとき、エレーヌとのあいだで作動してしまっている逆説的な装置を、意識化できないままに生きていたに違いない。

言語の二〇世紀的な錯乱のあり方全体が、ここですでに予感されているのだともいえる。科学と文学が切り離され、真理を語ることのできる言語の回復を文学が夢見た時代としての一九世紀において、錯乱した言語はその一致を今ここで達成してしまう幻想の形を取る。それが言語のあるべき姿を問うマラルメとは異なって、フランス語が今ある姿のままで自らの起源であることを証明してしまう、アンチ＝マラルメとしてのジャン＝ピエール・ブリッセであった。だがこののち言語はむしろ、別の言語へと向けた逃走になっていくだろう。それが母の言語を母語以外の言語へと解体し続けるルイス・ウルフソンの作業である。[23]それはおそらく、真理をいうための言語自体が一つの幻想のような何かであると人々が感づいてしまい、言語から逃げ続けるしか真実を語るすべのない時代がはじまっているからである。エレーヌの言語はこのとき、科学もまたもはや宙吊りの知であることを受け入れるしかないと宣言し、かつこれ以後文学がそれであることを運命づけられる、絶対的な特異性の場を開くのである。

8　さよなら、さよなら、さよなら

霊媒と心理学者が数年間のあいだ生きることに成功していたように見える相互分析的な関係は、

しかしどちらもそれを意識化できないでいる以上、断ち切られてしまったときには双方に、処理できないままの症状を残すことになるだろう。とはいえフルールノワにとってなら、一九世紀的科学の客観性に立ち戻ることはもはや考えられないとしても、霊媒と自分との関係を未解決の学問的問題として先延ばしにする選択は与えられている。一〇年ほどのちに刊行された『霊と霊媒』[24]はたしかに大著だが、大部分はそれまでこの主題について発表してきた文章を集めたものであり、むしろそれ以上考えることを諦めてしまった一つの問題について、思索の残骸をまとめた墓標のような性格のものだった。だが他方の霊媒がこの中断を、より深刻な形で被ってしまうことは予想できるところであろう。

フルールノワ（＝科学）との交渉を絶ったエレーヌは、徐々に心霊主義サークルをも疎ましく思うようになり、宗教画制作に情熱を向け変えていく。この過程は、まずはその後も霊媒との関係を保っていたルメートルによって報告され、ついでとりわけ霊媒の死後、ヴァルデマール・デオナの大著によって詳細に跡づけられる。[25]一九〇〇年の夏、すでにキリストの幻視を体験していたエレーヌは、油彩の技法の習得に努め、「描きたまえ」というレオポルドの声に従って、一九〇三年以降、一枚に数カ月をかけるゆったりとしたペースながら、マリア像や自らの守護天使の姿（**図33**）を描いていくだろう。霊媒を信じる限りそれは霊的な力によって描かされたものであり、少しずつやって来るヴィジョンを待っては完成されていくのであって、彼女はそれを「交霊会 séance」として捉える。だが霊媒はやがてレオポルドの予言した「魂の伴侶 l'âme sœur」と出会うものの、その「友」が一九一五年に亡くなったのちは、絵を描くことからさえ遠ざかり、レオポルドから指導霊の立場を徐々に奪っていった「魂の伴侶」の霊との双数的な、かつナルシシックな幻視のなかに閉じこもっていく。すでに絵画制作も、たいていは他者のいない場所でなされるという意味で、本来の霊媒行為より孤独なものであるのは当然だが、「現れ」を他者の目に示すことをすら、ついに彼女は断念してしまうのである。

これらの宗教画には、心理学者とのあいだに成り立っていた相互的な連接関係の終わりがはっきりと読み取れる。火星の風景や動植物の水彩画は見えたものを心理学者に伝えるための「説明図」だったが、宗教画は端的に「絵（＝作品）」である。前者には当然自画像は登場しないが、後者には守護天使とともにある自己像が含まれ、マリア像なども自画像としての性格が強い。いわゆる「アウトサイダー・アート」のかなりの部分は、言語記号や絵画記号からの逃走であるという意味で、本質的に二〇世紀的な「芸術」と考えられる[26]が、その多くが自らの執着の対象を際限もなく反復していくのであり、

図33　エレーヌ・スミス《エレーヌと彼女の守護天使》（ヴァルデマール・デオナ『火星から聖なる地まで』［1932年］より）

「芸術家」の自己像に関心を持たない。それに比べると、しばしば同じカテゴリーに入れられるエレーヌの宗教画は、ありうべき自己を希求する孤独な神経症者に属するイメージであると評価せざるをえないだろう。エレーヌはかつて、アスタネーの従えている一つ目の生物（別図3）や、粗末な服装をした妙に横長の顔の超火星人（別図4）を心理学者たちに「現実」として差し出した。いまや私たちは、彼女の自画像が彼女自身の「真実」だと断言されるのをただ黙認するよりほかにない。エレーヌが火星人に別れを告げるとき、かつてフルールノワやソシュールを魅了した、誰の真実かを決めるすべのない現れの不思議さは失われており、これが私の真実だという孤独な断言が存在するのみである。

だがあるいはこの別れは、はじめからプログラムされたものだったかもしれない。火星人はエレーヌの無意識なのであり、意識と無意識がどこまでも共約不可能である以上、私たちは（エレーヌ自身も）いつまでも火星人とともにとどまることはできない。彼らはいつでも帰っ﹅て﹅い﹅く﹅のだ。交霊会で「火星もの」が演じられるたびに、「さよならMirâ」という言葉が口にされることになるのは当然であった。この語を三度繰り返すのが火星風の別れの挨拶であるらしく、文字どおり「さよなら、さよなら、さよなら」と繰り返されることもあれば、「三度さよなら」と表現されることもあるが、フルールノワはそれを火星語の「詩的文体」の一例と評価している（IM, 220）。さらにこれは、それまでエレーヌの発音を聞き取って記録するしかなかった火星語を、霊媒がはじめて火星の文字で書きしるしたとき（一八九七年八月二二日）、アスタネーやエスナールの名とともに、文字として書きつけられた最初の単語であった。同様にまた、固有名詞を別にするならば、翻訳を経ずに理解されえた、つまりは真に直接使われることのできた唯一の語でもある。一八九七年六月の交霊会でエスナールは、地球での自分の母親ミルベル夫人のいる席で、今しがた自分が話した火星語をフランス語に訳す作業の最後に、おそらく感極まってつけ加えずにはいられない。「mirâ modé itatinée mirâ mirâ mirâ（さよなら愛しい母さん、さよなら、さよなら、さよなら）」（MI, 192）。——これは事前に発音されたフレーズを訳すのでなく、火星語がリアルタイムで発音され、かつ理解され記録された、ほとんどただ一度の機会だった。私たちと火星人とは、つまり意識と無意識とは直接語りあうための言葉をもたないが、互いの共約不可能な存在を確認したのちにふたたび互いを見失う、その瞬間の目配せだけを共有できるのかもしれない。しかしこの不安定な関係を、この繰り返される別れを受け入れ、別れの言葉のなかでのみ互いを承認することが、霊媒と心理学者との、そしておそらくは「無意識」と私たちとの契約だった。この契約のさまざまな可能性を前にして、フルールノワとエレーヌ・スミスは踏み迷い、翻弄され、やがて予定されていたかのように互いを見失うのである。

文学と科学が、絶対的な真実と相対的な現実が、なんらかのヴィジョンのなかで弁証法的に統合されうるだろうという一九世紀の夢を、ドゥフォントネーやクロやブランキは、そこに踏破すべき隔たりなどないかのように振る舞うことで無効にしたのだったが、今その同じ隔たりは、絶対的真実と相対的現実とを自らの居場所として選んだ二つの精神が、これこそ最後の試みであると覚悟したかのように手を差しのべあうことで、ある意味ではじめて本当に踏破され、そののち絶対性と相対性の布置が書き換えられるとともに、最終的に意味を失う。エレーヌとフルールノワは、一九世紀という夢の終わりを生きたのであった。力動精神医学史のなかで、つまり無意識についての学説史のなかで、さほど大きな位置を占めているとはいえないテオドール・フルールノワは、しかしいわば無意識とのつきあい方の歴史のなかで、決定的な転回点をしるしづける。この転回ののち、科学も文学も、「あなた」の無意識に巻きこまれながら、それとつきあうさまざまな方法を発明し続けていくよう運命づけられることになるだろう。精神分析や言語学や文化人類学とともに、あるいはシュルレアリスムや「アウトサイダー・アート」とともに開かれる、人文科学と記号的実践の二〇世紀とは、一人の心理学者と一人の霊媒が見た夢が臨界点に達して崩壊したときに飛び散った、消すことのできない別れの言葉の数限りないきらめきである。

終章　別の夢を見るために

1　夢の終わるとき

エレーヌ・スミスの夢は直接にデュマの小説を一つの起源とするものだったが、これは単なるエピソードより以上の事実に違いない。彼女とフルールノワとの邂逅は、近代における無意識と知のつきあいの歴史が、そもそも文学の傍らに源をもつものであったことを思い起こさせてくれる。一九世紀末に活発化した超常現象研究から、ヴィクトル・ユゴーによるテーブル・ターニングなどを介して、イギリスのロマン主義にまでさかのぼることのできる一つの系譜が存在することは、よく知られているだろう。フルールノワはフレデリック・マイヤーズの主導する超心理学的研究が前提する原理に対し、決して全面的に賛同したわけではないし[1]、ウィリアム・ジェイムズの思想には深い敬意を捧げていたにしても、狭義での心霊研究に自ら乗り出すことはなかった。だが心理現象をその超常的な可能性を含めて検討する、いわばオールタナティヴな心理学の系譜に連なる仕事を多く残したことは事実であり、彼が一九世紀はじめから続いてきた、こうした一連の試みの末端に位置するのは間違いない。とはいえエレーヌ・スミスとフルールノワの出会いと別れとは、この系譜上の欠くべからざる環の一つというよりも、この系譜を成立せしめた歴史的必然性が脱臼してしまう臨界点をしるしづけていた。もはや科学の差し出す客観的な知は、「私」の意識に現れる出来事に対し、その現実性を保証することはできない。フルールノワは自らの夢とエレーヌの夢の境界を見失ってしまうのであり、このとき科学と文学の調停を可能にしてくれるはずの、宗教的なものとは異なった新たな絶対性を夢見ることが、まさに夢でしかなかったことが暴露されるのである。ではこの一九世紀ヨーロッパの見た夢は、歴史的にいかなる位置づけをもつのだろうか。そしてその夢と対立するクロやブランキの別の夢は、私たちに何を語りかけているといえるだろうか。総括をするにあたり、ここからはやや思想史的な語り方をしてみよう。

一九世紀の欧米における心理学の成立史を追いながら、エドワード・S・リードは世紀初頭の状況を、「伝統的形而上学」と「流体唯物論」の対立として描き出した[2]。用語自体を含めてこの図式はリード独自の整理なので、いささか取扱いに注意を要する部分もあるが、ともかく非常に明快なものだ。カントとトマス・リードに端を発する「伝統的形而上学」とは心身二元論の発想であり、そうであるがために（逆説的といえば逆説的に）宗教や哲学の領域と科学の領域を分割しながら両立せしめ、両分野の妥協的共存を可能にする。この系譜の延長上に実証主義的心理学が生まれ、世紀の終わりまでにはヴィルヘルム・ヴントの主導によって「新心理学」が形成されることになる。これに対し「流体唯物論」と呼ばれているのはエラズマス・ダーウィンを起点とする系譜であって、物質が「心」を作り出しうると考える態度であり、両者の関係を一元的に理解する可能性を放棄すまいとする選択である。私たちが用いてきた言葉に翻訳するなら、「心」とは量化して捉えられない絶対性の領域であり、「身体」は相対性の領域に属するといえるが、すると「伝統的形而上学」とは絶対と相対をそれぞれ独立した二つの領域に割り振ったうえでその関係を定義しようとする二元論的調停であり、反対に「流体唯物論」とは絶対と相対との一元論的調停であると表現できるだろう。だが重要なのは、決して十全な科学上の系譜を形成することのなかった後者が、エラズマス・ダーウィンからロマン主義者たちへ、とりわけパーシー・シェリーやメアリー・シェリーへと継承されていったという点である。もちろんこの図式には、要するに「伝統的形而上学」とは「合理主義」の、「流体唯物論」とは「ロマン主義」の別名であると単純化できてしまう側面もあるのだが、この両陣営が啓蒙と反動という単純な二極化によっては割り切れないことを意識させてくれる点にこそ、価値をもつ図式だと考えておこう。そのうえでエレーヌ・スミスとフルールノワの位置を測定しなおすことが必要である。

リードによるならば、『フランケンシュタイン』はエラズマス・ダーウィンの思想の文学的表現なのであり、だとすると「流体唯物論」こそが「空想科学小説」を生み出したことにもなる[3]のだが、ここでいったん可能になった文学と科学の（再）結合の可能性は、すでに一八三〇年代後半には失われたとされている。とりわけ一八四八年以後の世界では、実証主義的科学の進展を背景に、それに対するオールタナティヴとして、ジェイムズ・ブレイドによる催眠術の開発、科学的世界観としての心霊主義の普及、マイヤーズやジェイムズの超心理学、等々が展開したというのがリードの主張であった。この見取り図に、序章以来参照してきたポール・ベニシューがフランスのロマン主義について見出していた、もう一つの図式を重ねあわせることも可能だろう。ベニシューもまた一八三〇年を決定的な日付として捉え、革命を導いた啓蒙的合理主義を体現する「哲学者（フィロソフ）」と、世俗化された世界においてかつての宗教的預言者の位置を継承しようとする「詩人」とを、すなわち相対性の世界に乗り出していくことを恐れない進歩の立場と絶対性への回帰を願う姿勢とを、矛盾をはらんだままに統一した形象としての「詩人＝思想家」が、この時点において成立したと考えていた。そしてその後の一九世紀フランス文学史とは、この形象のはらんでいた矛盾が多様な形で顕在化する過程となるだろう。その意味で「流体唯物論」者と「詩人＝思想家」とはパラレルな存在だといえる。

一九世紀のある時点（一八四八年ごろ？）までは、絶対性の基準が失われ、相対性のなかに投げこまれた一つの世界においても、一方にこの絶対性に関する問いを括弧に入れ、先延ばしにすることで（当面は）回避しようとする選択――これが近代科学を成立せしめた選択であった――の可能性があるとともに、他方ではその問いをあくまで回避せずに思考しようと努力する可能性もあった。だが一九世紀を通じて次第に自然科学の優位が決定的になるにつれ、絶対性と相対性を結びつけようとする報われることのない努力は、利用可能な絶対性の領域を徐々に狭められていき、ついには「私」のなかにこそ絶対を見出そうとする、現代文学の試みにまで導かれていく。だから心霊現象研究はこの状況下でなお絶対と相対を結びつけようとする人々にとって、いわば一発大逆転のチャンスと見えたに違いない。ましてエレーヌとフルールノワのタンデムは、ある時点においてこの願いを、いわばほとんど実現してしまうのだった。

二人のあいだにあったのは、霊の存在を証明したい科学者と、それに加担することを決意した霊媒の関係ではない。フルールノワが望むのは、霊媒自身の真実を、その直接性を保持したままで自然科学的に表現することであり、エレーヌ・スミスが望んだのも、自らの真実をいささかも傷つけることなしに、自然科学という間接性の視線によって承認されることであった。エレーヌはフルールノワに自らの真実を語り、ここにあなたの求める現実があるという。フルールノワはそれに対し、あなたの真実が今ここで私に現実とは見えないとしても、それらはいつの日か重なりあうかもしれないと語る。だがその語らいはやがて、書物という客観的な形を取ったとき、真実と現実との距離はついに埋められることはないという結末をさらけ出してしまう。地平線の彼方に消えかかっていた絶対と相対との和解という夢は、それが遠い未来においてではなく、現に今可能になっていると（ほとんど）信じこむことのできる理想的な担い手を一度は見つけ、そしてその担い手たちが互いに承認を与えあうことを断念したとき、決定的な終焉を迎えたのである。

2 「人間」の夢、異星人の夢

一九世紀後半とはだから、科学（相対性）の覇権が確立していくなかで、それとは無関係な場所に絶対性を再建しようとする態度と、両者を調停しようとする努力とが、いまだ同時並行的に機能していた最後の時期であり、そしてまたこれらの希望が決定的に力を失っていく時期でもあった。とりわけ宿命的に挫折へと運命づけられていた（と今の私たちには見える）後者の希望を、この時期のフランスで誰よりも明確に体現していたのがカミーユ・フラマリオンである。たしかに相対性を受け入れまいとする人々の抵抗は、この時期においても依然として根強いものであり続けた。進化に目的などないと告げているはずのダーウィン理論が受容されるプロセスで、人々の発想にスペンサー的な目的論が（つまり絶対性の幻影が）密輸入され、いつのまにか蔓延してしまうといった事態はその典型的な表現である。文学の側についても、ある時期までのヴェルヌや自然主義の重要な一部分は、科学的な発見に人間的意味を贈与する希望を抱き続けていたのだった。それでもフラマリオンのときに滑稽と形容せざるをえない努力の一貫性は、やはりひときわ英雄的なものに見える。フラマリオンとはいわば、一八三〇年代における「詩人＝思想家」の理想が世紀末にまで見続けようとした道化であり、啓蒙思想家と預言者の調停という夢をあくで生き延びるために選んだ、最後のカリカチュアであった。

だからそのフラマリオンが世紀の終わりになって、自らの小説の登場人物に、現在流行している文学（自然主義や象徴主義の文学）よりもラマルティーヌやシャトーブリアン、ミュッセやユゴーの世代にこそ共感すると語らせることになるのも、非常に自然ななりゆきだろう。[4] またそうであればこそ、彼は私たちにとって重要な舞台まわしの役割を演じてくれた。事実ここで取り上げてきた四人（あるいは五人）の人物すべてになんらかの接点をもつ、おそらく唯一の人間はフラマリオンである。彼はほかの天体を扱った文学の歴史を跡づけるなかで『スター』に言及するが（ただしドゥフォントネーの名前は失念しつつ）、リュリエル星系の構造は天文学的にありえないと指摘することしかできない。ユートピア的な想像力とは一線を画し、科学を取りこんでいるにもかかわらず失語症に陥ることもないこの著者の異星人表象は、完全に無視するしかなかった。クロの火星交信計画には大いに興味を示すが、それがはるかな土地に地球人の友人を見出すのでなく、私たち自身をはるかな土地で再生産する夢であることには気づかず、ブランキの多世界論を正当に批判するが、異星人に関する同時代の問いを裏返す思弁の可能性には思いいたるはずもない。のちにエレーヌ・スミスはフラマリオンの書物から火星表象のヒントをうることになるが、そこから科学的な本当らしさの問題は、まるごと抜け落ちることになるだろう。要するに一九世紀の夢を体現するものとしてのフラマリオンが、これらの精神のなかで見落とさざるをえないものとは、積極的に規定できる何かである以上に一つの不在、異星人という「問い」の不在なのである。そして一九世紀の夢に殉じた道化としてのフラマリオンがついに思いいたることのないこの不在とは、まさに「人間」についての問いの不在といい換えることができるのではなかろうか。

　この数十年間にわたって私たちが一九世紀の知を思考しようとするとき参照することを義務づけられてきた、『言葉と物』の図式をここに重ねることもできる。すなわち一八世紀末から一九世紀のはじめごろ、古典主義的なエピステーメーの解体とともに、透明な表象の体系を通じて世界を捉える力をもはやもたない、しかもそれ自身が一つの謎であるような存在、知の主体でありかつ客体でもあるものとしての「人間」が登場するという物語である。この意味での「人間」とは、経験的＝超越論的二重体をなすというミシェル・フーコーの定式を、ここで用いてきた語彙でいい換えるなら、絶対的な基盤を失った思考に形を与えるために、相対的な存在であるにもかかわらず、絶対的な視点でもありうるようなものとして強引にも要請された表象こそが「人間」なのだといえるだろう。異星人について「彼らは何ものか」という問いを問うとは、必然的に「私たちは何ものか」を問うことなのだが、もし「彼ら」もまた「私たち」と同じ「人間」であると考えられる日が来るなら、そのときこそ「人間」は完成するのであり、その十全な現実性は保証され、真実は現実と一致し、自己としての私と科学的な対象としての私は重なりあい、即自と対自とは止揚され、一九世紀という夢は完成されるだろう。「人間」とは一九世紀の夢そのものである。それが決して現実化することはなかったと、今の私たちにはわかっているが、この夢に誰よりも深く捕らえられていたフラマリオンが、ドゥフォントネーやクロやブランキにおける「人間」という問いの不在に気づくことができなかったのは、あまりにも当然の結末であった。

おそらくこの「人間」の形象の周囲に、さらにいくつかの図式を呼び出すことができる。一八世紀までの文学的な営み、すなわち「文芸 belles-lettres」に、一九世紀に成立したものとしての「文学 littérature」を対置するジャック・ランシールの議論を思い出してみよう。扱われる主題とそれに見合った書き方とが対応しあい、ジャンルやテーマのヒエラルキーが決定されていた「文芸」とは異なり、「文学」はあらゆる主題を同じ権利で扱うが、まさにそのせいで主題によって正当化されることができない。少なくとものちの時代から見る限り、絶対的な秩序のなかに位置を占める「文芸」に対し、「文学」は相対性のなかに投げ出されているといえるだろう。ただしランシエールの議論は、「文芸＝絶対性／文学＝相対性」という二分法に依拠するのではない。「文学」とはむしろ、不可能な絶対と安住を許さない相対のあいだで彷徨し、葛藤し続ける選択である（あらかじめ語るべきものが定められておらず、かつ何をどのように語ってもよいのなら、遅かれ早かれ何も語れないという結果に至り着いてしまうのは明らかだ）。ランシエールによる一九世紀文学の読解は、ランボーやマラルメでさえ、絶対を求めたのではなく、その不可能性を引き受けようとしたと考えるものだろう。[5] だが私たちがここまでたどってきたのは、絶対と相対の矛盾を乗り越える契機であることを期待されていた主題――「人間」――をめぐる問いなど、まるで端から存在しないかのように振る舞うことができ、しかもそのことによって袋小路に追いこまれもせずに夢を展開し続けてしまうことのできる、不思議にも鈍感な感性の驚異であった。この別の夢が、「文学」とモチベーションを共有しないことはいうまでもない。

アントワーヌ・コンパニョンが「モダン／アンチ・モダン」という表現で要約する問題もまた、絶対／相対の問題と重なりあっていた。そこでは絶対性を求める選択が「モダン」、絶対性を求める意識をもちつつそんなことは不可能だと知っている態度が「アンチ・モダン」と呼ばれる。私たちの視点からすると、「モダン」と「アンチ・モダン」の差異はさほどの意味をもつものではないが、後者は近代の宿命としての「経験的＝超越論的二重体」に対する意識（あるいは自意識）であると考えることも不可能ではない。そしてランシエールのいう「文学」やコンパニョンの批判する「モダン」が、新たな絶対性を手にするための、あるいは少なくとも絶対性と直接のやり取りを続けるための方法を見出そうとしたのとは反対に、相対的なものに従属することの受け入れが科学小説を、対立の解消を現在とは切り離された未来に投影する態度がユートピア思想を生み出したということができる。すると「文学」とは、あるいは「モダニズム」とは、一九世紀に生み出された有限性である「人間」が、超越論的なものとしての自己を果てしなく追い求めていく「前方への逃走」であり、科学小説やユートピアもまた、経験的かつ超越論的であることの矛盾を未来において解消しようとする、むなしい希望だったことになるだろう。これはもちろん「文学」に価値がないということではないが、近代的な文学に一種の偉大さが見出せるとすれば、あらかじめ失敗が運命づけられたプログラムへの無謀な挑戦であるからこその偉大さなのは事実であり、それはやはり私たちが抽出しようとした、未来のことなどおかまいなしに展開されてしまう、愚かな夢とはすれ違い続けるのである。

さらにもう一つ、近代における自然科学と社会的・文化的事象の関係を語るとなれば、ブルーノ・ラトゥールという名前も思い出される。(6) 事実ここでいう「人間」、一九世紀の夢であるとともにクロやブランキに奇妙にも欠如した「人間」の形象とは、ラトゥールによって批判的に描き出された近代を特徴づける形象そのものであるように見える。科学的解明の対象としての自然があくまでも人間から独立したものとして存在することを、近代というシステムは要求する。自然と人間(あるいは社会、あるいは文化)は、ここではまず切り離されたものとして提示されねばならず、実際にはたえず作り出されているハイブリッドな事象を隠蔽することによって、あるいはそれを(実はこのハイブリッドなものこそが純粋な自然や社会に先行するにもかかわらず)二次的なものとして周縁化することによって、このシステムは維持されてきた。そんなふうにラトゥールの議論を要約するならば、一九世紀ヨーロッパにおける宇宙人表象とは、近代の夢を体現するとともに、そのほころびを可視化する、特権的な表象だといえるかもしれない。ほかの天体に「人間」が存在するなら、それは(客体化された自然を支配するものとしての)「人間」の絶対的な勝利なのだが、それを思い描こうとする想像力は、価値ある表象を作り出そうとすれば既存の宗教的理想の投影に行き着き、科学に即して語ろうとすれば具体的な表象を描き出すことができなかった。宇宙人とは宿命的に、一つのハイブリッドでしかありえないのである。

だが私たちが（いわば裏側から）示唆しようとしたのは、自然と文化／社会のハイブリッドに意識的であらざるをえない状況がすでに一九世紀末には出来し、二〇世紀はそれへの対処を自らの課題としたかもしれないという可能性であった。異星人表象というきわめて特殊なテーマから、どこまで大きな結論を導き出してよいかはわからないが、おそらく近代というプロジェクトのほころびは、一九世紀においてすでに意外な場所に意外な形で顕在化していたのであり、まして二〇世紀へと移行する時期に、一つの決定的な転換点を通過したのではなかろうか。科学というイデオロギーが二〇世紀をも席巻し続けたとする見方を否定できるわけではないが、人間が自ら操作できない出来事、自らを「超過」する出来事を二〇世紀は明確に主題化したのだし、自然を客体として扱う「人間」ではなく、人間的意識を超過した「他者」こそが二〇世紀の思想や文学を規定したというのもまた、むしろ常識的な解釈である。「私たちは決して近代的だったことなどない」と、文学や思想は百年以上繰り返してきたのではなかったか。

カントによって切り離された自我と非我、精神と自然の架橋ないし統合の試みこそがロマン主義なのだという（常套的な？）理解をとりあえず受け入れてみよう。この架橋と統合の試みこそが、かなうはずのない一九世紀の夢であったとすれば、「文芸」と対置される限りでの「文学」とは、この架橋の約束が、特別な状態でなら可能かもしれないと信じるための装置であり、精神あるいは自我の側から出発してその架橋を考えようとする選択がモダン、それがかなわぬ夢とわかってしまうことの衝撃に耐えるための訓練がアンチ・モダンであった。そしてこの架橋ないし統合の役割を担わされ、その任務が遂行不可能である以上、完全な輪郭をもつことのないままに解体していくことを運命づけられた（海辺の砂に描かれた横顔のような）形象こそが「人間」である。そして「異星人」とは、この宇宙には「人間」が実在するのだと、いわば瀬戸際での大逆転によって科学的に証明しようという、美しくも絶望的な夢の物語だったとするならば、こうした一九世紀的な異星人像の最終的な破綻と、それに代わって登場する他者としての異星人表象は、すでに近代というプロジェクトの不可能性を宣告していたともいえる。もちろん二〇世紀のSF小説が、総体としてこうした他者を差し出しているといえるわけではないだろう。だがこれ以後の文学的想像力が描き出していく他者表象は、精神分析や人類学が徐々に描き出していく他者像の双生児であるに違いない。

絶対的なものとしての「私」が相対的なものとしての「世界」と和解するための支えとなる客観的な基準が存在しえないことはもはや明白なのであるから、共約不可能な存在である「他者」に、あるいはそのような他者としての「私」自身に、「私」は問いかけるしかない。さまざまの二〇世紀的な人文科学がこの問いを問い続ける義務を負っていくわけだが、文学的にはその同じ問いが、バタイユやブランショやベケットによって問われていくというのが、私たちの慣れ親しんだ文学史の物語である。そしてこの絶対的な他者の形象に科学的な現実性を貸し与えようとする試みが、ウェルズとともにはじまり、ステープルドンなどを通過してスタニスワフ・レムへといたる、二〇世紀的な異星人表象を生み出していった。私たちは今、この他者表象の多様な可能性が踏破されたあとの世界で、いささか途方に暮れている。だからこそここで取り上げてきた人々の、「人間」の夢とは隔たった不可思議な夢は、進むべき方向を示す道標ではないにしろ、それでも別の道はありうるという、歴史的には孤立した、しかしたしかな保証なのである。

3　愚かな夢の方へ

だが不思議なことに、一九世紀から二〇世紀への転換期において、「人間」の現実性を告げ知らせるものとしての権利を奪われ、いったん別れを告げられた異星人表象は、二〇世紀後半以降の科学によって、新たなステイタスを与えられたようにも見える。地球外の知的生命体を見出そうとする試み（いわゆるＳＴＥＩ）を支える欲望が、どこまで一九世紀の延長上に位置するものなのか、あるいは生命はそれが発生しうる条件が整った場所では発生する可能性が高いという証拠が見つかったようなとき、思わずそれに注目してしまう人々の心理を支えているのが、どこまで「人間」を肯定したいという啓蒙主義的な欲望であるのか、判断することは難しい。あるいは結局ラトゥールの描くようなヴィジョンが正しくて、自然と人間を分離し、実際には増殖しているハイブリッドを隠蔽するという近代のプロジェクトは滞りなく遂行され続けているのであり、二〇世紀の思想が生み出した他者論などは、砂浜の横顔をすら消し去ることのできない、無力なさざ波だったのかもしれない。だが一方で、ほかの惑星に住むのが私たちに似た何かだと考えることができなくなり、火星の運河が幻想の産物だったことが確実になり、やがて第一次世界大戦の惨禍が、科学による進歩の理想を欺瞞だと考える世代を生み出したころ、後戻りのできない形で終わってしまったものがあったのも、やはり事実ではなかろうか。人々はとにかく一度、火星人にさよならをいったのであり、私たちは今、一九世紀が待ち望んだのとまったく同じ異星人を待ち望んではいないはずなのだ。ではどう考えるべきだろう。理解しえない他者を想像／創造することが二〇世紀の夢だったとして、その夢が袋小路に入りこんでしまったときに、古い夢が回帰してきたとでもいうのだろうか。だがこうしたさまざまな問いは、ここでは開いたままにしておくよりほかにない。

私たちの目的は、「人間」の時代から「他者」の時代へといった物語を語ることだったわけではない。ここでの試みはもっとささやかで、同時にもっと逆説的なものだった。変化したものを浮き上がらせる歴史家であろうとするのではなく、ある時代が終わることによってはじめて見えるようになる、その時代に属していなかったもの（時間錯誤的なもの）の様態と価値を見定めようと、私たちは試みた。それは「人間」という――絶対と相対の調停という――問いに挑んだ、英雄的な、あるいは滑稽な人々の努力ではなく、この問いの外へとなんらかの事情によって迷い出てしまったかのような人々の残したもののうえに、身を屈めてみることであった。

繰り返しいうが、ドゥフォントネーやクロやブランキが、「人間の終焉」をあらかじめ告げ知らせていた「預言者」だったのではない。歴史を越えた視線をもつ英雄など後世の捏造でしかありえないという、当たり前の事実は置いておこう。彼らが「人間」という問いを乗り越えていないのは、そもそもそれを問いとして認識していないからにすぎない。「人間」とは何かを問い、その果てに問いの不可能性までをも予感させてしまうといった英雄的な賭けは彼らとは無縁なのである。彼らはランボーやマルクスやフロイトの「偉大さ」を――不可能性の踏破としての偉大さを――もつことはない。「人間」の存在そのものを告発するという、真に「英雄的」と形容したくなるような仕事を自らに課した精神がもし存在したとすれば、たとえばそれはフーコーにとってニーチェやマラルメだったが、ドゥフォントネーとクロはいうまでもなくそれとは遠く隔たっているし、しばしばニーチェの永劫回帰と比較されてきたブランキの不気味な複数世界論も、実はそれほど「偉大」で「英雄的」な思考の生み出したものではなかった。仮にニーチェの思想が時代の課する問いそのものへの告発でありえたとして、ブランキは結局のところ、単なる科学的な発見（と彼の考えたもの）から論理的で単純な結論を引き出したにすぎない。エレーヌ・スミスとフルールノワのあいだで生じた出来事も、フロイトとその「主体=患者」とのあいだで生じたこととは根本的に異なっている。「主体=患者」とは文字どおりの経験的=超越論的二重体だが、この矛盾を解消する視点の不可能性そのものを原理として「治療」の可能性を考えるというフロイトの企ては、フルールノワには思いもよらないものだ。彼は目の前の人物の二重性を解決しようとしているのではなく、それに魅せられそれとつきあい続けるためのノウハウを記録したにすぎない。ここで論じてきたのは、いかなる意味でも問いに対して答える試みではなかったし、ましてや支配的な問いそのものの構造や根拠を暴こうとする身振りでもなかった。私たちは権力論を展開したのではなく、別の夢を見ることの可能性とその効能を推しはかろうとしたのである。

そう、ドゥフォントネーやクロやブランキは「抵抗」したのではない（ブランキのケースでさえ、その天体論は「抵抗」とは別の何かだと、私たちは考えた）。だがそれにもかかわらず、彼らが自らのなかで生じていたいわば一種の事故のようなものの結果に忠実であることによって、当然彼ら自身をも規定していたであろうパラダイムないし規範から逃れ去ってしまったという印象は残る。そこからなんらかの抵抗の戦略を抽出できるわけではないが、自らを捕らえている規範と交渉しようというのではなく、気がつけばすでに見てしまっていた夢のような何かを逆らうことなく延長するという行為が、時代の支配的な経験とは別の場所に導くことがあるという事実を、彼らは証明するのである。

もちろんこの夢はドゥフォントネーやクロやブランキやフルールノワを、その時代における勝利者にも英雄にもしない。のちに先駆者とみなされることがありえたとしても、彼ら自身にはあずかり知らぬことだろう。だが彼らは、ただふとしたはずみに（おそらく一種の愚かさによって）、自らの時代の夢から醒めてしまったのであり、その覚醒が同時に別の夢を見ることだったとしても、彼らの夢は時代の規範の認知できない、別の強い思考を作り出してしまったように見える。

だがこの強い思考とは何だろうか。

彼らが差し出すのはたしかに一種の「答え」に見えるが、彼らは自分がいかなる「問い」に答えてしまっているかを知らない。支配的な夢に対する別の夢は、一つの「対抗神話」として組織されるなら、それが過去へと向かうとき「イデオロギー」、未来へと向かうとき「ユートピア」と呼ばれる（それがカール・マンハイムの用語法である）。フーコーやランシエールは、あるいはベニシューやコンパニョンは、「イデオロギー」と「ユートピア」がそれほど隔たったものではなく、いまや逃れようのない「相対性」という宿命に対して抵抗する方法の異なったヴァージョンにすぎないことを示したともいえる。もちろんあらゆるユートピアがファシズムに導くという、いまだに力を保持している言説に対し、アバンスールやジェイムソンが苛立つのにも理由はあるが、どのような夢も組織されてしまえばまた別の拘束的な力になりうるという事実はやはり否定しがたいだろう。だが今一度繰り返すなら、私たちが考えようとしたのは権力の問題ではないし、あわよくば権力の問いに答えるためのヒントを手にしようと思っていたのでもない。だがこうして時代の夢と異なる夢を見てしまうものたちを追跡することで多少とも可視化されるのは、イデオロギーにもユートピアにも陥ることのない、別の強い思考を手に入れることの可能性である。それは反抗的な思考ではなく、むしろどことなく幸福な思考のようにさえ見えてしまう。幸福な思考などという表現が怪しげに見えるなら、それ以外の何かに支えられることを要求しない思考といい換えてもいい。もちろんその幸福な思考は当事者を、社会的な意味で幸福にはしない。それが幸福に見えること自体、歴史的な距離が生み出した私たちの（場合によってはこの文章を書いている私個人の）幻想にすぎないかもしれないとすら思う。それでもやはり、狂っているわけでも排除されているわけでもなく、だが同時代の座標軸から見失われてしまった状態で、しかもそれ自体以外の何かに寄り掛かる必要なしに屹立してしまっている強い思考は、私たちになんらかの希望を与えてくれるのではないか。思考は常に、自由である可能性をもつのである。

別の言い方をすれば、これらの人々はラトゥールの語る、自然と社会への二極分化という近代のプロジェクトを、端から存在しないかのように無視し、非＝近代を軽やかに生きてしまったようにも見える。彼らは本質主義的かつ形而上的な問いを（実践的に）無効化するが、「構築」されたものとしての人間的真実に拘泥することもない。しかもそれを可能にするのは、彼らの愚かな夢なのである。たしかに愚かさへといたる「方法」はない。だがドゥフォントネーが人間は神でありうるという理想に対してそうしたように、クロが人間は自らの身体を翻訳することで自己自身を完全に理解できるという思想に対してそうしたように、ブランキが宇宙は無数の私たち自身を含んでいるのであるから、ただ目の前の可能性に賭ければよいという決断に対してそうしたように、そしてフルールノワが自らの科学者としての視線は霊媒の夢と見分けのつかない場所にまで導かれることがあるかもしれないという希望に対してそうしたように、私たちはただ自らの夢を反復し、その反復のうちに到来するものに賭けることができる。

常にすでに見てしまっている夢を反復する可能性をもつ程度には、私たちはみな十分に愚かなのではないか。そしてその夢のもたらすものが何であるかをいえないという事実自体が愚かさの兆しだと信じることができるなら、何度でも彼らの身振りを反復することができるのではなかろうか。

「他者」を問うことは今も文学や思想の義務であり続けているし、この問いに答えることの困難さを私たちはなかば納得し、そこからおのおのの事情に見合ったなんらかのモラルを引き出している。それが誠実な選択だと認めないわけにはいかない。自らの時代の課する問いに、唯一の答えがあるかのように振る舞い、その答えを――つまりは自らの真実を――他者に押しつけることは暴力の定義ですらある。だがある夢が暴力的な悪夢に変わるのは、それが実現されるべきものと信じられてしまうときである。だが反対に、すでに実現されてしまったと信じられている愚かな夢は、思考に自由を与えることができるらしい。そこにこそ、ニーチェやマラルメやフロイトのように「偉大」ではない私たちの希望がある。思考は常に、幸福である可能性をもつのである。

だから「抵抗」という言葉の意味を少しだけ押し広げながら、恐れることなしに、夢を反復することもまた抵抗でありうるといおうではないか。自らの夢をただ反復するのみで、なぜそうするのか問われれば本人も答えられなかったであろうものたちの困惑したつぶやきに、耳を貸してみてほしい。いかなる系譜をなすこともないそれらのつぶやきは、私たち自身の愚かな夢が、あらかじめ定められた夢とすり替えられてしまいそうなとき、それでも抵抗の可能性は残されていると気づかせてくれる、ささやかで強靭な独白である。

註

第一章　絶対と相対のあいだ

（1）　Henri de Parville, *Un habitant de la planète Mars*, J. Hetzel, 1865.

（2）　Camille Flammarion, *La Pluralité des mondes habités*, Mallet-Bachelier, 1862.

（3）　カント「天界の一般自然史と理論」宮武昭訳、『カント全集２　前批判期論集Ⅱ』、岩波書店、二〇〇〇年、一五三―一六九ページ。

（4）　ベルナール・ル・ボヴィエ・ド・フォントネル『世界の複数性についての対話』赤木昭三訳、工作舎、一九九二年。

（5）　ポール・ベニシュー『作家の聖別――フランス・ロマン主義１』片岡大右・原大地・辻川慶子・古城毅

訳、水声社、二〇一五年、五一七ページ。ここでは「Poète-Penseur」を「詩人＝思想家」と訳したが、訳書では〈思索者たる詩人〉となっている。

（6）Paul Bénichou, *Le Temps des prophètes*, Gallimard, 1977, p. 223-226.

（7）アントワーヌ・コンパニョン『アンチモダン――反近代の精神史』松澤和宏監訳、名古屋大学出版会、二〇一二年。

（8）ウィリアム・マルクス『文学との訣別――近代文学はいかにして死んだのか』塚本昌則訳、水声社、二〇一九年。

（9）Jacques Rancière, *La Parole muette. Essai sur la contradiction de la littérature*, Hachette, 1998.

（10）マイケル・J・クロウ『地球外生命論争　1750-1900』鼓澄治・山本啓二・吉田修訳、工作舎、二〇〇一年。なおこの章では、断っていない場合でもこの網羅的な研究書の情報を参照している箇所がある。

（11）同書、一九―二〇ページ。

（12）著者の死後に出版された『自然の調和』（一八一五年）を考えているが、やはりクロウの本に手際よい紹介がある（三二四―三二六ページ）。

（13）同書、三二一―三二二ページ。

（14）Michel Nathan, *Le Ciel des fouriéristes. Habitants des étoiles et réincarnations de l'âme*, Presses Universitaires de Lyon, 1981.

（15）Lucian Boia, *L'Exploration imaginaire de l'espace*, Éditions La Découverte, 1987.

（16）*Ibid.*, p. 32.

（17）ボイアも近代的な意味での「ロケット」を最初に登場させた小説はエローのものであるとしている。*Ibid.*, p. 116.

（18）ジュール・ヴェルヌ『月世界へ行く』江口清訳、創元SF文庫、一九六四年、二四三―二五四ページ。

（19）Camille Flammarion, *Les Mondes imaginaires et les mondes réels*, Didier et Cie, 1865, p. 572.

（20） Serge Lehman, « La Physique des métaphores », *Europe*, nº 870, 2001, p. 49. またレマンのこの文章を援用しつつ、フランスのSF文学について非常に明確なパースペクティヴを提示している論文として、次の文章を挙げておく。新島進「フランス未来予想小説とSF」、『文学』第八巻第四号、二〇〇七年七／八月号（特集「SF」）、九四―一〇六ページ。

（21） ダルコ・スーヴィン『SFの変容――ある文学ジャンルの詩学と歴史』大橋洋一訳、国文社、一九九一年。「外挿法」の定義は六八ページ以下、ヴェルヌについての評価は二三九ページを参照。

（22） Pierre de Sélènes, *Un monde inconnu : deux ans sur la lune*, Ernest Flammarion, 1896.

（23） ヴェルヌ、前掲書、二四八ページ。

（24） André Laurie, *Les Exilés de la terre. I. Le Nain de Radamèh. II. Les Naufragés de l'espace*, J Hetzel, 1888.

（25） Guy de Maupassant, « L'Homme de Mars », *Contes et nouvelles*, II, Gallimard (« Bibliothèque de la Pléiade »), 1979, p. 1003-1010.

（26） 石橋正孝『〈驚異の旅〉または出版をめぐる冒険――ジュール・ヴェルヌとピエール＝ジュール・エッツェル』、左右社、二〇一三年、三一五ページ。

（27） Jean de La Hire, *La Roue fulgurante*, Ombres (« Les Classiques de l'utopie et de la science-fiction »), 1998.

（28） Gustave Le Rouge, *Le Prisonnier de la planète Mars / La Guerre des vampires*, Jérôme Martineau, 1966.

第二章　C＝I・ドゥフォントネー

（1） Charlemagne-Ischir Defontenay, *Star ou ψ de Cassiopée*, Ledoyen, 1854. Réédition: Denoël (coll. « Présence du future »), 1972. C・I・ドフォントネー『カシオペアのΨ』秋山和夫訳、国書刊行会（「世界幻想文学大系」第二〇巻）、一九七九年。ダルコ・スーヴィンなどの高い評価（後述）によってSF小説の古典という位置を確立したがために可能となった翻訳であろうが、このテクストが日本語に訳されているというのは驚くべきことというほかにない。

(2) Alexandre Cathelineau, *Voyage à la lune d'après un manuscrit authentique projeté d'un volcan lunaire*, Librairie Achille Faure, 1865.

(3) ドフォントネー『スター』、前掲書、六七ページ。

(4) このときの紹介文は、のちに『棒・数字・文字』(宮川明子訳、月曜社、二〇一二年、二四〇—二四八ページ)に収録された。

(5) 突きとめられた情報は次の二つの記事で報告されており、『スター』再版にマルシャンが寄せた序文でも紹介されている。Jean-José Marchand, « Sur les traces de Defontenay », *La Quinzaine littéraire*, n° 100, août 1970, p. 20 et p. 22; « L'Insolite Defontenay », *La Quinzaine littéraire*, n° 138, avril 1972, p. 11-12.

(6) スーヴィン、前掲書、二二一ページ。

(7) Charlemagne-Ischir Defontenay, *Études dramatiques*, Ledoyen, 1854.

(8) Dr. Cid, *L'Essai de calliplastie*, Moquet, 1846. 2e édition : *Le Trésor de la beauté*, 1848.

(9) Jacques Pinset, Yvonne Deslandres, *Hisoire des soins de beauté*, PUF (coll. « Que sais-je ? »), 1960, p. 97.

(10) ジョルジュ・ヴィガレロ『美人の歴史』後平澪子訳、藤原書店、二〇一二年、二一〇ページ。

(11) Brian Juden, *Traditions orphiques et tendances mystiques dans le romantisme français, 1800-1855*, Slatkine, 1984 (1ère édition : 1971), p. 531.

(12) Raymond Trousson, *Le Thème de Prométhée dans la littérature européenne*, 2ème édition, Droz, 1976, p. 379.

(13) Charlemagne-Ischir Defontenay, *Études dramatiques*, *op. cit.*, p. 238.

(14) Camille Flammarion, *Les Mondes imaginaires et les mondes réels*, *op. cit.*, p. 562.

(15) 隕石に関する当時の見方については、次の書物などを参照した。Jean-Paul Poirier, *Ces pierres qui tombent du ciel*, Le Pommier-Fayard, 1999.

(16) Alfred Driou, *Aventures d'un aéronaute parisien dans les mondes inconnus, à travers les soleils, les étoiles, les*

planètes, leurs satellites et les comètes, Barbou Frères, 1856.

（17）ドフォントネー『スター』、前掲書、一一二ページ。ただし訳文はいくらか変更した。

（18）分子間引力と表面張力に関する詳細な議論に立ち入る余裕はないが、とりあえず次の一節などを念頭に置いている。Pierre Simon de Laplace, *Exposition du système du monde*, Fayard, 1984, p. 438-449.

（19）ドフォントネー『スター』、前掲書、六九ページ。

（20）同書、八五ページ。

（21）Jean-José Marchand, « L'Insolite Defontenay », article cité, p. 12.

（22）ドフォントネー『スター』、前掲書、九二ページ。

（23）Yvette Conry, *L'Introduction du darwinisme en France au XIXe siècle*, Vrin, 1974, p. 337-339.

（24）ドフォントネー『スター』、前掲書、五五ページ。

（25）同書、六七ページ。

（26）階層秩序のなかに位置づけられない特異な異星人表象が、同時代にまったく存在しなかったわけではない。たとえば一八三五年にニューヨークの日刊紙『サン』に掲載された、異星人に関する論争を揶揄しようとするR・A・ロックの記事を考えてみるとよい。高性能の望遠鏡によって月の動植物や、平均身長四フィートでオランウータンに似ており、肩から足にかけて背中の側に羽の生えた「人類」が観察されたという記事であり、ほとんどの読者が現実のことと信じたらしい（クロウ、前掲書、三六九―三七八ページ）。もちろん置かれる文脈によってはこれもなんらかの階層秩序に属するイメージとして理解されえたのだろうが、ここではそれは単に事実として報告されるのみで、いわば無償のイメージとして読者の前に投げ出されている。また基本的には自然神学的かつ（擬似）変移説的な想像力に沿ったボワタールの異星人のなかでも、一九世紀初頭に発見されて間もなかった火星／木星間の小惑星帯で最大の「小惑星」パラスの住人は、レンズを通さない限り肉眼では見えない透明な身体をもち、雌雄同体で、細胞分裂のようなやり方で増殖するなど、スターの衛星の住人を思わせなくもない。前者の例はパロディ、後者の例は太陽系の秩序のなかの例外的な場所であり、ドゥフォントネーの想像力は、このように本当らしさを重んじて思考することの義務からふと解放されたような瞬間にだけ思いつくはずのものを、小説全編にわたって展開しているといえるのかもしれない。

（27）Jean-Jacques Courtine, Claudine Haroche, *Histoire des visages*, Payot, 1994 (1ère édition : 1988), p. 132-133.

（28）Louis-Joseph-Marie Robert, *Essai sur la mégalanthropogénésie ou l'art de faire des enfants d'esprit, qui deviennent de grands-hommes*, Debray / A. Bailleul, 1801.

（29）Dr. Cid, *Le Trésor de la beauté*, *op. cit.*, p. 138.

（30）*Ibid.*, p. 42.

（31）これは『面・表面・界面』（金森修・今野喜和人訳、法政大学出版局、一九九〇年）で全面的に展開されている主張だが、特に第三章では観相学が主題になっている。

（32）François Delaporte, *Anatomie des passions*, P.U.F., 2003, p. 6.

（33）この間の事情については、特に次の研究を念頭に置いている。Liliane Maury, *Les Émotions de Darwin à Freud*, P. U. F. (coll. « les philosophies »), 1993.

（34）もちろんユートピア概念を全体主義に還元することに対して抵抗する論者も多く、フランスではブランキ再評価の牽引役となってきたミゲル・アバンスールが執拗にこのテーマを取り上げているし、日本でもよく知られた仕事としては、フレドリック・ジェイムソンのＳＦ小説論などが重要であろうが、この点は第三章および終章で取り上げる。

第三章　シャルル・クロ、あるいは翻訳される身体

（1）ゲイリー・ウッド『生きている人形』関口篤訳、青土社、二〇〇四年、一六一ページ。

（2）シャルル・クロの思考を総合的に追うには、科学者としての彼の仕事の意味を確定しなくてはならないが、これがきわめて困難な作業であるせいか、クロの活動の両側面を本格的に取りこんだ検討はなされないま

までであった。ところが近年日本では福田裕大氏の画期的な博士論文が出版され、状況は変わろうとしている。以下では、直接言及していない個所でもこの福田氏の著作を参考にしている場合が多い。註17を参照。

（3）Charles Cros, Tristan Corbière, *Œuvres complètes*, Gallimard (« Bibliothèque de la Pléiade »), 1970, p. 370-376.

（4）*Ibid.*, p. 643. 一八七八年の手紙でクロは「ドラマ」に言及しているが、タイトルを「天体間の恋愛」としたうえで、「このタイトルでよかったでしたっけ」と書いている。

（5）*Ibid.*, p. 124.

（6）*Ibid.*, p. 222.

（7）*Ibid.*, p. 510-525.

（8）クロウ、前掲書、三六一ページ。

（9）Charles Cros, *Œuvres complètes*, *op. cit.*, p. 659-660.

（10）フラマリオンは晩年の回想録でクロの思い出を語り、「世界の複数性」についての信念を共有していた友人として扱っている（Camille Flammarion, *Mémoires biographiques et philosophiques d'un astronome*, Ernest Flammarion, 1911, p. 479-483）。このときの講演会にも触れられており、そこでフラマリオンはクロの構想を略述して紹介しているが、イメージをいわば二進法の情報に分解して伝達するというアイディアの核心部分には触れていない。この点は終章でふたたび取り上げたいと思う。

（11）Charles Cros, *Œuvres complètes*, *op. cit.*, p. 372.

（12）*Ibid.*, p. 375.

（13）*Ibid.*, p. 1221-1222.

（14）*Ibid.*, p. 234-238.

（15）澁澤龍彦による邦訳があり、次の選集が入手しやすい。澁澤龍彦訳『幻想怪奇短編集』、河出文庫、二〇一三年。

（16）Louis Forestier, *Charles Cros, l'homme et l'œuvre*, Minard, 1969, p. 178. 私たちはクロの正確な伝記的情報の

多く（あるいはほとんど）をフォレスティエの研究に負っており、いちいち註記していない場合でも、この章の記述の多くはフォレスティエの著書を下敷きにしている。

（17）福田裕大『シャルル・クロ、詩人にして科学者――詩、蓄音機、色彩写真』、水声社、二〇一四年。

（18）石川英輔『総天然色への一世紀』、青土社、一九九七年。

（19）デュコ・デュ・オーロンがカラー写真技術の原典というべき論文のなかで用いている表現（Louis Ducos du Hauron, *Les Couleurs en photographie. Solution du problème*, A Marion, 1869, p. 5）。このあたりの議論は、福田裕大の著作とともに、以下の論文に多くを負っている。Nathalie Boulouch, « Peindre avec le soleil ? Les enjeux du problème de la photographie des couleurs », *Études photographiques*, n° 10, novembre 2001, p. 50-75.

（20）デュコのこうした態度、およびクロとの違いについては、福田氏の著書以外に次の論文も参考にしている。Ariane Isler-de Jongh, « Inventeur-savant et inventeur-innovateur : Charles Cros et Louis Ducos du Hauron », *Revue d'Histoire des Sciences*, PUF, tome XXXV, 1982, p. 247-273.

（21）Charles Cros, *Œuvres complètes*, *op. cit.*, p. 493-498.

（22）*Ibid.*, p. 578.

（23）Louis Forestier, *op. cit.*, p. 156.

（24）脳力学の「原理」こそがクロによる「応用研究の基盤そのものを構成する」というポール・シャルボンの表現は、したがってまったく正しい（Paul Charbon, *La Machine parlante*, Éditions Jean-Pierre Gyss, 1981, p. 28）。またやはり福田裕大が指摘するとおり、クロが残したカラー写真研究のなかには、蓄音機の具体的なアイディアと取れる一八七六年なかば以降のメモを見つけることができ、二つの発明の一体性を確認することができる（あるいは蓄音機はカラー写真研究から派生したという見方の方が事実に近いかもしれない）。

（25）Charles Cros, *Œuvres complètes*, *op. cit.*, p. 580-582.

（26）*Ibid.*, p. 375.

（27）*Ibid.*, p. 376.

(28) マルセル・シュオッブ「話す機械」千葉文夫訳、『マルセル・シュオッブ全集』、国書刊行会、二〇一五年、二六九―二七三ページ。

(29) Louis Forestier, *op. cit.*, p. 158.

(30) Camille Flammarion, *Mémoires biographiques et philosophiques d'un astronome*, *op. cit.*, p. 480.

(31) Charles Cros, *Œuvres complètes*, *op. cit.*, p. 157-159.

(32) *Ibid.*, p. 315-319.

(33) *Ibid.*, p. 268-271, p. 332-334.

(34) *Ibid.*, p. 280. 邦訳：モーリス・メーテルランク、アルベール・サマン、シャルル・クロ『室内――世紀末劇集』(「フランス世紀末文学叢書」12)倉智恒夫・志村信英・川口顕弘訳、国書刊行会、一九八四年、二三七ページ。

(35) 全集にもいくつかは収録されているが、クロの科学的業績に関する未刊資料は次の形でまとめられ、聾唖学校時代の文章もすべてそこに収められている。Charles Cros, *Inédits et documents*, Éditions Atelier du Gué / Éditions Jacques Brémond, 1992.

(36) *Ibid.*, p. 103.

(37) Louis Forestier, *op. cit.*, p. 88.

(38) Antoine Cros, *Le Problème : nouvelles hypothèses sur la destinée des êtres*, Georges Cané, 1890, p. 26.

(39) *Ibid.*, p. 69-70.

(40) これらの写真はみな先に触れたクロの論文集に収録されている。Charles Cros, *Inédits et documents*, *op. cit.*

(41) フリードリヒ・キットラー『グラモフォン　フィルム　タイプライター』石光泰夫・石光輝子訳、筑摩書房、一九九九年、三九―四一ページ。

第四章　星々は夢を見ない

（1）　Louis Forestier, *Charles Cros, op. cit.*, p. 83-84.

（2）　*Ibid.*, p. 86 (note 56).

（3）　Maurice Dommanget, *Blanqui, la guerre de 1870-71 et la commune*, Éditions Domat, 1947, p. 133-134. 以下の記述もこの書物によるところが大きい。

（4）　Jacques Babinet, *Études et lectures sur les sciences d'observation et leurs applications pratiques*, Mallet-Bachelier, 1855-1865.

（5）　オーギュスト・ブランキ『天体による永遠』浜本正文訳、岩波文庫、二〇一二年、四六ページ。以後の引用はすべてこの邦訳によるが、訳文は文脈に合わせて変更した場合がある。

（6）　同書、七四ページ。

（7）　Maurice Dommanget, *Blanqui, la guerre de 1870-71 et la Commune, op. cit.*, p. 145-146.

（8）　ブランキ、前掲書、一九ページ。

（9）　Camille Flammarion, « *L'Éternité par les astres* par A. Blanqui », *L'Opinion Nationale*, 25 mars 1872, p. 3.

（10）　ブランキ、前掲書、九六ページ。

（11）　Jacques Rancière, « Préface » *in :* Auguste Blanqui, *L'Éternité par les astres*, Les Impressions Nouvelles, 2002, p. 20.

（12）　加えていうなら、ブランキの構想が現在の読者にこれほど奇想天外に思えるのは、ビッグバンによる宇宙の生成という別の神話が現代の宇宙観を規定しているからかもしれない。それは宇宙の歴史を時間的なはじまりと空間的な限界のある物語として想像させるが、ブランキの頭にあったはずの「無限」ははるかに徹底した、すべてを無に帰してしまいうる文字どおりアナーキーなものだったはずである。

（13）　ブランキ、前掲書、一〇〇ページ。

(14) 同書、一〇四ページ。

(15) クロウ、前掲書。第九章一「フランスにおける宗教的著作」を参照。

(16) 同書、七二六ページ。

(17) Théophile Ortolan, *Astronomie et théologie*, Dehomm et Brignet, 1894.

(18) このテクストは第一次世界大戦後になって、次の小冊子の形で刊行された。Auguste Blanqui, *Science et foi*, Éditions de la revue, 1925, 16 p.

(19) Suzamel (Blanqui), « Le Père Gratry. Science et foi. (3e article) », *Candide*. Journal à cinq centimes, 1ère année, n° 8, 27 mai 1865, p. 1.

(20) ヴァルター・ベンヤミン『パサージュ論V』今村仁司・三島憲一他訳、岩波書店、一九九五年、二八ページ。

(21) ヴァルター・ベンヤミン『パサージュ論I』今村仁司・三島憲一他訳、岩波書店、一九九三年、五五ページ。

(22) 同書、五七ページ。

(23) ヴァルター・ベンヤミン『パサージュ論II』今村仁司・三島憲一他訳、岩波書店、一九九五年、二六二ページ。

(24) Miguel Abensour, Valentin Pelosse, « Libérer l'enfermé » *in :* Auguste Blanqui, *Instructions pour une prise d'armes. L'Éternité par les astres*, Éditions de la Tête de Feuilles, 1973. ただし私たちはアバンスールのように、『天体による永遠』の仮説が、「反復」に関する仮説を極端にまで展開することで逆に「反復」を無効化してしまうためのシミュラークルであるとまで考えることはできない（ミゲル・アバンスール「メランコリーと革命のあいだに」守永直幹訳、『現代思想』総特集「ベンヤミン」、一九九二年一二月臨時増刊号、二〇三―二三三ページ。特に二二八ページを参照）。自らの無数のコピーという仮説を本当に信じることのできる短絡性こそブランキの可能性であるというのが、ここでの私たちの主張である。

（25）Alain Pessin, *Le Mythe du peuple et la société française du XIXe siècle*, PUF, 1992.

（26）この点については次の論文で明快な整理がなされている。Michel Pigenet, « L'Adieu aux barricades. Du Blanquisme au Vaillantisme（décennies 1880 et 1890）», *La Barricade* sous la direction de Alain Corbin et Jean-Marie Mayeur, Pubications de la Sorbonne, 1997, p. 367-379.

（27）見やすい例として次の論文を挙げておく。Philippe Régnier, « Place, fonctions et formes de l'écriture utopique chez Fourier », *Pamphlet, utopie, manifeste XIXe-XXe siècles*, textes réunis par Lise Dumasy et Chantal Massol, L'Harmattan, 2001, p. 385-401.

（28）ブランキ、前掲書、一〇四ページ。

（29）以下の議論は、次の書物を念頭に置いている。フレドリック・ジェイムソン『未来の考古学Ⅰ――ユートピアという名の欲望』秦邦生訳、作品社、二〇一一年。

（30）この点についてはアラン・バディウの仕事を挙げておくことしかできない。アラン・バディウ『コミュニズムの仮説』市川崇訳、水声社、二〇一三年。第三章を参照。

（31）ミシェル・フーコー『ユートピア的身体／ヘテロトピア』佐藤嘉幸訳、水声社、二〇一三年、四八ページ。

第五章　火星人にさよなら

（1）フラマリオンの文学者としての仕事全般に関する概説として次の研究があり、『ステラ』に現れる、小説より強い身体的効果を与えるものとしての科学書という視点についても、そこで明確に語られている。Danielle Chaperon, *Camille Flammarion. Entre astronomie et littérature*, Imago, 1998, p. 195.

（2）Camille Flammarion, *Uranie*, C. Marpon et E. Flammarion, 1889, p. 42-43.

（3）ここでは特に、次の書物の分析を念頭に置いている。Nicole Edelman, *Voyantes, guérisseuses et visionnaires en France, 1785-1914*, Albin Michel, 1995.

（4）『インドから火星まで』、および「異言を伴うある夢遊病者についての新たな観察」からの引用については、以下の略語を用い、本文中の（ ）内にページ数を記した。

IM : Théodore Flournoy, *Des Indes à la planète Mars. Étude sur un cas de somnambulisme avec glossolalie*, introduction et commentaires de Marina Yaguello et Mireille Cifali, Seuil, 1983 (1ère édition : 1900).

NO : Théodore Flournoy, « Nouvelles observations sur un cas de somnambulisme avec glossolalie », *Archives de psychologie*, t. I, décembre 1901, p. 101-255.

（5）次の研究でも、この点が心理学者としてのフルールノワのもっとも独創的な寄与であると評価されている。Pascal Le Maléfan, *Folie et spiritisme*, L'Harmattan, 1999, p. 141-142. この結果フルールノワの発想は、論理的には観念論的な、あるいは神秘主義的なオートマティスム論に接近するはずだし、事実ジェイムズやマイヤーズ、ユングらとの交友関係はよりその印象を強める。にもかかわらずフルールノワはあくまで実証的かつ合理的な心理学の立場に固執するのだが、彼はその両面を架橋する論理を作り出すことに、おそらく成功しなかった。本来なら両立するはずのない立場をいつかは両立しうるはずだと彼は考え続けるのだが（だからこそ、あとで挙げる「ハムレットの原理」と「ラプラスの原理」の両方が要求される）、心理学者としての限界を示していると評価せざるをえないこの選択こそが、ここで語ろうとしているエレーヌ・スミスとの関係を可能にするのである。

（6）フルールノワはむしろ「下意識」という語を使うし、親交のあったマイヤーズの表現を借りてしばしば「閾域下の自我」といった表現も用いた。これはもちろん単なる用語の違いではなく概念そのものの質に関わるが、私たちの目的は力動精神医学史のなかでフルールノワの仕事を評価することではないので、これらの概念に関する複雑な議論に立ち入ることは避けたい。

（7）ロラン・バルト『明るい部屋——写真についての覚書』花輪光訳、みすず書房、一九八五年、一一八—一一九ページ。

（8）　ポール・ベニシュー『作家の聖別』、前掲書。

（9）　この「転移」に意識的であったかどうかがフロイトとフルールノワの差であるといった議論は以前からあり、またそれに対しては、フルールノワもそれに気づいてはいたのだが、霊媒への配慮から書物のなかではそれを隠蔽したという、フルールノワへの追悼論文のなかで後継者エドゥアール・クラパレッドが語った意見が反論の根拠として持ち出されてきた。アンリ・エレンベルガー『無意識の発見　上』木村敏・中井久夫監訳、弘文堂、一九八〇年、三六四―三六五ページ。

（10）　ピエール・ジャネ『解離の病歴』松本雅彦訳、みすず書房、二〇一一年（第三章）。

（11）　フルールノワの仕事を、一九世紀初頭への回帰であるとともに二〇世紀への道を開くものと評価する例として、次の書物を挙げておく。Tony James, *Vies secondes*, traduit de l'anglais par Sylvie Doirelet, Gallimard, 1995, p. 270-271.

（12）　「植物学研究書の夢」の事例を参照。『フロイト全集4　一九〇〇年　夢解釈1』新宮一成訳、岩波書店、二〇〇七年、二二七ページ。

（13）　Olivier Flournoy, *Théodore et Léopold. De Théodore Flournoy à la psychanalyse*, À la Baconière, 1986, p. 108.

（14）　*Ibid.*, p. 119.

（15）　*Ibid.*, p. 153, p. 159.

（16）　*Ibid.*, p. 170-174.

（17）　断片的ながら参照できる交霊会当時の記録からは、心理学者自身が霊媒にさまざまな問いを投げかけ、ともに「小説」を作り出していく姿が生々しく浮かび上がってくることもつけ加えておこう。『インドから火星まで』新版の解説でミレーユ・シファリが引用している、フルールノワが前世でエレーヌの夫であったことがわかる決定的な交霊会（一八九五年三月一〇日）の記録には、次のような一節がある。

　フルールノワ氏の前世のことか。そうだ。――数世紀をさかのぼる昔の話か。違う。――今世紀のことか。違う。——前世紀か。不明確な答え。——マドモワゼル［＝エレーヌ］は字で書けるか。いや。テーブルが「我慢しろ」という言葉を書き取る。——マドモワゼルには先日のヴィジョンに現れたインドの未亡人が乗り移っているのか。そうだ。——未亡人は誰か知り合いの前世の姿か。そうだ。——このなかにいる誰かか。曖昧な答え。テーブルはもう一度「我慢しろ」という。フルールノワ氏の発言：このインドの未亡人は今生きているか。そうだ。——それは私の妻か。答えなし。——私は坊さんだったのか。違う。——王侯（プリンス）だったのか。そうだ（強い答え）。

(IM, 375-376)

四〇〇年前のフルールノワが誰だったか、その身分を探りつつ、最初に「王侯」という言葉を口にしたのは、ほかならぬ心理学者自身なのである。とりわけこの時点では、レオポルドは指の動きでしか答えていないはずであり、どの「小説」についても、その鍵となるような語彙さえもが、霊媒以外の誰かの思いついたものだったかもしれない。

（18） Victor Henry, *Le Langage martien*, J. Maisonneuve, 1901. Rééd. : Victor Henry, *Antinomies linguistiques. Le Langage martien*, Éditions Peters, 2001.

（19） Olivier Flournoy, *op. cit.*, p. 210.

（20） この点は次の研究で指摘されている。互盛央『フェルディナン・ド・ソシュール——〈言語学〉の孤独、「一般言語学」の夢』、作品社、二〇〇九年、四七八ページ。この圧倒的なソシュール論には、言語学者にとってのエレーヌ・スミス体験の意味を論じた重要な一節が含まれており（四六九—四八〇ページ）、以下の議論でも多くの示唆をえている。

（21） マリナ・ヤグェーロ『言語の夢想者』谷川多佳子・江口修訳、工作舎、一九九〇年、一六六ページ。

（22） Victor Henry, *op. cit.*, p. 101.

（23） Louis Wolfson, *Le Schizo et les langues*, Gallimard, 1970.

（24） Théodore Flournoy, *Esprits et médiums. Mélanges de métapsychique et de psychologie*, Librairie Kündig /

Librairie Fischebacher, 1911. Nouvelle édition : Cambridge University Press, 2011.

（25）　Auguste Lemaître, « Un nouveau cycle somnambulique de Mlle Smith. Ses peintures religieuses », *Archives de psychologie*, t. VII, 1908, p. 63-83. Waldemar Deonna, *De la planète Mars en terre sainte. Art et subconscient – un médium peintre : Hélène Smith*, E. de Boccard, Éditeur, 1932.

（26）　本来このように断言するためには多くの手続きが必要だろうが、それは別の機会に譲るよりほかにない。

終章　別の夢を見るために

（1）　この点については以下の書物で扱った。鈴木雅雄『シュルレアリスム、あるいは痙攣する複数性』、平凡社、二〇〇七年。

（2）　エドワード・S・リード『魂（ソウル）から心（マインド）へ——心理学の誕生』村田純一他訳、青土社、二〇〇〇年。

（3）　同書、九七ページ。

（4）　すでに言及した一八九七年の『ステラ』を念頭に置いているが、次の研究にこの点についての明確な説明がある。Danielle Chaperon, *Camille Flammarion. Entre astronomie et littérature*, *op. cit.*, p. 188.

（5）　日本語文献としては『言葉の肉』およびその訳者解説などを参照しているが、より詳細に考えるには、やはり『沈黙する言葉』を検討する以外にないだろう。Jacques Rancière, *La Parole muette*, Hachette Littératures, 1998.

（6）　ラトゥールの著作としては『虚構の「近代」——科学人類学は警告する』（川村久美子訳、新評論、二〇〇八年）などを念頭に置いているが、『近代の〈物神事実〉崇拝について——ならびに「聖像衝突」』（荒金直人訳、以文社、二〇一七年）がここでの考察にとって有用であったこと、久保明教『ブルーノ・ラトゥールの取説——アクターネットワーク論から存在様態探求へ』（月曜社、二〇一九年）の明晰な整理から示唆をえたことをつけ加えておきたい。

人名索引

あとがき

この試論を刊行できるのはとても大きな幸運だと感じているので、ぜひともその理由をしるしておきたい。

二〇〇三年から二〇〇四年にかけての研究休暇をパリで過ごしたとき、滞在の一番の目的は、当時の研究テーマだったシュルレアリスムにおける集団的活動の意義という問題を、書物の形にまとめることだった。アパルトマンのある大学都市と、図書館や古書店を行き来するだけの単調な生活は心地よかったが、もともと喫茶店でしか論文を書けないほど集中力のない性格なので、一つのテーマを研究しようとすると、適度な雑音として働くサブテーマがほしくなってしまう。せっかくなら時代も問題系もシュルレアリスムと被りにくいものにしたかったが、いきなり遠い時代を扱う準備もないので、とりあえず一九世紀を対象と決め、しかしランボーやロートレアモンとは関係しにくいテーマを探した。とにかく楽しげなものがいい。思いついた候補は二つあり、一つは恐竜、もう一つが宇宙人だった。自然科学系の古書店に行くと、一九世紀の科学書の動物図像を目にするのはわりに容易だが、とりわけ当時の古生物学的な文献のイラストは、情報の不足を想像力で補う傾向が強く、必要以上に恐ろしく演出された（と今の私たちには見える）恐竜のイメージは、中学時代まで爬虫類学者になりたかった人間にとって、きわめて魅力的だった。他方、私はＳＦ小説というジャンルにさほど惹かれたことがない。まして本文でも書いたとおり、一九世紀のフランス語圏で見つかる宇宙人のイメージはむしろ控えめで、驚かされるようなものはそれほど目につかなかった。ならば恐竜にすればよさそうなものだが、結局宇宙人につきあおうと決めたのは、いつからか頭にあった「火星人にさよなら」というタイトルが、なぜか捨てがたく思えたからである。

研究者というのも結局は芸術家の一種なので（とはいえこれだけのことを衒いなくいえるためには、それなりに年を取らなくてはいけないようだ）、みな頭のなかに、いつか書いてみたい論文や書物のタイトル・リストをもっているだろう。しかし実際に調べはじめれば、資料は必ず予想された結論に抵抗する。もちろんたとえば小説でも、なんらか現実との関係のなかでしか書くことはできないに違いない。だが論文と呼ばれるものを書くとき、書き手の思考は、外部から制限を課してくる資料の物質性・事実性と正面からぶつかることで、常に意外なやり方で姿を変える可能性をもつ。研究者はこうした不自由さが自らを作り変えてくれる体験を期待して研究するのだから、夢見られるタイトルは、書き手をどこか見知らぬ場所へ連れ去ってくれそうな、ほとんど恣意的にさえ思えるものが望ましい。そのころの私に「火星人にさよなら」というタイトルは、この条件を満たしているように見えた。

本当は不可思議な宇宙人が次々に出てくるような、楽しい本を書きたかったけれど、書いてみると実際にそうならなかったのは、だから当然の結果なのだろう。むしろ残念だったのは、自分がシュルレアリスム研究者としていつも考えている問題から、最終的にほとんど逸脱できなかったことである。『黒いユーモア選集』に収録されているシャルル・クロや、ブルトンがナジャと重ねあわせたようにも見えるエレーヌ・スミスを扱うとなれば、それも当然かもしれないが、ここで語ったクロはシュルレアリストたちの知っていた詩人とはかなり異なっているし、近くから見たフルールノワの経験は、ブルトンのそれの予言にはとうてい還元できない。にもかかわらずこの論考は、シュルレアリスムだけではないにしろ、いわゆるモダニズムの芸術やある種の人文科学など、二〇世紀的な思考が作り出されたことの必然性を正当化するような物語を語っているともいえる。自分が一九世紀の文学や思想や宗教、あるいは科学や政治にまで多少とも踏みこんだ文章を書き、ましてこのような物語を語ってしまうのは、この時代の優れた専門家を多く友人にもっているだけに、正直にいってはなはだ恐ろしい。ただ書き終えてみると、恣意的なタイトルが連れて行ってくれたのがさほど意外性のない場所だったのは残念だとしても、やはり自分にはこの物語を語る必要があった気がする。それは現在の私のメインテーマである、一九世紀から二〇世紀にかけてのイメージ体験のありようの変化という問題とも、どこかでつながっているようだ。もちろんこの論考が、クロやブランキを語り尽くしているはずはない。彼らの思考が一種の夢であったと結論することは、それらがいまだに先鋭な価値をもちうると考えることと、とりたてて矛盾はしないだろう。だがそうした側面についてなら、私よりはるかにふさわしい人々が語ってくれるはずだ。ともかくこれは、ただ調べたいから調べたことを、書きたいように書いた文章であり、だからこそそうした書物を形にできるのは、実に大きな幸運である。

扱った四つの事例に関する捉え方は、おそらく特別研究期間のあいだにほぼ固まっていたはずだが、何に急かされているわけでもない自由な研究テーマだったので、一つひとつ時間があるときに、たいていは身近な媒体に論文としてまとめていった。そのたびに自分なりには調べなおし、また大学の授業でも何度か取り上げたが(そんな趣味の授業につきあってくれた学生たちにも感謝したい)、おそらくほぼ現在の形になってからでも、すでに六、七年はたっている。実はこの原稿は、人文書院の、次いで平凡社の編集者として活躍された松井純氏の手もとに数年間とどまっていた。私の仕事に私自身が望む以上の形を何度も与えてくれた松井さんの手で、この原稿も書物にしてもらえるのならそれ以上のことはなかったろうが、彼も私も他の緊急な仕事に追われるうちに時がたってしまった。編集者として今後も巨大な仕事を積み上げていくはずだった松井氏が急逝されたという知らせは、私にはあまりに受けとめがたいものだったせいで、しばらくこの原稿のことなど考えもしなかったが、その後いくらかの経緯をへたうえでそれが水声社から刊行できることになり、思いがけない贈り物をもらったように感じている。自分の文章に、活字化された献辞はつけないことにしているので、今回もそれはしないが、ずいぶんと長い漂流の末に一冊の本の形を取ることになったこの文章を、松井純氏に捧げたいと、心から思う。またこの幸運を現実のものにしてくれた水声社の井戸亮氏には、お礼の言葉もない。

科学と文学を調停するのでも切り離すのでもなく、「科学と文学」という問題など端から存在しないかのように思考してしまった人々を、正当化するのではないにしろ、ある種の幸福を体現している人々だと考えるのは、おそらく多少とも無責任な態度である。それぞれの時代が課する問題というのはやはり存在するし、たとえ堂々めぐりになりそうに思えても、それとつきあう義務を私たちは負っている。だがその義務を免れるような特別な瞬間は、逃避や放棄とはまったく異なるのであり、怠惰な思考には決して訪れることがない。ひたすら自らの真実を反復することのできる思考だけがそれを可能にするだろう。ではその真実が現実ではないと知ってしまったときどうすればよいか。その条件下でなお、私たちははたして「反復」することができるのか。それがシュルレアリスムの問いである。そうしたわけで、私は恣意的な出発点から出発して、結局いつもの問いに立ち戻ってしまうのだが、それが堂々めぐりであるのか、あるいは何かに向けて開かれた「反復」であるのか、私自身にはいうことができない。だがその回帰のプロセスを一冊の書物の形にできるのは、（もう一度いうが）間違いなく一つの大きな幸運である。

二〇二二年三月

鈴木雅雄

初出一覧

序章：書き下ろし
第一章：書き下ろし
第二章：『早稲田大学大学院文学研究科紀要』第五〇輯・第二分冊（二〇〇五年二月）、二五―三九ページ
第三章：『ÉTUDES FRANÇAISES 早稲田フランス語フランス文学論集』第一四号、二〇〇七年三月、一三二―一五一ページ
第四章：『早稲田大学大学院文学研究科紀要』第五三輯・第二分冊（二〇〇八年二月）、三―一六ページ
第五章：『思想』第一〇六八号（二〇一三年第四号）、二六二―二八八ページ
終章：書き下ろし

著者について——

鈴木雅雄（すずきまさお）　一九六二年、東京生まれ。東京大学大学院地域文化研究科博士課程満期退学。現在、早稲田大学教授。専攻、シュルレアリスム研究。著書に、『シュルレアリスム、あるいは痙攣する複数性』（平凡社、二〇〇七年）、『ゲラシム・ルカ――ノン＝オイディプスの戦略』（水声社、二〇〇九年）、訳書に、ジョルジュ・セバッグ『崇高点』（水声社、二〇一六年）、編著に、『マンガを「見る」という体験』（水声社、二〇一四年）、『マンガ視覚文化論』（二〇一七年）、『マンガメディア文化論』（以上、共編著、水声社、二〇二二年）などがある。

装幀——Gaspard Lenski

火星人にさよなら——異星人表象のアルケオロジー

二〇二二年七月二〇日第一版第一刷印刷　二〇二二年七月三〇日第一版第一刷発行

著者——鈴木雅雄

発行者——鈴木宏

発行所——株式会社水声社

東京都文京区小石川二—七—五　郵便番号一一二—〇〇〇二

電話〇三—三八一八—六〇四〇　ＦＡＸ〇三—三八一八—二四三七

［**編集部**］横浜市港北区新吉田東一—七七—一七　郵便番号二二三—〇〇五八

電話〇四五—七一七—五三五六　ＦＡＸ〇四五—七一七—五三五七

郵便振替〇〇一八〇—四—六五四一〇〇

URL : http://www.suiseisha.net

印刷・製本——モリモト印刷

ISBN978-4-8010-0652-2